ガールズ&パンツァー
GIRLS und PANZER der FILM
劇場版
上
鈴木貴昭
TAKAAKI SUZUKI
原作
ガールズ&パンツァー
劇場版製作委員会

あんこう
チーム
操縦手
冷泉麻子
通信手
武部沙織
車長
西住みほ
砲手
五十鈴華
装填手
秋山優花里
>> PANZER IV号戦車H型（D型改）

カメさん
チーム
装填手兼通信手
河嶋桃
車長兼砲手
角谷杏
操縦手
小山柚子
>> PANZER ヘッツァー（(38t)改）

アヒルさんチーム
砲手
佐々木あけび
操縦手
河西忍
車長兼装填手
磯辺典子
通信手
近藤妙子
>> PANZER 八九式中戦車甲型
カバさんチーム
装填手
カエサル
車長兼通信手
エルヴィン
操縦手
おりょう
砲手
左衛門佐
>> PANZER III号突撃砲 F 型
ウサギさんチーム
車長
澤梓
砲手
山郷あゆみ
装填手
丸山紗希
操縦手
阪口桂利奈
通信手兼装填手
宇津木優季
砲手
大野あや
>> PANZER M3 中戦車リー

カモさん
チーム
車長兼副砲砲手兼装填手
園みどり子
（そど子）
操縦手
後藤モヨ子
（ゴモヨ）
砲手兼通信手
金春希美
（パゾ美）
PANZER ルノー B1bis

レオポンさん
チーム
車長兼通信手
ナカジマ
砲手
ホシノ
操縦手
ツチヤ
装填手
スズキ
PANZER ポルシェティーガー

アリクイさん
チーム
車長兼通信手
ねこにゃー
操縦手
ももがー
砲手兼装填手
ぴよたん
PANZER 三式中戦車

ガールズ&パンツァー 劇場版 上

GIRLS und PANZER der FILM

鈴木貴昭

原作　ガールズ&パンツァー劇場版製作委員会

GIRLS und PANZER der FILM

CONTENTS

原画：杉本功 / 仕上：原田幸子 / 特効：古市裕一 / ＣＧ：柳野啓一郎（グラフィニカ）

序章　優勝

「優勝、大洗《おおあらい》女子学園！」

第63回戦車道全国高校生大会。廃校の取りやめを賭けた大洗女子学園の戦いは、苦闘の末に優勝で幕を閉じた。

戦車道。

それは伝統的な文化であり、古来より、世界中で女子の嗜《たしな》みとして、受け継がれてきた。

礼節ある、しとやかで凛々《りり》しい婦女子を育成し、女子としての道を究めさせるための武道。

日本では、一時期に比べると他のスポーツに人気を奪われたが、それでも近々日本で行われる予定の世界大会に向けて、「世界で勝てる戦車道」を旗印《はたじるし》に、文科省とその支援を受けた日本戦車道連盟が、積極的に国際強化選手の育成を行い、将来的にはプロリーグの設置を目指している。

それに伴った文科省の学園艦統廃合計画により、特に取り柄も無く、生徒数も減少し、老朽化していた大洗女子学園の学園艦は真っ先にその統廃合のやり玉に挙げられていた。しかし、それを防ぐために、生徒会長の角谷杏《かどたにあんず》は文科省の担当者と交渉、「戦車道高校生全国大会で優勝でもすれば、廃校を免《まぬが》れる可能性がある」との言葉をむしり取るのに成功した。

戦車道全国高校生大会での優勝は、学校の知名度を上げ、来年度以降の新入生増加にも繋《つな》がると考えられたのだった。

角谷会長はその言葉だけを頼りに、なりふり構わない手段で戦車道参加者を募った。幸いにも昨年準優勝の黒森峰《くろもりみね》女学園で副隊長を務めていた西住《にしずみ》みほが転校してくると、半ば脅迫めいた策すら弄《ろう》し、戦車道から離れたかったみほをチームに引きずり込み、戦車道高校生大会に参加するに至った。

そして手にした、奇跡の勝利。

これによって廃校は免れたと、歓喜する大洗女子学園の一同。

こうして彼女たちは、大歓声の中、大洗の町へと凱旋《がいせん》した。

そして、待ちに待った夏休みが到来する。

彼女たちの熱い夏は、始まったばかりである。

幕間　都内某所

某月某日都内某所。

暗い部屋の中で会議をする人影があった。

「どうする、優勝してしまったぞ」

「黒森峰《くろもりみね》が優勝し、それで箔《はく》を付けて主要メンバーを全日本強化チームへ参加させ、戦車道各流派と企業を中心としたプロリーグを立ち上げ、そして世界大会へと続けるプランが」

「それ以前に問題なのは、大洗《おおあらい》の勝利は今までの選手育成プランが、すべて崩壊したことを意味していることだ」

「まさか、そこまでは」

「いや、今まで我々は優秀校を支援し、そこの生徒を名門大学、名門企業に送り込んで、強化選手にしてきた」

「大洗は、その流れを壊した、と？」

「ああ、無名校でも指導者とバックアップ体制次第では、勝てることを証明した」

「それ自体は、選手層の厚さに繋《つな》がるだろう？」

「最大の問題は、強化選手が今のままでは勝てないのでは、と疑念を抱くことなのだよ」

「疑念？」

「この資料を見ろ」

スクリーンに、大洗の戦車道履修者《りしゅう》全員のリストが映し出される。

「大洗の生徒は、隊長の西住《にしずみ》みほ以外全員が素人だ。だが、あの試合ぶりはどうだ。第一試合のサンダース戦ですら、すでに熟練の乗員のような姿を見せていた者までいる」

「あれはサンダース側が手を抜いたから」

「戦車を温存するために、名門校がある程度初戦で手を抜くのは定石《じょうせき》だ。だが、戦車は素人が扱えるほど簡単じゃない。どの学校でも、未経験者がまともに隊列を組んで行進するのに三か月、目標に砲弾を当てるのに三か月は最低でも必要だ」

「それを大洗は、一か月程度で戦力化した、と」

「優秀な人材が埋もれていたのは確かだ。だが、それを見出《みいだ》し育成するのは、普通は指導者たるコーチか監督の役割だ」

「大洗にはどちらもいない」

「そうだ。今頃、企業チームの監督は頭が痛いだろうな」

「まぁ、伝統に縛られて硬直化した今の戦車道、そこに良くも悪くも新風を吹き込んだことは確かだろう。あのメンツをうまく使えば、日本戦車道を世界で勝てるレベルに出来るかもしれない」

「世界で勝てる、だと？」

「ああ、島田《しまだ》流も西住流も世界で通用はしている。だが、その神髄《しんずい》を身に着けるまでは、非常に時間が掛かる」

「個人重視の島田流、集団重視の西住流、対極のようだが、結局はどちらも乗員全体の優れたコンビネーションが必要だ」

「世界大会に間に合わないな」

「だが、大洗は西住流の指揮官を擁《よう》しながらも、あの戦いは島田流のようだ」

「うむ。西住流の強力な戦車を揃《そろ》えた力押しの集団戦ではなく、個々の戦車の能力を追求した変幻自在の島田流を思わせる戦いぶりであった」

「両方の良い所を取り入れていたのか」

「重要なのはそこではない。素人集団を強化選手のように鍛え上げ、試合に挑ませたその教育法が欲しい」

「確かにそれを手に入れれば、日本の戦車道のレベルが一段階上がるな」

「大洗の選手を他の学校に移し、各学校に新しい風を入れ、来たる世界大会までに同じように埋もれている人材を発掘し、『世界で勝てるプロリーグ』を作らねばならぬ」

「それは戦車道の否定にはならないか？」

「我々が求めているのは、日本国内だけで通じる『道』のようなあいまいなものではなく、世界大会で勝利し、再び我が国の戦車道を活発化させることなんだよ。そこを理解したまえ」

「そのためには」

「大洗は存続させられない」

「しかし、私は約束を」

「約束？　契約書はどこにあるのかね？」

「今から予算を」

「こんな時期に予算を動かすのは不可能だ。君も最初から書類を作っていなかっただろう?」

「どこかに特例や抜け穴はないんですか?」

「ない。大洗解体以上に、各校の戦車道のレベルを上げる方法でもあれば別だが」

「…………」

「どちらにせよ、今回の件は我々には関係ない。君が一人で始末をつけたまえ」

「いや、しかし」

「我々は本来のプランを粛々《しゅくしゅく》と進めるのみだ。計画に遅滞は許されない」

立ち去る人影。

一人だけ残された影は、ぐっと手を握り締めた。

第一章　大洗《おおあらい》エキシビションマッチ

大洗。

関東北東部、関東平野の最東端である犬吠埼《いぬぼうさき》から利根《とね》川を挟んだ対岸に、鹿島灘《かしまなだ》に面した緩やかに弓型を描いて続く海岸線が連なっている。それが那珂《なか》川の手前で折れ曲がっている所に位置している町である。

記録に残っているだけでも平安時代から海上交通の重要拠点の一つであり、856年には製塩業に携わる者が海岸に神が降臨したのを確認したという記録が残っており、その海岸を見下ろす高台に大洗磯前《いそさき》神社が建てられている。また、大洗は江戸時代には水戸《みと》藩の一部で、その縁もあって水戸黄門《こうもん》として有名な水戸藩の二代藩主である徳川光圀《とくがわみつくに》が、荒廃していた社殿《しゃでん》を再建した。

大洗磯前神社から鳥居を通して海を見ると、そこには海霧の中に、視界全てを覆うような巨大な山脈が鎮座していた。海霧が風で切れた隙間から現れたのは、大洗女子学園の文字だ。

全長7600m、最大幅1700mの船体には、生徒、教員、父母、各種店舗関係者などの約3万人が生活や勉学に勤《いそ》しみ、またそれに必要な設備が備えられている。

これこそが、大洗女子学園の学園艦であった。

その右舷に聳《そび》える巨大な艦橋は、3〜40階建ての高層ビルにも匹敵する高さを持っている。

外観上は空母の艦橋に酷似《こくじ》しているが、実際はそれ自体が様々な機能を備えた複合構造物であり、内部には通常の艦橋に求められている操舵《そうだ》や航行に必要な部屋や機材だけではなく、極めて多数の部屋が存在している。

その中でも最も眺めの良い場所に、艦の中枢《ちゅうすう》とも司令塔とも言える生徒会室が位置していた。

生徒会室の室内は、沢山の生徒会関係者がいるにもかかわらず、ペンの走る音とキーボードを叩《たた》く音、そして僅《わず》かな衣擦《きぬず》れしか聞こえてこない。この静寂の中で、各人が小規模な市にも匹敵する人口を有する学園艦を、円滑に運営するための業務に勤しんでいた。

だがその静寂を、騒々しい足音と叫び声が切り裂いた。

「会長、大変です！」

生徒会室を駆け抜けた足音の主は、その奥にある会長室の重厚なドアを、ノックする間も惜しんで大きく開いて飛び込んだ。

だがその瞬間、中から鋭い叱責《しっせき》が飛び、足音の主は動きを止める。

「桃《もも》ちゃん、生徒会室は走らない」

「そーだぞ、かーしまー」

息を切らせて会長室に駆け込んできたのは、高い背丈に漆黒の髪を前下がりのショートボブに切《き》り揃《そろ》え、ややきつめの目に片眼鏡をかけ、知的な印象を周囲に与える生徒会広報である河嶋《かわしま》桃。

その彼女を桃ちゃんと呼び、静かな声で注意をしたのは、柔らかげな顔つきと体つきに、やや癖のある茶色がかった髪をポニーテールに結わえた、おっとりとした風貌《ふうぼう》の生徒会副会長・小山柚子《こやまゆず》。

そして生徒会室奥の、巨大な窓の前にある大きく重厚なデスクに足を乗せてふんぞり返っているのは、栗毛《くりげ》を頭の両サイドで結んでツインテールにした、小柄だが肝っ玉の大きさとしたたかさは大洗女子学園一である、生徒会長の角谷杏《かどたにあんず》だった。

「あっ、はい……じゃなくて、これを見て下さい！　戦車道連盟からの手紙です、きっとこれは廃校を撤回するという正式のお墨付きに違いありません！」

小山の声に一瞬怯《ひる》んだ河嶋だが、すぐにここへ来た目的を思い出して、手にした封筒をデスクに勢いよく叩《たた》き付《つ》ける。

「どれどれ？」

角谷会長が手を伸ばそうとしたが、椅子の上にふんぞり返っていたので、単に妙な踊りを踊っているかのようにジタバタするだけになってしまった。小山はそれを行儀よく見なかったフリをして、手紙の封を切って中身を取り出すと、うやうやしく差し出した。

ジタバタしたまま、何とか姿勢を戻して平然とした顔で手紙を受け取り、真剣な顔で中に目を通す角谷会長は一通り読み終わると、苦笑しつつ手紙を小山に渡す。

「へー、エキシビションマッチねえ」

「え？」

それを聞いて、河嶋はかくんと顎を落とす。

「えきしびしょんまっち？」

「そ。戦車道優勝校には、エキシビションマッチをやる権利があるんだってさ」

「どういうことでしょう？」

手紙に目を通しつつ、小山が首を傾《かし》げる。

その様子を見て角谷会長が、悪い笑みを浮かべた。

「我が校には、そういった事に詳しいのがいるじゃない」


生徒会長室の応接間のソファーには、大洗女子学園の制服を着た二人の少女が座っていた。

一人は真《ま》っ直《す》ぐな栗毛を肩に届かない程度のナチュラルボブカットに揃え、やや困ったような、押しの弱そうな表情を浮かべた、どこにでもいるような普通の少女。

その隣は、同じようなナチュラルボブだが髪の色もやや黒めで、どこか寝癖が残っているかのような、ふんわりした髪型、好奇心に溢《あふ》れた眼差《まなざ》しで、やや落ち着きのない感じの少女。

大洗女子学園を戦車道全国高校生大会で勝利に導いた西住《にしずみ》みほと、みほと同じⅣ号戦車で装填手《そうてんしゅ》を務めた秋山優花里《あきやまゆかり》であった。※1
その二人が座るソファーを見て、河嶋は眉を顰《ひそ》める。

「会長が呼んだのは、西住と秋山だけなんだが」

みほの後ろには更に三人の少女が、どうみても好意的とは言えない警戒心を露《あら》わにして、強い視線を送りつつ立っていた。

一人目は、真っ直ぐで艶やかな黒髪を腰の上あたりまで伸ばして、背の高さを誇示するように、髪と同じく凛《りん》と背筋を伸ばし、やや垂れ気味な目を鋭く細めている少女。

二人目は一人目と対極的な印象で、柔らかそうで母性的な体形に、ゆるくウェーブした淡い栗毛をミディアムとセミロングの間ぐらいにしている少女。

そして最後の一人は、一人目と同じくらい艶やかな黒髪を、やや無造作に伸ばし、更にはカチューシャで留めた、全体にスレンダーで小柄な少女だが……何故《なぜ》か二人目に寄り掛かって立ったまま、うとうととしていた。

ソファーの二人と同じ、Ⅳ号戦車のメンバーである砲手の五十鈴華《いすずはな》、通信手の武部沙織《たけべさおり》、そして操縦手の冷泉麻子《れいぜいまこ》であった。

河嶋に対してどう答えたものかと、視線を泳がせたみほが口を開こうとする前に、後ろに立つ沙織が、明らかに不満そうな表情のまま口を開く。

「どうせまた、みぽりんに難題押し付けるんでしょ」

「いやー、そんなことはたまにしかないよ」

沙織の言葉に苦笑しつつ、しらばっくれる角谷会長だが、華が冷たい表情のまま静かに切り込む。

「前にもそんな事仰《おっしゃ》っていませんでしたか？」

「今回もそのたまにですね」

華の厳しいツッコミに優花里も乗っかる。

一瞬、この後の展開を想像して河嶋が息を飲んだ。

だが、

「ZZZZZ……」

「麻子も何か言いなよ！」

「ZZZZZZ……」

静かになった生徒会室に響いたのは麻子の寝息と、沙織のツッコミだった。

立ったまま寝ている麻子を沙織は揺さぶるが、彼女はますます沙織にもたれ掛かるだけで、目を覚ます気配は微塵《みじん》もない。

注意がそれたのをいい機会と見た角谷会長は、先ほどの手紙をみほに向かって、すっと差し出す。

「まぁ、難題かどうかはこれを見て欲しい」

「……手紙、ですか？」

みほは首を傾げつつ手紙を受け取ると、目を通す。

「ねーねー、何の手紙？」

興味深げに、みほの後ろから沙織がのぞき込んだ。

「はしたないですよ」

そう言いながらも、口とは裏腹に華ものぞき込む。

優花里も続けてみほの方へと体を傾け、手紙の内容を見て理解の表情を浮かべる。

「あっ、これって」

「エキシビションマッチですか」

みほが納得した顔で手紙から顔を上げると、そこには角谷会長が満面の笑みを浮かべていた。

「そー、知ってるでしょ？」

「はい、戦車道全国高校生大会優勝校は、その地元で優勝記念の試合をやることになっています」

「試合？」

「どこと？」

「相手はどうなってるの？」

それを聞いて傾げた首の角度を深くする河嶋、小山、沙織の三人。

「相手は、ベスト４に進出した学校で準優勝以外の二校です」

「それって」

沙織の疑問に、角谷会長がニヤッと笑い、答える。

「聖グロリアーナ女学院とプラウダ高校だね」

「そんな、前に聖グロとやった時だって、結構大変だったのに。また予算と根回しが」

それを聞いて、小山が絶望的な表情を浮かべる。

「あ、それは大丈夫です。エキシビションマッチは、全面的に連盟がバックアップすることになってますから」

「それって、そこまでが大会の一環ってこと？」

「……えーっと、そうなるんでしょうか」

みほの回答を聞いてほっとする小山。

素早く頭の中で算盤《そろばん》を弾いたのか、角谷会長の笑みがますます大きくなる。

「そっかー、連盟の協賛があるなら、やれるねー」

「えっ、何、じゃあ一校で二校を相手にするの？」

驚いた沙織が声を上げる。

「いえ、優勝チームは、準優勝校が一回戦で対戦した学校をパートナーに出来るんです」

「パートナー？」

戦車道では聞き慣れない言葉に、不思議そうな表情を浮かべる一同。

何となく理解した顔の角谷会長が尋ねる。

「えーっと、黒森峰《くろもりみね》が一回戦で対戦したのって」

「知波単《ちはたん》学園ですね」

間髪を入れずに答える優花里。

それを聞いて、ぽんと手を打つ沙織。

「ああ、トーナメント決めの時に万歳三唱していた学校」

「はい」

「あの学校と組むの？」

「ええと……」

「そういえば、ケーキ美味《おい》しかったですねぇ」

試合組み合わせの抽選会後に行った戦車喫茶を連想したのか、華はそこで食べたケーキに思いをはせる。

「ケーキ！」

ケーキと聞いて、麻子もがばっと飛び起きた。

「あれ、ケーキ無い」

寝ぼけ眼できょろきょろと周りを見回す麻子を、沙織が慌てて支える。すると、ソファーの優花里が振り向いた。

「戦車喫茶、また行きましょうか。近くにも支店が出来たそうですし」

「うん、行く」

そう言うと、麻子がまた眠りに就く。その様子を微笑《ほほえ》んで沙織が見つめる。

「良く寝るねえ」

「なのに、朝起きられないのも不思議です」

華が当たり前の疑問を口にすると、ちょっと考えて、優花甲が答えた。

「色々、原因があることもあるらしいですよ」

「色々って?」

「えーっと、心因的な物とか、セレなんとかがどうとか……」

「ミリタリーネタじゃないと、あんまり興味ないんだ」

その間も、あごに指を当ててじっと考え込んでいたみほが、顔を上げた。

「それと、リザーバーはどうしましょう?」

「リザーバーって、何?」

また出て来た聞きなれない言葉に、角谷会長が食い付く。

みほが答える前に、優花里が前のめりになりつつ答える。

「それはですね、パートナー校が戦車を修理中などで用意できない場合、一輛《りょう》のみ準優勝校が二回戦で対戦した学校から助《すけ》っ人《と》を呼ぶことが出来るんですよ」

「へー、で、その二回戦のって」

「はい、継続《けいぞく》高校ですね」

みほが答えた学校名を聞いて、それぞれの反応を見せる沙織と華。

「あれ、継続って前にみぽりんが言ってたよね？」

「強いんですか？」

「強いというか、個性的というか……」

どんな学校か言いよどむ優花里に被《かぶ》せるように、みほが説明を続ける。

「雪のフィールドなら凄《すご》く強いです。戦車滑らせながら平気で命中弾を出してきますし」

「へー、何か凄いんじゃない？」

みほの説明を聞いて、少し感心する角谷会長。

「ただ、あんまり戦車持ってないんですよね」

「そなの？」

「うちと同じぐらい寄せ集めですね」

寄せ集めと言うみほの言葉を、更に補足する優花里。

「戦力はいい勝負かもしれません。Ⅳ号やⅢ突も持ってますし」※2
「ふーん、ちょっとそれ面白そうじゃん」

角谷会長がニヤリと悪い笑みを浮かべる。

「あっ、今年の試合の録画ありますから、後で見ますか？」

「えっ、録画ってどこで放送したの？」

「衛星放送で全試合中継があったんです」

「なに、そんなの知らない。じゃあ、私も全国放送されちゃったとか？　これでモテモテになっちゃうかなー」

「それはないかと」

「んじゃ、対戦校とかには連絡入れておくから、試合の準備しておいて〜」

落ち込む沙織を無視して、角谷会長が気楽にみほに指示を出す。

それを聞いて、真剣な表情を浮かべるみほが尋ねた。

「日程はいつですか？」

「んー、対戦校次第かな。でも、夏祭りと一緒にやるのがいいよね」

お祭りと聞いて、沙織は目を輝かせる。

「えっ、お祭り！」

「そーそー、夏休みだし、海開きとか花火大会とかと合わせてさ」

「では、早速各町内会と交渉します」

「頼んだよ」

小山がすぐに予算書類を用意すると、河嶋もすぐに立ち上がる。

「では、私は自動車部に連絡して、戦車の整備依頼を出しておきます」

それを見て、さっきまでの真剣な表情とはうって変わってみほがわたわたし始める。

「じゃあ、えーっと、私はどうしよう」

「西住ちゃんは作戦立案をお願い」

「あっ、はい」

みほにも指示を出すと、軽く片手を上げて退出を促す角谷会長。それを受けて一礼すると、みほたちは生徒会室から出ていく。それを小山が室外まで送って行った。

小山が生徒会室から出て後ろ手で扉を閉めると、生徒会室の中を沈黙が支配した。

「…………」

自動車部に行くと言った河嶋も、何事かを言いたげに、その場に立ったまま扉を見つめている。

くるっと椅子を回して角谷が窓の外を見つめる。

それにつられて河嶋も窓に向き、暫《しばら》く考えてから口を開きかける。

しかし、その瞬間静かに扉が開かれ、ほっとした表情の小山が入ってきたことで、河嶋は口を再び閉じてしまった。

「もう大丈夫です」

それを聞いて、ふんぞり返って椅子に座っていた角谷会長が、河嶋の方に向き直る。

「かーしまー、どうだ？」

角谷会長の質問に、間髪を入れずに、河嶋は答える。

「はっ、西住は次期会長には少々頼りないかと」

「小山は？」

「同意見です。むしろ戦車道隊長に専念して貰《もら》った方が、本人のためにもいいと思います」

「やっぱりかー」

それを聞いて、角谷会長はちょっとがっかりした顔をする。

「ですが、周りの子は、なかなか良い物を持っていますね」

小山のフォローに、角谷会長はちょっと考え込む。

「ふむ、候補が増えたな」

「はい」

「生徒会の引継ぎ、全然出来てないからなあ」

「普通なら、夏休み前には候補くらいは決まっていますしね」

「今年はそれどころじゃなかったからな」

「ま、これで安心して卒業出来そうだ」

「早く受験勉強に専念したいです」

それを聞いて、ちょっと微妙な表情を浮かべる河嶋だった。


富士山を背にして相模湾《さがみ》に浮かんでいるのは、後ろ側が大きく張り出した特徴的な形をしている学園艦。そう、聖グロリアーナ女学院の学園艦であった。

全長が大洗女子の倍は軽くある巨大な学園艦で、その艦首部は広大な森となっており、その中の一等地に英国の名門ホテルをベースに、多少コロニアル様式、つまり明治の頃に日本人の手によって作られた洋風建築が混ざり込んだような、上品で瀟洒《しょうしゃ》な建物がある。

通称「紅茶の園《その》」。聖グロリアーナ女学院の戦車道を履修《りしゅう》している生徒たちの拠点であった。

赤い絨毯《じゅうたん》が敷かれ、豪華だが上品な年代物の調度品が置かれた部屋の中央には、白い布をかけたテーブルと精緻《せいち》な作りの椅子が置かれていて、そこでは他の生徒たちから「ノーブル・シスターズ」「リーフ・マスター」などと呼ばれている、戦車道の指揮を行うダージリンたちが紅茶を楽しんでいる。

まるで一枚の絵画のように、全員が優雅に紅茶のカップを手にして、ソーサーとぶつかる音もさせずに、静かに口元に運ぶと、馥郁《ふくいく》たる香りを楽しむ。

しかし突然、絵のような調和を破壊するかのように、静かではあるがはっきりと、入り口の扉がノックされた。

「あら?」

声を上げたのは、柔らかい春の日差しを淡くしたような金髪を三つ編みにして後頭部でまとめた、所謂《いわゆる》ギブソンタックと呼ばれる髪型で、深い海のようなエメラルドグリーンの瞳と、最上級のティーカップにも負けない白く美しい肌を持つ端正な顔立ちの少女。

聖グロリアーナ女学院の戦車道隊長、ダージリンであった。

彼女がその整った右の眉を僅かに上げると、横に座っていた縦ロールの豪奢《ごうしゃ》な金髪を頭の後ろで大きなリボンで結んだ、ダージリンの車輌《しゃりょう》の砲手である少女、アッサムが素早く、だが音を立てずに静かに立ち上がり、扉をすっと開く。扉の外に立っていた当番の一年生は、一瞬驚いたように目を見開いたが、すぐに何事かをアッサムに小声で伝える。

アッサムが優雅に頷《うなず》くと、扉の横にある電話機を取り上げ、一言二言話すと、静かに通話口を塞いでダージリンに呼びかけた。

「ダージリン、大洗の会長から電話」

「ありがとう、アッサム」

アッサムに負けず劣らず、優雅で流れるような所作で立ち上がると、電話を受け取るダージリン。

その姿を、オレンジ色がかった茶色の髪を、二つの三つ編みにして耳の後ろでシニヨンにした小柄でスレンダーな少女が、幼い顔に好奇心の色を強く浮かべて眺めている。ダージリンの車輌の装填手であり、一年生にして紅茶の園の住人に抜擢《ばってき》されたオレンジペコだ。彼女は電話を見て首を傾げる。

「何の用でしょう?」

ダージリンと入れ違いに席に戻ってきたアッサムがその声に答える。

「ほら、そろそろ例の時期だから」

「例の……」

オレンジペコは少し考えると、理解の表情を浮かべる。

「では、戦車の準備をする必要がありますね」

「ふむ、よく勉強しているようね」

「ダージリン様から、一通りの事は教えられていますので」

丁度そこに、電話が終わったダージリンが振り向き、オレンジペコを呼ぶ。

「ペコ、ローズヒップを呼んできて」

「えっ」

ローズヒップは、聖グロリアーナ女学院の三大戦車派閥の一つ、クルセイダー巡航戦車隊のリーダーであるにもかかわらず、取って付けたような適当なお嬢様言葉を操り、がさつで優雅さのかけらもなく、落ち着きのない慌ただしい性格の少女である。オレンジペコにとってやや苦手な相手であった。※3
「あ、あのローズヒップさんとは、あの」

「ええ、何かありまして？」

「いえ、別に……でも、また戦車を壊すのではと思いまして」

おずおずと答えるオレンジペコに、ダージリンはまた器用に片方の眉だけを上げて見せる。

「クロムウェルを壊したのは、ローズヒップでは無くってよ？」

第63回戦車道全国高校生大会の準決勝にて、黒森峰女学園と対決した際、聖グロリアーナ側は虎の子のクロムウェル巡航戦車を試合に投入した。だが、その試合でクロムウェルは損傷、未《いま》だに復活していない。※4
「……いえ、それだけではなく」

オレンジペコの迷いを吹き飛ばすように、ダージリンは軽く笑う。

「壊れた物は仕方ないわ。それに、我が校の整備チームは優秀よ」

「はい」

納得した表情を浮かべると、オレンジペコはダージリンの指示に従って、ローズヒップを探しに行く。さて、今頃はどこの辺りを走り回っているのだろうかと思いつつ。


ビニール袋を留めるバッグ・クロージャー。パンの袋などで使われているのでよく見かける、プラスチックの部品。青森県はその左側の爪を折った形と言われている。その真ん中の空洞部に当たる広大な陸奥《むつ》湾に、艦首方向がスロープ状になっている巨大な学園艦が浮かんでいた。このスロープはスキー場としても使われ、また雪の無い時はリンゴを中心とした農園にもなっているが、その特徴的な形状から、遠くから見てもどの学校なのか分かるシンボルにもなっていた。

その名はプラウダ高校。

昨年の戦車道全国高校生大会優勝校であり、その時の立役者《たてやくしゃ》であるカチューシャが隊長として、戦車部隊を率いている。

その小さな暴君であるカチューシャが、いらいらして爪をかじりながら、赤い調度品と絨毯で囲まれたプラウダ高校戦車道隊長執務室の広い室内を歩き回っていた。

「ノンナ、エキシビションマッチの連絡はまだなの！」

ノンナと呼ばれたのは、カチューシャとは対照的に背が高く、体付きも豊かだが、シベリアの凍土のように冷たい目をした綺麗《きれい》な黒髪を持つ少女。だが、カチューシャに名を呼ばれた彼女は、冷たかったその目に、夏を告げる風のような温かみを浮かべて、ティーセットの準備をしながら静かに答える。

「そろそろだとは思いますが」

「もう、さっさと連絡よこしなさいよ。夏休みの予定が立てられないじゃない」

それを聞いて、優しい笑みを浮かべるノンナ。

「網走《あばしり》に帰省しますか？」

それを聞いて、フンと鼻を鳴らして上を向くカチューシャ。

「いやよ、天都山《てんとざん》も能取湖《のとろこ》のサンゴソウももう見飽きたから」

「もうすぐ北海シマエビの季節じゃないですか？」

地元の特産物を出されて、一瞬、目に迷いの色が浮かぶ。

「う、え、エビなんてここでも食べられるからいいわ」

「分かりました、では……あら、電話？」

「やっと来たわね！」

執務室のデスクで鳴る電話に出ようとしたノンナを制して、カチューシャが素早く電話に飛びつく。

その後ろ姿を見て、ノンナがますます笑みを大きくする。

待ちかねていたのをおくびにも出さず、何かあったのかという体で平静を装いながら会話をするカチューシャだが、慌ててデスクに飛び乗ったので、軽く浮いた足が興奮してパタパタと動いている。ノンナはとてもいい笑顔を浮かべた。

しばらく話したのち、電話を切ると満面の笑みを浮かべてカチューシャが振り返る。その視線の先には、先ほどまでの笑顔を隠して、能面のような無表情でノンナが声を待ち受けている。

「試合が決まったわよ！」


大洗からさほど遠くない犬吠埼沖には、世にも珍しい三段になった甲板を持つ学園艦が浮かんでいた。千葉県習志野《ならしの》市に本拠地を持つ学校、知波単学園の学園艦である。名目上の主要寄港地は習志野からも近い千葉港だが、東京湾の入り口である浦賀《うらが》水道に入る前に投錨《とうびょう》し、そこから連絡船に乗り換えなければならないのが面倒なため、投錨地に近い館山《たてやま》や、犬吠埼の利根川河口にある銚子《ちょうし》港も予備寄港地となっている。

同校の創立当時の名前は、千葉県立短期大学付属高校で、通称として千葉短高《ちばたんこう》と呼ばれていたが、同大学とは関係が無くなった際に、「知恵の波を単身渡れるような進取の精神に溢れる学生になるように」との意味を込めて、知波単学園と命名された。

戦車道にも力を入れており、戦車道全国高校生大会への参加の歴史も古く、中堅校の一角として知られていて、過去にはベスト4にも進出したほどであった。だが、その時の勝因が、全車輌による一斉突撃であったことから以後もこの戦術を守り続けているため、どの学校も対策をするようになり、最近はくじ運が良かった時でも二回戦敗退、そうでなければ大体は初戦敗退が続いている。

そんな知波単学園の学園艦甲板上に広がる大演習場は、緩やかな起伏を持ち、あちこちにぽつぽつと木が生えた原野《げんや》となっていた。

そこには三色の迷彩で塗られた戦車が、隊列を組んで多数止まっている。

止まっている車輛の大部分は、九七式中戦車チハ。※5
57ミリ戦車砲を搭載した俗に旧砲塔と呼ばれるタイプと、新型の47ミリ砲を搭載した新砲塔と呼ばれるタイプが混在している。

他校の大型戦車に比べると小さく見えるチハだが、その中にひときわ小さな戦車がちらほらと混ざっている。二人乗りの九五式軽戦車ハ号であった。※6
綺麗な隊列を組んだ車列の前に立つのは、それまで長時間戦車に乗っていたと思われるのに、汗一つかかず、長く真っ直ぐな黒髪をなびかせ、茶色のパンツァージャケットを着たお嬢様然とした美少女。彼女こそが、知波単学園の戦車道隊長、西絹代《にしきぬよ》であった。

手には急きょ訓練を止めることになった原因の電報を持ち、それをまじまじと見つめている。

最前列に並んでいた新砲塔チハから、黒髪を後ろに流して一本の三つ編みにまとめた、気の強そうな少女が問いかける。

「隊長殿、何の連絡でありますか」

問いかけに対して、西は電報から顔を上げると、凛とした声で命令を下す。

「玉田《たまだ》、指示を伝える」

「はいっ、傾注《けいちゅう》！」

玉田と呼ばれた一本三つ編みの少女が、全員に指示を出すと、全戦車の乗員も待機から気を付けの姿勢になる。

西は自らも姿勢を正し、その様子を確認すると一つ頷き、さほど大きくなくとも、最後尾の車輌まで聞こえるほど良く通る声を上げる。

「試合が決まった」

試合と聞いて、一斉に盛り上がる知波単学園の面々。

「また突撃が出来るでありますな！」

「相手はどこでありますか」

「練習試合でありますか！」

「腕が鳴りますな！」

各車長の問いに、西が笑みを大きくして答える。

「うむ、大洗女子の優勝記念試合だそうだ」

『おお――――』

大洗と聞いて、歓声が爆発した。そして、西の前に立つ玉田が、綺麗な姿勢のまま右腕を天高く突き上げ、ひときわ大きな声で叫ぶ。

「いい突撃が出来そうであります！」

一同が盛り上がっている中、九五式軽戦車の砲塔から身を乗り出していてもその小ささが目立つ、戦車帽を被った下から二本の三つ編みがはみ出している、大きな丸眼鏡をかけた気の弱そうな少女がおずおずと手を上げた。

「どうした福田《ふくだ》？」

「ところで、大洗まではどうやって行くでありますか」

残念ながら誰一人として大洗の場所を知らなかったため、一同は首を傾げるのみだった。実際は、今停泊している場所から、僅かに北に行くだけなのだが。

日本海に突き出た能登《のと》半島。その南西側から緩やかに福井方面へと続く海岸線の沖合には、中央部分が盛り上がった、特異な形状の学園艦が停泊していた。他校の学園艦に比べると明らかに小さく、また、中央に巨大な樹状構造物があり、そこに向けて前後から森に覆われた色々な構造物が続き、まるで山のようにも見える。

これが継続高校の学園艦であった。停泊している海岸からほど近い、石川県の金沢《かなざわ》港が母港で、学校の規模は学園艦の中では小さい方である。しかし戦車道は活発で、保有している戦車は各国の寄せ集めで雑多だが、高い整備能力と優れたドライビングテクニックと射撃能力によって、中堅校として、また、あの黒森峰女学園を苦戦させた学校としても良く知られている。

中央の樹状構造物の近くは深い森となっており、あちこちに沼があった。その沼の一つから、普段は人の影もないのに、今は話し声が響いている。

そこでは、三人の水色のジャージを着た少女たちが野営をしていた。

「ミカー、何か大洗女子から連絡来てたよ〜」

栗毛を頭の上の方で二つに結わえて、スカートの下にはいたジャージのすそをひざ下までまくった活発そうな少女が、手にした紙をひらひらと見せる。

ミカと呼ばれたのは、灰色がかった黒髪を、前髪は斜めに分けて後ろを背中までざっくりと伸ばし、長身だが均整の取れた体つき、そして服と同じ白と水色のチューリップハットを被って、手にはフィンランドの伝統楽器カンテレを持った少女だった。※7
そして、継続高校の戦車道隊長でもある。

「ミッコ、戻って来たんだ」

「うん」

ミッコと呼ばれた少女が、手紙を渡そうとすると、ミカはそれを受け取る前に言う。

「ああ、エキシビションマッチの件だね」

「何だ、知ってたんだ」

興味なさそうに紙の内容を言い当てられて、ミッコが不満げに頬《ほお》を膨らませる。

それを見て、ミカがふっと小さく笑い、カンテレを軽く鳴らした。

「時期的にそうだろうと思ったのさ」

倒れた木の幹を椅子代わりにしていたもう一人、淡いアッシュブロンドの髪を、頭の後ろで二つのおさげにした、小柄で童顔の少女が、興味深げに身を乗り出して会話に加わってくる。

「じゃあ、出るんだよね。お友達増えるかな～増えたらいいな～」

「出ないよ、アキ」

わくわくしていたアキは、ミカの言葉にショックを受ける。

「ええー、何で出ないの」

「エキシビションマッチ、そこに戦車道に必要な物はあるのかな」

そう言うと、ミカは手にしたカンテレを軽く鳴らす。

「じゃあ、行かないの？」

「いや、大洗がどんな所かは見に行くよ」

「えー、何それ、意味分かんない」

「ふふっ、アキにもそのうち分かるさ」

静かな森の中を、焚火《たきび》の薪《まき》がはじける音を伴奏に、カンテレの静かな曲が流れて行った。


「また、試合があるんだって？」

「前座で奉納試合、その次に優勝祝賀試合だそうだ」

「ほほー、またうちの店壊してくれないかな」

「お前の店ばっかり、今度はうちに決まってる」

「奉納試合でも祝賀試合でもいいから、砲弾の数発も撃ち込んでくれたらな」

「違いない。戦車道保険を使うなんて、何十年ぶりだ？」

「いいよな、この間建て直せた奴《やつ》は」

大洗の町のあちこちで、人々が顔を合わせるたびに、試合の話で盛り上がっていた。

大洗女子学園の優勝パレードで町は大きく盛り上がったが、更に夏祭りに合わせて、再び大規模な戦車道の試合が町中で見られると聞いて、町内が更に大きく盛り上がり始めた。

気の早い人は、既に店の前にテーブルを出して商品を並べたり、のぼりを立てたり準備を始めるほどであった。海水浴シーズンが過ぎて、夏の終わりを告げる五穀豊穣《ごこくほうじょう》と四海平穏《しかいへいおん》を祈る祭りが終わると、本来は町の盛り上がりは一段落する。しかし、その祭りと合わせて戦車の試合が町内であるのは、お祭り好きにとっては、もう一盛り上がりするいい機会であった。


大洗の学園艦も試合会場となる町内も慌ただしく準備をしている間に数日が過ぎて、気が付くとあっという間に祭りの前日になっていた。

「ふむ、まず我々はどこに行けばいい？」

真紅に塗られたテケ車、制式名九七式軽装甲車の車長席から体を出した赤いリボンの少女が、横で砲塔に腰掛けている緩くウェーブした淡い色の髪の少女に質問する。※8
「祭りの実行委員会に顔を出す必要があるけど……時間はまだあるよ」

「では、大洗見物だな」

笑みを浮かべる車長席の少女と、それを見て微笑む操縦席の淡い栗毛の少女。

少女たちが大洗の町の中をテケで流していると、それを見た町の人々が懐かしそうに車輌を見つめ、声を掛けたり、試食の品を渡したりする。

あっという間に車輌の空きスペースは試食品で埋まり、そのあまりの量に、少女たちは目を白黒させる。

大洗女子学園の戦車道復活と、戦車道全国高校生大会での奇跡の優勝、そして今回のエキシビションマッチを前に、町全体が熱狂しており、それがこうした道行く人々への食べ物の振舞いに繋《つな》がっていた。

「何にも買ってないのにお腹《なか》一杯だ！」

「これが大洗商店街マジック!?」

同じような光景は、商店街のあちこちで目撃されていた。

商店街では大洗女子の生徒やその関係者に加え、試合に参加する聖グロリアーナ女学院、プラウダ高校、知波単学園の生徒たち、更には偵察《ていさつ》か、はたまた単なる興味本位か、サンダース大学付属高校やボンプル高校の生徒などの様々な学生服やパンツァージャケットが咲き乱れ、今回の試合に関係ない学校の生徒も多数来ていると見受けられた。

特に、アンツィオ高校の生徒たちは、ちゃっかりと商店街に許可を貰って露店を出し、中には大洗の店で臨時の手伝いをしているうちに、その手際の良さを重宝がられて、真剣にバイトを依頼されるる子まで出るほどであった。

生徒たちに続いて、戦車も町に入って来ていた。

テケ車に続いて商店街の中を、まだらになった水色に塗られた小さな車体の側面に、盾の中に「継」と描いたマークを付けた大きな箱型の砲塔を載せた戦車が、ゆっくりと走っていく。継続高校のBT-42であった。※9

その全てのハッチは全開にされており、周囲から次々と色々な食べ物が差し出されるのを、嬉《うれ》しそうに乗員、主に操縦手のミッコが受け取っている。

三角形に切られたカステラを嬉しそうに受け取ると、一つを手に取って残り二つを車内へと渡す。

砲塔にいたアキが受け取り、一つを車長のミカに渡し、残りを口に運ぶとびっくりした顔をする。

「ねーねー、ミカ、このカステラあんこが入ってるよ」

「それはひべりあだね」

「ひべりあ？」

ミカが、口の中に食べ物を入れたまま、もごもごと答える。

その時には既に食べ終わっていたミッコが、ミカのセリフを補足する。

「アキ、それはシベリアって言うんだって」

「へー、じゃあミッコ、それ食べたら木を数えなきゃならないの？」

ミッコはとても嫌そうな表情を浮かべた。

「バイカル湖に沈むのはやだなあ」

「そのシベリアじゃないさ」

ミッコとアキのボケに、ミカが冷静に訂正を入れる。

その間に、ミッコがまた次の食べ物を口に運ぶ。

「うまうま、こっちの串カツも美味しい」

「ミッコ、頬張《ほおば》り過ぎ」

「だって、戦車運転してるから、両手塞がってるもん」

楽しそうな会話が続くＢＴ－42が、真紅のテケ車の前を通り過ぎて行く。それを見て、テケ車の少女たちが盛り上がる。

「あっ、あれＢＴ－42だよ、珍しい」

「ＫＶ－２みたいだな」※10

「用途は似たような物だけど、まぁ砲も装甲も全然違うよ」

「他にも色々戦車がいるみたいだけど」

テケ車の少女たちがそっと周囲を見ると、大洗の商店街のあちこちを、多くの軽戦車や豆戦車が走り回っているのが、嫌でも目に入って来た。

どこから来たのか分からないほど、色々な国の戦車が集まっており、中には試合の準備をしているのか、プラウダ高校のＴ－34／76の姿もあった。※11

「ああ、偵察だろう」

「ふーん、優勝すると注目度が違うんだね」

「あれを全部叩《たた》き潰《つぶ》したら、きっと快感だろうな」

「テケ車で？」

「やってみたい。不可能じゃないだろう？」

「撃破は不可能じゃないかもしれないけど」

「けど？」

「試合に持ち込むのは無理じゃないかな」

「無理なんて言葉は、履帯《りたい》で踏みつぶしてやれ」

それを聞いて大きくため息を吐く少女たち。

午後には奉納試合が行われるので、商店街から一時的に人や車輌は排除される。その前に、十分に楽しもうと、人出はどんどん多くなっていった。

そんな喧騒《けんそう》が続いていたが、奉納試合と夜の花火大会が終わると、エキシビションマッチを翌日に控えた大洗の夜は、静かに更けていった。


朝日と同時に何発もの花火が、大洗港から雲一つない晴天の空へと打ち上げられた。

エキシビションマッチが決行されることを、住民だけではなく、試合を見にあちこちから町に集まった人々へと告げるために。

大洗駅やフェリーターミナル、町役場やアウトレットモールなど町の主要な箇所には、「大洗女子学園優勝記念エキシビションマッチ」との文字が書かれた垂れ幕が、誇らしげに掲げられていた。

試合会場は、大洗町役場を中心とした町の北側に設定され、大洗アウトレットモールなど、町内の所々に設定された特設観客席周辺は発砲禁止地域となっている。

その特設観客席には、試合開始にはまだ時間があるにもかかわらず、多くの観客が集まり始めていた。いや、中にはまだ暗いうちから良い席を求めて並んでいた観客もいるほどだった。

「うわー、あんなにお客さんいるよ」

大洗マリンタワーの展望台からアウトレットモールを見下ろすと、人の数に沙織は驚きの声を漏らした。

「凄い数ですね〜もう、万の人数はいると思いますよ」

優花里が指で四角を作って、その中の大体の人数を数えると、四角を行列に当てはめて、並んでいる全体の人数をざっと数える。

そんなのんきなあんこうチームのメンバーを尻目に、みほはやや悲壮さも漂うような真剣な表情で大洗の地形を見つめ、手にした地図と照らし合わせながら、何事かをぶつぶつと呪文のように呟《つぶや》く。

「ここの道はダージリンさんは知っている、こっちもダメ。この十字路からあっちに移動して、あぁ、そっちは視界が通っているから狙い撃たれちゃう」

再び地図に視線を落とすと、道路を指でなぞる。

「恐らく足の遅い歩兵戦車は守りを固めて、快速部隊で攪乱《こうらん》する。こっちの知波単車はどれが相手でも受け切れないから、直率してここぞという時に投入して……」

考え込んでいるみほを見てから、顔を見合わせ、沙織と優花里はことさら気楽な調子で、質問をする。

「ねえ、みぽりん。どんな作戦にするの？」

「地の利を生かして、分散させて各個撃破ですか？」

それを聞いて、みほはやっと地図から顔を上げる。

「……うん、そうするしかないんだけど、どこに車輛を伏せたらいいのか」

それを見て、華が町の一点を指さす。

「立体駐車場とかですか？」

「恐らくダージリンさんには同じ手は通用しないし」

「ああ、昨日はアッサムさんがかなり熱心に町の中を歩いてましたね」

「プラウダの子たちも沢山いたよ」

「あれは買い食いしていたんじゃないでしょうか？」

沙織と華も、準備を楽しんだのか、それとも偵察を手伝ったのか分からない情報を出してくる。

既に会場となる大洗の町が、対戦チームにくまなく調べられているのは間違いなかった。

道の幅はメジャーだけではなく、レーザー距離計までも使って実際に測定され、橋の強度や軟弱地盤地域、海岸の砂のしまり具合に至るまでも調べられているに違いない。

優花里は、昨日プラウダの生徒たちが海岸を歩いていたのを思い出した。

「そう言えば……柔らかい地盤で戦車が通れるかどうかは、人間二人が肩車をして歩ければ大丈夫だそうですよ」

「それでプラウダの隊長は、しょっちゅう肩車されているんですね」

「あれは単に高い所から見たいだけじゃないかなあ」

納得する華に、沙織が冷静にツッコむ。

それを聞いて、ますます真剣な顔になるみほに、沙織は尋ねた。

「これって、負けたらどうなるの？」

「え？」

何気ない沙織の一言に、思いも寄らない所で履帯が切れた戦車の車長のような表情を浮かべるみほと優花里。

華も、それに乗っかる。

「そうですね、負けた方が経費を全部出すとかあるんですか？」

「ううん、この試合、経費は全部戦車道連盟持ちだし、地域振興と言うか……」

だんだんみほの言葉が小さくなっていく。

「ってことは、今回は勝っても負けても関係ないんだし、なら大洗の人に楽しんで貰う方がいいよね」

声と共に、いつの間にか角谷会長が姿を現した。

「あれ、会長、どこから生えたんですか」

「会長はきのこではない」

「さっきからず——っとねー」

後ろに河嶋を引き連れた角谷会長が、ニコニコ笑みを浮かべたまま、みほの横に立つ。

会長の言葉を聞いて、隊長である西住みほは一瞬考え込むと、その後ににっこりと微笑んだ。

「そうか、そうですよね、楽しんでもいいんですよね」

大洗に来たばかりの時には考えられないような、心からの笑み。それを見て心配したようにみほを見ていた沙織と華も、ほっとした表情を浮かべる。

「そーそー、楽しく派手にやろうよ、派手に」

戦車道の試合で負けてもいい、それは西住流の教えの中には微塵も無い思想であり、みほも今まで一度も聞いたことのない言葉だった。

だが、そんな戦車道もある。それが第63回大会の中で学んだことの一つでもあった。

第63回大会で大洗が負けることはすなわち廃校に直結していて、その意味でも負けるわけには行かなかったのだが。

「作戦が決まりました！」

晴れやかな顔でみほが作戦を告げた。


「それでは、第63回戦車道全国高校生大会優勝記念エキシビションマッチの開始を、ここに宣言します！」

アナウンスの王大河《おうたいが》の声が、大洗町内に響き渡る。

試合前に参加する全車輌と乗員が、メインの観客席がある大洗アウトレットモールに集結、そこで簡単な開会式を行った。

最後に大洗・知波単連合と、聖グロリアーナ・プラウダ連合が挨拶を交わすと、後方に止めてあったそれぞれの戦車に乗車して、左右に分かれてスタート地点へと移動する。大洗・知波単連合のフラッグ車はあんこうチームのⅣ号戦車、対する聖グロリアーナ・プラウダ連合のフラッグ車はダージリンのチャーチル歩兵戦車であった。※12
大洗・知波単連合のスタート地点は、町役場から南側にあるサンビーチキャンプ場、聖グロリアーナ・プラウダ連合は北側のアクアワールド前。

開会式場から移動する戦車の勇壮な姿に、観客たちは早くも盛り上がり始める。

その間にも、観客席のあちこちに設置されたディスプレイに、移動中の車輛の様子が映る。

暫くすると両チームがスタート地点に到着し、その場で隊列を組んで、エンジンをアイドリングにして待機する。みほは時計をちらっと見つめた。

すると、遠くから徐々にエンジン音が響いてくる。

「あれは」

「銀河でありますね！」※13
優花里が額に手をかざしてエンジン音の主を確認しようとする前に、知波単の福田がエンジン音を聞き分けて、機体を特定する。一瞬、それにびっくりする優花里だが、すぐに気を取り直す。

「銀河なら、あれが戦車道連盟公認審判機ですよ。近くの茨城空港から離陸したんでしょう」

「じゃあ、そろそろ試合開始？」

空の様子が見えない沙織が、優花里に問いかける。

「はい、上空に来た所で合図があるでしょう」

優花里の言葉通り、一度海上で大回りをした銀河は、やや高度を落として海側から大洗港へと接近、通過する寸前に合図の発煙弾を投下した。

同時に大洗港からは、多数の花火が打ち上げられる。

「うわっ、凄い花火」

「昼間なのが残念ですね～」

試合開始の号令が下されると、みほはのど元のマイクに手を当てる。

「それでは、全車、事前打ち合わせ通りに突撃して下さい」

みほの指示に従って、一斉にアイドリング状態からギアを繋ぎ、大洗・知波単連合は並んだ姿勢のまま加速する。

そのまま徐々に速度を上げて、Ⅳ号戦車を先頭にキャンプ場から外へ出る道路へと向かう。

キャンプ場からサンビーチ通りに入って道が広くなると、大洗側はチーム全車輛《しゃりょう》に密集隊形を組ませて、そのままサンビーチ通りを驀進《ばくしん》する。海水浴場を右手に、マリンタワー方面へと突き進んでいく。

その勇壮な姿に、サンビーチ通り横に並んだ観客や、あちこちのディスプレイ越しに見て興奮した観客の猛烈な歓声が響く。その中で更に加速した車列は、轟音《ごうおん》を立ててリゾートアウトレットの仮設観客席前を通過していく。

通過した瞬間の声援は、轟《とどろ》きわたる無数の戦車のエンジン音にも負けないほどであり、更には客の持つホーンなどの鳴り物が響き、最後には港に停泊している学園艦やフェリーから次々と汽笛が鳴らされた。

熱狂する観客の前を通り過ぎた大洗側の戦車はマリンタワー前を通過し、そのまま右へ道なりに曲がっている通りを進み、コンビニ前を通過すると、大洗岬のヘアピンカーブへと速度を維持したまま進入した。

各車輌は、やや履帯を滑らせながらも一気にヘアピンを左折、聖グロリアーナのお株を奪うようなきれいな隊列を組んだまま間髪を入れずに右へと切り返して、磯前神社の大鳥居をくぐると、ホテル群の前を通過して、大洗海岸通りを真っ直ぐアクアワールド方面へと進撃する。

それはまるで、黒森峰得意のパンツァーカイルを思わせるような壮観であり、ホテルの屋上などから見学している観客は大いに盛り上がる。※14
「いやー、こんな突撃やれると思ってなかったですよ」

優花里がハッチから後続車輌を眺めながら、嬉しそうに言う。

「何か、猛烈に気分が高揚します」

同じようにニコニコしている華。

「ちょっと、私も見たい」

「諦めろ」

沙織が通信席で騒ぐのを、一言で切って捨てる麻子。

その光景を見て、みほはくすっと笑う。

「どうしたのでありますか？」

「うん、ちょっと西さんに指示を伝えた時のことを思い出して」

「失礼します！」

声と共に、知波単の隊長である西が、地図を見ているみほの前に立つと、綺麗な挙手の礼をした。

みほが軽く頭を下げると、手を下ろす西。その後ろには、知波単学園の全乗員が整然と並んでいた。

「西住隊長、作戦はどうするでありますか？」

西の問いに、みほは顔を上げると、姿勢を正して口を開く。

「今回の作戦は」

みほは一度言葉を切って、知波単学園の全員を見渡した。全員が期待を顔に浮かべているのを見て、声を大きくする。

「一丸となって、全速で相手のフラッグ車へツッコみます」

その言葉に大歓声を上げ、まるで勝利したかのように周囲の子と肩を叩《たた》き合《あ》う知波単学園の生徒たち。

周辺で整備をしていた大洗側の生徒たちが、その様子を不思議そうに見つめていた。

大洗側の急激な動きに対して、聖グロリアーナ・プラウダ連合、略してグロプラ連合は、部隊を三つに分けると、快速車輌だけで組まれたチームを北回りで潮騒《しおさい》の湯に向かわせ、プラウダチームが中央を大洗駅方面へと向かい、低速の歩兵戦車がアクアワールド周辺で防御態勢を取った。

この行動は、基本的に奇策を取る、いや、車輌数が少ないから取らざるを得ない大洗側の動きを警戒したためだと考えられる。エキシビションマッチだからといって、観客受けのいい一丸となっての正面突撃をまさか大洗側が行うとは思っていなかったのか、結果的に、グロプラ連合は隙を突かれる形となった。

その進撃速度がどれほど急であったかと言えば、大洗側が進んでいる道と比較的近いルートをたどっていたプラウダの車輌が、想定交戦ラインである大洗ホテル周辺に到達する前に、大洗の先頭車輌であるⅣ号戦車を、グロリアーナチームの本隊である歩兵戦車部隊が視界に捉えるほどであった。

「まさかフラッグ車を先頭に出すなんて」

突然出現したⅣ号戦車と、その後に続く大洗・知波単連合の車輌を視認したダージリンは、形の良い眉を僅かに顰めたが、まずは紅茶を優雅に一口飲んでから、良く通る声で命令を下す。

「後続の全車輌に通達、直ちに右の黒松林に移動。それと他の味方へ、接敵、これよりゴルフ場で持久態勢を取ると伝えなさい」

「了解しました」

車輌無線を最初は小隊、次いで広域に切り替えると、オレンジペコがダージリンの命令を伝える。それを受けて、歩兵戦車の隊列は切れのいい動きで黒松林へと姿を隠す。

「あのまま撃てば、試合は終わったんじゃないですか？」

オレンジペコが疑問を口に乗せると、紅茶を飲みかけたダージリンがカップを下ろす。

「あの距離では、当たっても撃破は出来ないわ」

「でも」

「その間に、肉薄されてこちらが撃破されてしまうわよ？」

確かに、大洗・知波単連合の全車輌が、僅か四輌しかいない聖グロリアーナの歩兵戦車チームへと襲い掛かってくれれば、いくらチャーチルの装甲が厚くとも、四方八方から撃ちまくられ撃破されるのは、容易に想像がつく。

その上、多少速度が向上しているとはいえ、チャーチルの足の遅さでは、素早く判断を下し、それをすぐに行動に移さないと、簡単に追い付かれて包囲されてしまうだろう。

「なるほど」

「戦況をすばやく確認して、彼我《ひが》の戦力差から最適でなくても次の行動を判断し、命令を下す。これが指揮官には必要な能力よ。覚えておきなさい、ペコ」

「はい」

ダージリンがオレンジペコを優しく諭す。

どんな時でも冷静で指揮も適切、しかもこうやって後進の育成にも気を配るのが、ダージリンの優秀さの表れであった。

「それにね、こんな格言を知ってるかしら？」

この余計な一言さえなければ、理想的な隊長なのに、とオレンジペコは小さくため息をついた。

一方、ダージリンからの連絡を聞いたプラウダのカチューシャは、思わず声を荒らげた。

「ちょっと、なんでそんなにあっさり前線抜かれるのよ！」

「今回は防衛線は敷いていませんから」

ノンナがしれっと答える。

激昂《げきこう》しかけたカチューシャだったが、平然としたノンナの回答に冷静さを取り戻し、マイクを取り上げると麾下《きか》の車輌に指示を下す。

「ノンナ、直ちに私たちも追い掛けるわよ。足の遅い車輌はそこの海岸に伏せておいて」

「了解しました、ニーナ、ヴォストーク地点にて待機」

ノンナからの通信を聞いたＫＶ－２の車内は、突然の命令に大騒ぎになっていた。

「ヴォストークってどこだべ」

「えーっと、地図地図……ここに灯台があって……え？」

ＫＶ－２の巨大な砲塔の中で、慌てて地図を取り出し、指示の地点を確認するとニーナとアリーナは思わず顔を見合わせる。

「ホントにここなんだべか？」

二人して首を傾げるが、すぐに諦める。

「まー、命令だから仕方ないべ」

「この戦車大丈夫だべか？」

「ゴムパッキン、どっかにあっただな」

車内を漁《あさ》りだすアリーナ。それを見て砲手のマリーヤが足元からゴム栓を引っ張り出す。

「これだべ？」

「そーそー、ありがと、マリーヤ」

ニーナとアリーナが、ゴムパッキンを車輛に取り付けるために外に出ようとすると、同時にKV－2が動き出す。ハッチに頭をぶつけそうになりつつ、車外に出たニーナに後ろから太いホースが渡される。

「何だべ、これ？」

「吸気管代わりだって」

「あー、このままだったら、エンジン止まっちまうもんな」

ホースを抱えて、ごそごそとエンジン回りで作業を始める。

その場に残って作業を行っているKV－2を置き去りにして、全速で県道2号を下っていくプラウダの車輛。

速度をほとんど殺さず、先ほど大洗の車輛が曲がっていった磯前神社の大鳥居を左折してくぐると、ホテル前の海岸通りに向かって行く。

作業が終わったのか、少し遅れてのろのろとやってきたKV－2が、曲がって行った他の車輛の後には続かず、真っ直ぐに砂浜の方に向かって行った。

「全速前進！　このまま大洗の尻尾に噛《か》み付いて、そのまま蹂躙《じゅうりん》するわよ！」

海岸通りを爆走し、前方に黒松林へと進入しようとする大洗の車輛を発見するや否や、後を追って道路の左側へ進路を変えようとしたプラウダの車輌。だが、迅速な判断ではあったが、この行動は完全にみほに読まれていた。

進路を変えようとした先頭のT‐34／76に向けて、左側面の林の中から猛烈な砲撃が降り注ぐ。

「88ミリ!?」

その特徴的な砲弾の音にカチューシャが驚くと、冷静な声でノンナが返す。

「ポルシェティーガーがいますね」※15
それを聞いてカチューシャが顔をしかめる。

「なんてめんどくさい！　何としてもここを突破するわよ、ノンナ！」

「了解です、同志カチューシャ」

88ミリ砲の砲撃があったということは、大洗の戦車の中で最高の火力と装甲を持ったポルシェティーガーが待ち伏せしているのは、自明のことであった。ポルシェティーガーの88ミリ砲は、通常徹甲弾ですら、500メートルの距離から110ミリの装甲を貫徹《かんてつ》可能。しかも今は丘の上から撃ち下ろしてくるので、最大120ミリの装甲を持つIS‐2ですら、当たり所によっては撃破される可能性がある。※16
当然、それより装甲の薄い他のプラウダの車輌なら、正面から撃ち抜かれてもおかしくなかった。

それ以外にも、飛来する砲弾の中には75ミリ砲クラスも確認されており、ここで下手に進路を変えると、車体後部などの装甲の薄い所を狙われるのは必至。かと言って後退をすれば、大回りをする必要があるので時間が掛かり、その間にフラッグ車のチャーチルがやられてしまう危険性がある。

ならば、あえて装甲の厚い正面を向けて、タイミングを見て強行突破する方が早いと判断する。

結果として、プラウダ側は遅滞戦術用の小部隊によって完全に釘付《くぎづ》けにされてしまい、ダージリンの歩兵戦車部隊は孤立無援のまま、優勢な大洗側に囲まれて、援軍の到達を待ち続ける羽目となってしまった。


「こんな言葉を知っている？　逆境は実力ある人間の味方よ」

優雅な曲線を描く白磁《はくじ》のティーカップ、そのふちをカップよりも白くて優美な指が緩やかに滑っていく。

だが、その言葉を横のオレンジペコがばっさりと断ち切る。

「……お言葉ですが、あまりにも逆境過ぎやしませんか」

「芝の緑が目に染みるわ」

「ここはバンカーです」

『ダージリン様、ご指示を！』

穏やかな会話を断ち切るように、無線機からやや焦った声が響く。

「まだ待機、焦って動かないように。ここのバンカーは深いわ」

『ですが、包囲される前に脱出しないと』

マチルダⅡ歩兵戦車三号車からの焦った声に続いて、二号車からも悲報が届く。※17
『こちらマチルダ二号車、後方にも大洗の車輌が見えます』

「……ふぅ」

一つため息をつくと、ダージリンが口を開く。

「ペコ」

「はい！」

期待に満ちた表情で、オレンジペコはダージリンを見つめる。

しかし、続いたセリフは、期待したのとは違う、意表を突く、だがある意味いつも通りのものであった。

「紅茶が無くなったわ、お代わり」

「…………」

ダージリンが出したカップに、オレンジペコは無言でポットから紅茶を注ぐ。

車内にふわっと紅茶の良い香りが漂う。

「うーん、芳醇《ほうじゅん》な香りね。やはりペコの淹《い》れる紅茶は最高……あら？」

閉じていた目を開いて紅茶の中を見ると、驚きの声を上げる。

「どうかしましたか？」

「茶葉が」

それを聞いて、オレンジペコは慌てる。

「し、失礼しました、直ちに」

「いいのよ……それにほら」

「?」

「茶柱が立ったわ」

すっと、カップを左手に持ったソーサーに置く。

「イギリスのこんな言い伝えを知ってる?」

また何を言うのかと、ダージリンの方を見るオレンジペコ。

「茶柱が立つと、素敵な訪問者が現れる」

言い終わると、ダージリンは再び目を閉じてカップを口に運ぶ。

それを聞いて、オレンジペコは困惑したように傾けた眉の角度を、ますます深くする。

ついでに、立った茶柱は堅かったのだろうか、柔らかかったのだろうかと、どうでもいいことが頭をよぎる。

茶柱が堅いと男性、柔らかいと女性が訪れると以前ダージリンから聞かされていたから、今の状況からすれば恐らく柔らかかったはず。

まぁ、占いなんてどの程度当たるのか、というかこの状況で占いなんてどうでもいいから、何か建設的なことをお願いします、と強く思う。

一方、そんなことをオレンジペコが考えているとは思いもしないのだろう。ダージリンは微笑みながら紅茶を口に運んでいる。

オレンジペコは小さくため息をつくと、

「お言葉ですが、もう現れています。素敵かどうかはさておき」

ダージリンはちらっと視線を砲塔の外にやった。

戦車の車体が隠れるほど深いバンカーから見上げると、目の前にはゴルフ場のグリーンがゆっくりと盛り上がり、まるで壁のように見えている。

正面のグリーンの先、フェアウェイを真っ直ぐティー・グラウンド方面に目をやると、そこには、グリーンの上のゴルフボールよりも小さく、かろうじて見えるか見えないかの戦車の姿があった。

「来たわね」

直後、砲塔が着弾の衝撃で激しく揺れるが、ダージリンが手にした紅茶は一滴もこぼれない。

それが聖グロリアーナ・ノーブルシスターズの高貴なる鉄則。

聖グロリアーナの各車輌には、それぞれの戦車に因《ちな》んだ由緒あるティーセットが備え付けられており、代々同じセットが使われている。

例えば、ダージリンの乗っているチャーチルには、イギリスのブレナム宮殿で使用されているのと同じ物が用意されていた。**※18**
なので、割れた時にはスペアを探すのに苦労することになる。

単純に、お金を出せばなんとかなるというものでもないのが面倒なところであり、実際に以前割れた時は色々と大変だった。

そんな面倒なカップが備え付けられているため、聖グロリアーナで戦車道を学ぶ一年生は、戦車の扱い方を学ぶのと同時に、紅茶の淹《い》れ方《かた》とカップの扱いを覚えさせられる。

戦車に乗る前に最初に教えられるのは、お湯の沸かし方だ。お湯を見て、紅茶の葉に適した温度が分かるようになって、やっと実際に紅茶を淹れさせて貰え、また戦車にも乗れるようになる。

こうして紅茶の扱いと戦車の扱いを覚えるようになり、適性を基に、乗車する戦車を割り当てられるようになると、車長に選ばれた者は、紅茶をこぼさずに走行しつつ、戦闘指揮をする特別な猛訓練が行われる。

普通に走るだけでも揺れる戦車の中で紅茶をこぼさないのは至難の業で、必ず脱落者が出るほどであったが、これには「聖グロリアーナの車長たる者、常に冷静であれ」との教訓が込められているという。

ダージリンが優雅に紅茶を飲んでいる間も、次々とチャーチルの周辺に砲弾が降り注ぎ続ける。たまに砲弾が直撃し、戦車が大きく揺れるが、車内の誰もそれを気にする様子はない。

と言うのも、僅かにバンカーのふちから出ているチャーチルの砲塔前面装甲は１５２ミリにも達し、砲塔側面でも95ミリという重装甲に鎧《よろ》われている。

しかも、車体の残りの大部分は、ゴルフ場の深いバンカーの中に隠されており、外から装甲の薄い部分を狙うのは極めて難しかった。

周囲にいるマチルダⅡも同様で、バンカーから僅かに出ているのは、チャーチルには劣るが、それでも全周75ミリという、ちょっとした戦車の前面装甲に匹敵する厚さの砲塔部のみであった。

37ミリや50ミリ程度しかない戦車砲では貫通できず、高射砲である88ミリ砲を引っ張り出してこないと撃破できなかったという逸話があるほどの重装甲である。

そして、ダージリンの正面に見えるのは、八九式中戦車、Ｍ３リー、多数の新旧砲塔の九七式中

戦車チハ、三式中戦車といった、装甲貫徹力の低い車輌の集団。※19・20・21
その最後尾には、Ⅳ号戦車D型に増加装甲や改造を施し、主砲を75ミリ48口径KwK40に換装してH型相当へと改良した、第63回戦車道全国高校生大会優勝の立役者、大洗女子学園のあんこうチームの車輌。

確かに、あんこうチームのⅣ号戦車の主砲は、500メートルの距離で、30度傾いた96ミリの装甲を撃ち抜く威力を持っており、マチルダⅡを正面から撃破することは可能である。

だが、当たり所が少なくなっている上に、やや丸みを帯びたマチルダⅡの装甲は、当たり方次第ではそのⅣ号の砲弾ですら弾く可能性がある。

実際に大洗側からは砲弾が降り注いでいるが、地形に邪魔をされて命中弾は少ない。

対して、聖グロリアーナ側からは、大洗側が接近して来れば、やや下から見上げる形になるので、装甲の薄い車体下部を狙うのも容易であった。

そのため、大洗側も安易に接近するわけにも行かず、結果的に、両チームとも身動きが取れず、完全に膠着《こうちゃく》状態に陥っているのだ。

大洗アウトレットモールの特設観客席、その前には町内各所の観客席に設置された中でも、最大のディスプレイが設置されている。

ディスプレイの中には、聖グロリアーナのチャーチルが大映しされ、被弾した瞬間には、観客席からは大きな歓声が上がった。

だが、爆煙が晴れると、チャーチルもその周囲のマチルダIIも健在であり、歓声はため息へと変わる。

「なんて固い戦車だ」

「まぁまだ試合は始まったばかり」

「そうそう、全然町内に入ってきてないし」

「さっき前を走って行っただけだもんな」

お祭り気分の観客は、露店の食べ物や飲み物を手に、口々に感想を言い合い、再びディスプレイに注目する。

「なかなか壮観じゃないか」

「エキシビションマッチという割には、すっごい力入ってるよね」

「これを見せるために我々を呼んだのか」

「だから奉納試合はペイント弾だったんだね」

観客席で、紅桔梗《べにききよう》色のブレザーを着た二人の少女が、モニターに見入っていた。

一方、ゴルフ場を見渡す高台の道路には、一台の変わった車輌が止まっていた。フィンランドの路面電車の架線《かせん》補修用車輌、その作業用架台から見つめる二つの姿。

高い所だというのに、不安げな様子もなく軽々と架台の手すりに浅く腰掛けているのは、継続高校隊長のミカ。

その隣では同じく継続高校のアキが、架台の中から、手すりにもたれ掛かり、子供っぽい顔に不審げな表情を浮かべている。

アキが、戦況を見つめつつ口を開く。

「エキシビションって何かかっこいいね～」

カンテレが軽やかに音をたてる。

「かっこいい……それは戦車道にとって大切なことかな」

「え～。じゃあ、ミカは何で戦車道やってんの？」

ミカはふっと顔を上げ、軽く目を閉じると長い髪を風になびかせる。

「戦車道には人生の大切な事がすべてつまってるんだよ。でも、ほとんどの人がそれに気付かないんだ」

再びカンテレがポロンと鳴る。

「何よそれ～」

ミカのいつも通り掴《つか》み所《どころ》のない台詞《せりふ》に、アキは不満を覚える。

先ほどまではBT－42を操縦してきたミッコがいたのだが、彼女はお腹が空《す》いたと言い残して、戦車ごと露店が集まっている商店街に走って行った。それからずいぶん経《た》っているのに、まだ帰って来る様子もない。恐らく、試合が開始してしまい、町内の道路が通行止めになっていて、戻れなくなったのだろう。

二人とも、ミッコはどこかで普段通りにやっているだろうと気にせず、楽しそうに試合を眺めていた。

大洗アウトレットモールからゴルフ場の上空を通過した、濃緑色の双発レシプロ機、日本戦車道連盟所有の審判機である銀河は、わずかに翼をバンクさせてゆっくりと海に向かって旋回する。

日本戦車道連盟は、審判機や観測機としてユンカースＪｕ88や東海、Ｂ－25など多くの機体を保有しているが、機首がガラス張りになっている観測がしやすい機体が特に多用され、中でも滞空時間が長く、機体の大きさや搭載重量に余裕がある爆撃機や哨戒機《しょうかいき》が好まれている。※22

銀河もそのうちの一機で、かつて爆弾倉だった場所には、各種観測用機器と増加燃料タンクが搭載され、長時間の試合にも対応可能となっていた。

その観測機が通過したゴルフ場のバンカーの中では、なかなか味方が戻ってこないのと、一方的に砲撃を受けていることにじれたアッサムが、照準器から目を離して口を開く。

「いくら親善試合とはいえ、油断しすぎたのでは」

「この包囲網はスコーンを割るように簡単には砕けません」

「落ち着きなさい。いかなるときにも優雅……それが聖グロリアーナの戦車道よ」

オレンジペコもアッサムに同意したのに対し、ダージリンが笑みを浮かべてたしなめる。

水戸のご老公として知られる徳川光圀が、当時月見をしたという逸話も残る大洗の黒松林が、海岸線に沿って続いている。黒松林の奥、元々は砂地であった場所に作られたゴルフコース、そのグリーンの両側は同じ黒松林で覆われ、更に各所には砂地らしく深いバンカーが穿《うが》たれていた。コースは全体に緩やかな起伏が続き、あるコースなどは、バンカーからグリーンにかけて盛り上がっており、ティー・グラウンド側からはバンカーの中がほとんど見えないほどであった。

そのコース上に大洗・知波単連合の車輌が待機しているが、バンカーの中が見えない以上、当然主砲の射線も通っていない。

攻撃を行うには、前進して距離を詰めるか、後退して一段高くなっている黒松林の中に入るしかない。だが、後退して距離を取ると、ただでさえ分厚い装甲をまとった聖グロリアーナの車輌を撃破するのは、ますます難しくなる。

しかし、単純に距離を詰めると、どの戦車でも弱点となる、装甲の薄い車体下部を狙われる。マチルダの2ポンド砲は、口径は僅か40ミリしかないが、５００ヤードで50ミリ以上の装甲を貫徹可能と、なかなか優秀であった。

コース上に並んでいる車輌の最後尾にはⅣ号戦車、その車体横のハッチから体を乗り出した優花里が、目測でバンカーまでの距離を算出する。

「えーっと、恐らく４００ヤード位……しかし、ヤードポンド法を使うと、ゴルフ場っぽいですね」

「５００ヤードって、何メートル？」

通信席で沙織が首をかしげつつ尋ねると、暗算をしたのか、一瞬で麻子が答える。

「４５７・２メートル」

「このコースはどのくらい？」

沙織の質問に、華が目測で距離を測りながら答える。

「５７０ヤードぐらいでしょうか？」

「あれ、その距離なら知波単の戦車、当たったらイチコロじゃない？」

「はい、九七式中戦車の前面装甲は僅か25ミリですから」

沙織が危険性に気が付いたのに、優花里が得意げに答える。

現在の距離でも下手に近づくと、大洗と共同戦線を張っている知波単の車輌は、正面からマチルダに撃破されてもおかしくなかった。

結局、大胆な作戦で先手を取った大洗側も、バンカーに籠った聖グロリアーナの車輌を、攻めあぐねているのが実情であった。

恐らくこれが黒森峰やプラウダだったら、損害に構わないで迷わずバンカーに突入し、肉薄してでもフラッグ車を倒す作戦を取っただろう。または砲力があるので、見えるか見えないかの車輌に対しても、確実に有効弾を出していたかもしれない。

結局、このバンカーに籠るというのは、ダージリンがみほに対して最も有効に持ちこたえられる作戦であった。

沙織と優花里が、かろうじて頭だけ見えるチャーチルとマチルダを、双眼鏡で覗《のぞ》く。

「応戦してこないね、相手は何だか余裕だよ」

「きっと紅茶飲んでるんですよ」

反対側の砲塔左側ハッチから、華が答える。

「わたしたちは緑茶でも淹れます？」

それを聞いて、操縦席のハッチから麻子が勢いよく顔を出す。

「ミルクセーキがいい」※23
それを聞いて、優花里が得意気な笑みを浮かべる。

「卵も牛乳もクーラーボックスに入れてきましたから、作れますよ！」

「おお」

「すごいです」

「で、どうする？　みぽりん」

沙織の問い掛けにみほは僅かに逡巡《しゅんじゅん》するが、すぐに指示を出す。

「発砲をやめて下さい。別動隊がこちらに到達するには、まだ時間が掛かります。今のうちにゆっくり前進して、包囲の輪を狭くしていきます。安全な地形を確保しつつ、近距離での確実な撃破を目指しましょう」

安全策を取るみほの指示を聞いて、全車輌から受諾の報告が返ってくる。

特に、すぐ近くにいる知波単学園の西隊長の返事は、非常に元気の良いものであった。

「かしこまりました！」

大洗では今までやった事のない、他の学校との共同作戦にやや不安を感じていたみほだが、知波単学園の各車輌はここまで指示にはしっかり従っているので、返事を聞いてやや安心した表情を浮かべる。

「時間はあるので慎重に。パンツァー・フォー！」

その指示と同時に車長ハッチのみほを残して、一斉に車内に引っ込み、ハッチを閉めるあんこうチームの面々。直後、３００馬力を叩《たた》き出《だ》すマイバッハＶ12エンジンがうなりを上げ、排気管から煙を吹き出すと、重々しくⅣ号戦車が動き出す。

それに続いて、コース奥の森から姿を現すカメさんチームの改造ヘッツァー、カバさんチームのⅢ号突撃砲。※24

Ⅳ号の前方にいたアヒルさんチームの八九式中戦車、ウサギさんチームのＭ３リー、そして一挙動遅れてアリクイさんチームの三式中戦車が動き出す。

だが、その状況でも知波単学園の面々はまったく動きがない。

停止している知波単の隊長車を追い越しかけて、あんこうチームのⅣ号がその横に静かに停止する。

麻子の手慣れた操縦によって、エンジン音がすぐに絞られると、一瞬周囲が静寂に包まれる。

「あのう？」

みほがやや困ったように、何かあったのだろうかと不思議そうな表情を浮かべ、隣にいる知波単の西隊長を見つめる。

命令不服従や戦意不十分は知波単では考えにくい。むしろ一度突撃命令が下れば解き放たれた猟犬のように、目標に向かってどこまでも走っていくのが知波単魂である。彼女たちが心の底まで突撃一色に塗られているのを知っているみほとしては、なぜ知波単のメンバーが誰一人として動かないのかが分からなかったのだ。

そのみほを、真摯な、そして命令を待つ忠犬のような目で西が見返す。

良く見ると、西の眉の端はやや下がっている。

ひょっとすると、あれは困惑しているのだろうか、自分はそんなおかしな命令を下したのだろうかとみほが思った瞬間、西の口から意外な言葉が飛び出した。

「西住隊長、ぱんつぁー・ふぉーって何ですか？」

「え？　ああ、戦車前進ってことです」

戸惑いつつ答えたみほに、満面の笑みが返ってくる。

「なるほど！　そういう意味ですか。勉強になりました！」

会話が直接できそうなほど隣り合った距離ではあったが、みほ車の無線は全体命令のために部隊内一斉通信になっていた。戦車道の試合において、迅速な戦況把握のために指揮車輌は全ての味方の通信を聞くことが多い。

飛び交う多数の無線から必要な情報を抽出し、戦場を的確に把握するのも通信手の重要な仕事であった。

もっとも、その全体把握に一番長《た》けているのが、今相対しているダージリンなのであったが。

そして、この通信はやや離れた位置にいるカメさんチームにも聞こえており、河嶋が心配そうな表情を浮かべる。

「大丈夫か、知波単学園は……」

干しいもをかじりながら、のんきな様子で角谷会長がそれに答える。

「ちょっと変わってるよね～」

二人の会話に、小山が少し慌ててフォローに入る。

「でも、みんな真面目そうだし、勇敢だから」

大洗生徒会からそんな評価をされているとはつゆ知らず、西は満面の笑みを浮かべて無線機のマイクを持ち上げる。

大きく息を吸うと、元気よく命令を下した。

「戦車前進！」

それを聞くと同時に、知波単の各車輌から喜々とした声が返ってくる。

「戦車前進！」

「戦車前進！」

「戦車前進！」

指示と同時に、時を待っていた猟犬の鎖は解き放たれ、知波単全車輌は弾かれたように動き出す。

更にコース横の黒松林に位置していた玉田が、大きく上げた右手を前に振る。

「戦車前進！」

その指示を受けて、動き出す玉田車。57ミリ砲を搭載していた従来のチハに対し、より貫徹力を増した新型の47ミリ砲を、洗練された形の砲塔に搭載した、俗に新砲塔チハと呼ばれる車輌であった。

それに対して西の車輌は、砲塔の周囲に鉢巻状のアンテナを付けた旧式砲塔型であり、これらの新旧入り混じった知波単学園の車輌が動き出したのを見て、みほは安堵《あんど》するように微笑む。

「ではもう一度、パンツァー・フォー！」

その指示を受けて、前進を再開するⅣ号戦車と他の車輌たち。

聖グロリアーナの車輌が籠っているバンカーの手前、やや地面が盛り上がる直前で、みほは停止命令を出す。

「全車停止！」

それを受けて、静かに停止する各車輌。

バンカーのふちが見える距離まで接近しても、バンカーは深く、みほがキューポラから身を乗り出してみて、かろうじてバンカーの中のチャーチルとマチルダの砲塔上部が見える程度であった。

幸い、それは逆に聖グロリアーナ側からも、Ⅳ号の車体はほとんど見えないということであり、お互い砲弾を当てるのはかなり難しい位置となる。

停止しつつ、各車輌が砲身や車体をバンカーへと向ける。

『アヒルチーム、砲撃準備完了！』

『ウサギチーム、準備ＯＫです！』

『大丈夫だにゃー』

『砲撃準備よし！』

隊長車へ各車から気合の入った報告が入って来るので、沙織は次々とホワイトボードに車輌の名前を書いたマグネットを張り付けて、全体の配置を記録していく。状況をみほに分かりやすいように準備していると、最後に、角谷会長ののんびりとした声が入って来た。

「始めちゃってぃーよー」

それを聞いて、沙織は苦笑しつつ通信を行う。

「大洗・知波単連合攻撃部隊の準備、整いました。守備隊の状況、どうなってますか？」

すぐにプラウダの足止めを行っている、レオポンさんチームの車長のナカジマから返事が来た。

『じわじわ来てるよー、えーと』

『あと5分ってとこかな』

砲手のホシノの声が通信に混ざる。

『あと5分だってー！　でも、どっちにしてもそんなには持たないねー』

無線には砲弾の音も交じっており、沙織にも激戦が行われているのが分かる。

「了解」

沙織からの報告を受けて、みほは小さくゆっくり息を吸うと、静かだが、よく通る声で指示を出す。

「砲撃開始」

みほの指示を受けて、各車輌の主砲が一斉に火を噴く。

各車ともしっかり狙っているが、バンカーに邪魔をされて角度が悪く、至近距離にもかかわらずなかなか命中はしない。多少バンカーからはみ出している砲塔部に当たっても、チャーチルやマチルダの厚い装甲に阻まれている。

それでも各車輌は猛射を行う。黒髪を頭のてっぺんでまとめて二つの螺旋《らせん》にした、ちょっと変わった髪型の車長が乗っている旧砲塔チハ、知波単学園の細見《ほそみ》車の57ミリ砲弾が一輌のマチルダ側面下部に命中、直後グリーン後方にいたカバさんチームも発砲、同じマチルダに命中する。

一瞬の後、マチルダから上がる白旗。

それを見て、知波単学園の生徒たちが大きく盛り上がる。

「知波単学園細見、マチルダⅡ命中!」

細身の報告に、車内の乗員も大きく盛り上がる。

「おおっ! 聖グロリアーナ撃破!」

「快挙であります! 大戦果であります!」

「寺本《てらもと》、記念撮影急げ!」

「了解であります!」

細見が通信手の寺本に指示を出すと、急いで寺本が九七式携帯写真機を取り出し、ハッチから身を乗り出して撮影を開始する。※25
それを見て、西が感心した顔をする。

「すごいな。聖グロから白旗なんて、スチュアート以来だ!」※26
スチュアートとは、アメリカ製のM3軽戦車にイギリスが付けた愛称で、信頼性の高い戦車であったが、小さいので攻撃力も防御力も不足していた。しかし、知波単の持つ九五式軽戦車では、至近距離からでもスチュアートの正面装甲を抜けず、逆に1500メートル先から撃破されるほどであった。そこで、知波単でも何とか入手したスチュアートを、少数のみだが配備した。また聖グロリアーナ女学院でも少数を試験運用していたため、過去の試合では両チームのスチュアートが激突するという事態が発生したことがあった。

その試合でのスチュアート同士の対決は、知波単側の車輌が聖グロリアーナ女学院側車輌を撃破したという結果に終わった。但し、その対決は試合自体には何の影響も与えず、聖グロリアーナ女学院の勝利に終わっている。そんな結果もあり、また保守部品の入手が難しいなどの理由から、両チームとも以後の試合にスチュアートを使用することはなく、それ以降知波単が聖グロリアーナの車輌を撃破することもなかった。

今回はエキシビションマッチとはいえ、それ以来の快挙であり、知波単学園生徒の喜びはひとしおであった。

……ただ残念ながら実際は撃破自体が誤認であり、撃破したのはカバさんチームだったのだが、その砲撃は知波単学園側からは見えなかった。

それでも、誤認とはいえ、撃破報告に勢い付いた知波単学園の生徒たちは、口々に攻勢を進言する。

車輌数に差が付いた今、知波単学園のみならず大洗の車輌も全車一斉にバンカーへと突入し、フラッグ車であるチャーチルへと肉薄すれば、どれほど装甲が厚くても撃破が可能という判断だった。

そんな判断が無くても突撃したがるのが、知波単学園という学校の校風ではあるが。

『西殿！　あとは突撃あるのみです！』

「細見……」

『その通り！　突撃は我が校の伝統です！』

「浜田《はまだ》……」

『突撃以外何がありましょうぞ！』

「いや、どうかな？」

口々に各車輌の車長から突撃の進言が来るのを受け、西は眉を顰めて考え込む。

命令を逡巡している間に、

「突撃――――！」

細見が勝手に号令をかけると、率先して突撃を敢行する。

間髪を入れず、次々と細見車の後に続く知波単の各車輌。

「あ！」

「突撃して、潔く散りましょうぞ！」

細見の号令に困惑する西。

「お!?　ややや、散ったらダメだろう！」

細見の車輌に続く玉田車。

「知波単魂を世に知らしめよ――――っ！」

その威勢のいい声を聴いて、角谷会長が苦笑する。

「もうみんな知ってるよねえ」

「勝利は我にあり――――っ！」

次々と叫ぶ知波単学園生徒。

「ダメだね、あれは」

完全に呆《あき》れる角谷会長と、

「ん――――、ま、いいか。よし、吶喊《とっかん》！」

迷っていたが、決心して前進を開始する西車。

「え？　あの、西さん！」

慌てて止めるみほ。その声に気が付き、西は振り返るなり綺麗な挙手の礼をみほに送る。

あまりのことに付いて行けず、呆然《ぼうぜん》と見送るみほを尻目に、知波単の各車はバンカーに向けて一直線に突撃していく。

「あー、あの突撃はダメですね」

優花里が不満そうに突撃の様子を見つめる。

その突撃は協調性に欠けていた。それぞれの車輌が連携して一部が砲撃で支援して注意を引き付けている間に、それ以外の車輌が死角から目標に肉薄するのではなく、単純に全車が砲撃をしつつ、横一列になって突き進むだけであった。

確かに、聖グロリアーナ女学院の車輌は全周防御をしており、前方に向けている砲の数は僅かに一門。そこに知波単学園の五輌が揃ってツッコめば、その接近の間に一～二輌撃破されても、次弾装填の前に更に肉薄してバンカーへと飛び込み、双方の車輌が混ざり合うのも可能かもしれない。

だが、バンカーで待ち構えるのは、ダージリン率いる聖グロリアーナの最精鋭部隊。

車輌自体は、防御力以外の性能はいまいちだが、高い乗員の練度で全体のバランスを底上げしている。

しかも、待ち構えていて迎撃準備は万全であり、いつでも発砲できる態勢が整っていた。


ペリスコープの中に大きくなってくる知波単の車輌を見て、微笑むダージリン。

「勝手にスコーンが割れたわね」

「後は美味しく頂くだけですか」

アッサムは真剣な表情で照準器を覗く。飛来する砲弾をものともせず、また、チハの47ミリや57ミリ砲弾が少々当たってもチャーチルの装甲を抜けるわけがないという安心感から、僅かに砲塔を動かし照準を微調整して正面の旧砲塔チハに狙いを付ける。

ダージリンの指示で、他のマチルダⅡも砲塔を旋回させ、それぞれ事前に取り決めてあった目標へと照準を向ける。

「それにもうすぐ、サンドイッチも出来上がるわ」

顔を上げると号令を下す。

「砲撃」

中央のダージリン車が発砲すると、それに合わせて残り二輌のマチルダⅡも発砲する。

チャーチルの砲弾は真っ直ぐに旧砲塔チハに命中、マチルダⅡの弾もそれに続いていた新砲塔チハに命中、両車輌とも着弾の勢いで吹き飛ばされ、大きく車体を回転させて白旗を上げる。

目の前で一瞬で二輌が破壊され、慌てて後続の知波単の車輌が進路を変える。この段階で、本来の目的であった、バンカーに飛び込んでの肉薄攻撃が難しくなった。

その間に、チャーチルは砲塔を旋回させ、右側面から突進してきた玉田の新砲塔チハに狙いを付け、その車体下部へと砲弾を送り込んだ。

地面すれすれを這《は》うように飛んだ砲弾は、綺麗に玉田車の車体前面、僅か25ミリしかない装甲に命中して撃破判定を出し、一瞬で白旗を上げさせる。

「うわー、やられた——!」

思わず悲鳴を上げる玉田。

進路を変えて貴重な時間をロスしたチハも、もう一度バンカーへ向けて進むが、時すでに遅し、十分に狙いを付けたマチルダⅡの砲弾を受け、激しく吹き飛ぶ。

更には、最後の一輌の旧砲塔チハも正面に直撃を受け、横転して白旗を上げる。

西は一瞬にして目の前で、チームの五輌を失ったのを目撃する。

だが、諦めた様子はなく、かといって後退するわけにも行かず、判断に迷った様子で砲弾を回避しつつ、進むでも戻るでもない蛇行運転を行う。

「んー、あと一息なのに」

そこにチャーチルの砲塔が旋回し、自分に向いてきたのを見て、西は慌てて回避指示を出す。その的確な指示で砲弾は外れ、西車の右手前の地面に着弾した。

「果たして我々はこのままでいいのだろうか？　いや良くない、いや良い」

状況の打開策に悩みつつ、自問自答する。

その間にも西車に向けて砲弾は飛来し、それを何とか避け続けるが、避けるので精一杯でバンカーに近寄ることも出来ない。知波単で最高の技量を持つ操縦手が乗っている西車ですら、このような状況なのだから、間違いなく他の乗員の車輌では、砲弾を避けつつ肉薄するのは相当困難であり、今のように一方的に撃破されるのは必然だった。

「あー、これは一方的ですね」

優花里が、的確な聖グロリアーナの射撃に感心する。

一方華は、昔は自分たちもあんな感じだったのか、と、やや生温かい視線で西車を見つめている。

「あらあら」

「まずい、このままじゃ」

ここで自分たちも突入して救出するか、それとも支援砲撃をするか、あるいは後退させるかみほは悩んでいた。


知波単の車輌が次々と白旗を上げるのを見て、アキが架台から身を乗り出す。

「なに～突撃しちゃったの～!?」

「踏みとどまる決心より、前に進む勇気を選んだんだね。それは正しい選択だったのかな……」

寂しく響くミカのカンテレの音。

「その思わせぶり、やめてよ、も〜」

西が混乱していたのとほぼ同じ頃、プラウダの足止めを行っていた大洗別動隊側でも動きがあった。

突撃の無線を聞いて、防御中の知波単の車輌が突如盛り上がり始めたのだった。

「我が知波単第一中隊が突撃を敢行したらしいぞ！」

中隊と言うほどの車輌数かとのツッコミはさておき、新砲塔チハの通信手が本隊の状況を伝えると、車長である名倉《なぐら》が、突撃を指示する。

「よし、我々も後れを取るな！」

「取らいでか！」

それに唱和する装填手。言葉の意味自体は反対なのに、盛り上がった気分の中、誰もそれに気付いていなかったのも、実に知波単らしい。

「突撃！」

その勢いのまま、名倉が突撃を指示する。

「お――――！」

他の乗員も口々に突撃を叫ぶ。

最後にはその声だけを後ろに残して、名倉車はプラウダの車輌に向けて進撃する。

突然の動きにナカジマが驚きの声を上げる。普段は冷静に裏方に徹し、みほからの信任も厚いレオポンさんチームのリーダーのナカジマですら、今の状況は想定外であった。

「え!? あ、ちょっと待った！」

ナカジマの制止も間に合わず、土手を下りようとした名倉の新砲塔チハが、一瞬で撃破されて白旗を上げる。

それを見て、九五式車長の福田が決死の表情を浮かべる。

「先輩殿！ 我々も後に続くであります！」

ハッチにつかまる手がぶるぶると震えつつも、操縦手に前進指示を出す、まるでその手の動きのようにぎくしゃくと九五式軽戦車が不器用に動き始める。

「あ、だからダメだって。みんな無謀すぎ！」

慌ててナカジマが止めようとすると、幸いにも今度はカモさんチームのＢ１ｂｉｓの巧みなインターセプトが間に合い、九五式軽戦車の進路を塞いだ。※27
「行かせて下さい！ このままでは皆に合わす顔がありませんっ！」

前に進めなくなり、福田が声を荒らげる。だが、ポルシェティーガーから顔を見せたナカジマが穏やかに諭す。

「アグレッシブに攻めるのもいいけど、リタイヤしちゃったら元も子も無いんだよ」

レースでは絶妙なマシンコントロールに定評のある、ナカジマらしいセリフであった。

「しかし我が知波単学園は」

「西住隊長から、この陣地を守れって言われたでしょ。命令ってのは、規則と同じなの！」

なおも食い下がる福田に、Ｂ１ｂｉｓの砲塔後方ハッチから身を乗り出したそど子が、きつく言い放つ。

見事に手入れされた艶やかな黒髪を、耳の下でおかっぱに切り揃え、堅物そうな表情を浮かべた小柄な少女こそ、大洗女子学園の規律の鬼、風紀委員をまとめる風紀委員長であり、角谷会長に無理やりＢ１ｂｉｓに乗るように命令され編成されたカモさんチームのリーダー、園《その》みどり子《こ》。通称そど子であった。

「でもであります！」

「規則は守るためにあるのよ！」

「うう……」

三年間、大洗女子学園の風紀を守るために日夜戦い続けたそど子にとって、規則こそが命であり、学校に通う主な理由だった。また風紀を生徒たちに守らせるために厳しい言葉も使ってきた。そのため、命令に慣れたそど子の口調に気の弱い福田が勝てるはずもなく、涙目となって唸《うな》るだけで精一杯であった。

その間も、次々と正面のプラウダからは激しい砲撃が続く。かろうじて土手の上にいて、プラウダ側から直接見えていないのが幸いし、大洗別動隊側は致命的な命中弾を受けていないが、逆に砲撃を返すのも難しくなっており、プラウダの全車輌が肉薄してくるのは時間の問題であった。

「こちら間もなく突破されます。退却、合流します」

この状況を、ナカジマがあんこうチームへと報告すると、間髪を入れずに、沙織から指示が返ってくる。

『了解しました、残っている車輌を撃破されないように気を付けつつ、後退して下さい』

「了解！」

その指示を聞くとナカジマはほっとした声で後退指示を出した。


一方、ナカジマの報告を受けた沙織は、みほへと別動隊の状況を伝える。

「みぽりん、来るよ！　プラウダが！」

「！」

それを聞いて、みほは作戦の失敗を悟る。

「どうします？」

優花里が心配そうに尋ねる。

「沙織さん、戦況図を」

「はい」

みほは周囲の様子を確認すると、沙織の作った戦況図を見て、次の手立てを考える。


別動隊に対して、ナカジマが出した後退指示に従って、カモさんチーム車長のそど子が体を砲塔後部のハッチから車内へと引っ込める。

車内に入るとすぐに、操縦手のゴモヨに指示を出し、福田の九五式を後ろに押しやりつつ、後退を開始する。

因みに、同じような髪型をした風紀委員だが、操縦手のゴモヨこと後藤《ごとう》モヨ子《こ》がやや長めのおかっぱで、主砲砲手の金春希美《こんぱるのぞみ》ことパゾ美が短めのおかっぱという違いがある。

「ほら、行くわよ」

「ああ、何をするでありますか!?」

押されて進路を変える九五式を横目に、砲塔を土手の下に向けて牽制《けんせい》しつつ、レオポンさんチームは進路を反転させる。

「いいから、いいから」

「良くありませ――――ん」

福田の絶叫だけを後に残して、後退するレオポンさんチームたち別動隊。


直後、猛烈な勢いで一輌のT－34／76が土手を乗り越えてくる。

土手を越えてすぐに伏勢があるとは考えずに、いや、もしあったとしてもそれを物量で食い破ればいいというプラウダ戦術によって、すぐに二輌のT－34／76、続いて残りの車輌全てが一斉に土手を越えてくる。

知波単学園の突撃とは違い、先頭には戦力として撃破されてもさほど惜しくない上に、機動性もあるT－34／76を送り込み、それを威力偵察としつつも、直後にT－34／85とIS－2の本隊が続くことで相手に攻撃の隙を与えない。※28

しかし、レオポンさんチーム率いる別動隊は、これ以上戦力を減らさないようにとの指示に従って、全速で後退していたので、この突入は空振りとなった。

とは言え、別動隊が後退していった以上、その場にはもう守る者もいない。プラウダの車輌はこの好機を逃さず、土手を登ってきた勢いのまま、濁流のように一挙にゴルフ場のコースへとなだれ込む。

車長用ハッチから身を乗り出したカチューシャが、してやったりの表情を浮かべて、マイクを手にする。

「待たせたわね！」

『待ち過ぎて紅茶が冷めてしまいましたわ』

得意げなカチューシャに対して、やや皮肉気なダージリンの通信が返ってくる。

「仕方ないでしょ！　もっと簡単に敵を突破出来ると思ったのよ」

「迂回《うかい》すれば良かったんですよ」

冷静にツッコむノンナ。

カチューシャがノンナに言い返す前に、ダージリンからの通信が続く。

『それより早く挟撃態勢に入って頂ける？』

「任せなさい、カチューシャたちが来たからには、もうおしまいよ！　全車輌でフラッグ車を狙って！」

それを聞いて、カチューシャの後方を守っているT－34／85の車長、淡い金髪のロシアからの留学生であるクラーラが、ちょっと眉を上げる。

「То есть, исход битвы решится на этом поле для гольфа?《このゴルフ場で一気に決着をつけるということですか》」

「Да, хорошо, если всё получится.《はい、上手く行けばいいのですが》」

クラーラのロシア語に、ノンナもロシア語で返す。

「ノンナ、クラーラ！　何言ってるか分かんないから、日本語で話しなさいよ！」

「Что?《はい》」


カチューシャたちが接近して形勢が逆転したと見たアッサムがチャーチルの中で、状況を冷静に分析する。

「車輌１・４倍、火力にあっては１・95倍こちらが有利です」

それを聞いて、ダージリンがマイクを取り上げ、

「私たちの援軍ももうすぐ到着するわ。行くわよ、カチューシャ」

『先に言わないで！　命令するのは私なんだから！』

通信機の向こうからは、カチューシャの怒鳴り声が入って来た。それを聞いて、小さく微笑むダージリン。

その笑みが消えない間に、そど子のＢ１ｂｉｓに押された福田の九五式軽戦車を先頭に、後ろに砲を向けて牽制を続けるレオポンさんチームがフェアウェイに飛び出すと、その後直ぐにプラウダの車輌もなだれ込んで来た。

ダージリンは、戦車前進を操縦手のルフナに命じる。

「いいこと、派手に行くわよ」

それを受けて、ルフナは周囲に大きく車体を見せつけるように、チャーチルの登坂能力を最大限に生かして一挙にバンカーをよじ登る。

プラウダが迫っていなければ、装甲の薄い底面をたっぷりと露出させた今こそ、大洗にとって撃破のチャンスだっただろう。最大152ミリの装甲を誇るチャーチルと言えど、その底面部は僅か25ミリしかない。

だが、大洗側が混乱している一瞬の隙をついて、わざとダージリンはバンカーから派手に出てきた。

より心理的に衝撃を与えて、今後の戦局を有利にするために。

実際に、その大胆な行動に虚を突かれ、バンカー後方から接近していたカメさんチームのヘッツアーと、カバさんチームのⅢ突は、勝負を一挙に決める絶好の好機を見逃した。

この二輛は、大洗でも有数の火力である長砲身75ミリ砲を装備しており、底面よりも更に薄い20ミリの装甲しかないチャーチルの砲塔上面どころか、車体後部でも楽勝で貫通可能であった。

だが、バンカーの後ろにあるグリーンと、擱座《かくざ》した知波単の車輌が邪魔になって攻撃が間に合わなかったことが、決定的に大きく試合の流れを変えることになる。

知波単学園の車輌が撃破されたと同時に、車線の通る位置に移動するか、せめて突撃の援護を行えれば、多少は戦況は変わっていたかもしれない。だが、知波単のあまりに無謀な突撃に、大洗側の全員が対応出来なかったのも事実であり、優勝したとはいえ、まだまだ試合経験の少ない大洗が不測の事態に対して対応が難しいというのも仕方なかったと言えよう。

とは言え、一瞬遅れはしたが、絶好のチャンスであったことに気が付いた河嶋が、自分を叱咤《しった》するように声を張り上げた。

「逃げたぞ、合流させるな。仕留めるぞ」

しかし、その瞬間ヘッツァー横の地面に着弾し、河嶋は一瞬身をすくめた。

「何事!?」

砲弾が来た後方を見ると、暗い林の中から砲撃の光が続く。

「何だ、あれは!?」

「カニっぽいねー」

会長の言葉通り、水色のカニっぽい六角形の特徴的な砲塔を持つ戦車が、林の中から姿を現す。

「巡航戦車クルセイダー!」

車輌を確認したカバさんチームの車長であるエルヴィンが、左右に跳ねたけちみつ色の髪の毛を、ダストゴーグルを付けたドイツ軍の将官用制帽の中に納め、鋭い目を更に細めて声を張り上げる。

「足が速いから要注意だ!」

「砲撃中止!」

慌てて逃げ出すカメさん、カバさんチーム。

砲力はあるが、ヘッツァーもⅢ突も旋回砲塔を持たないため、後方からの攻撃に対応するのは難しい。しかもⅢ突の後部装甲は僅か30ミリ、ヘッツァーに至っては僅か8ミリしかない。貧弱と言われるクルセイダーの6ポンド砲でも、軽々と抜かれてしまう。

そんなスペック情報を聞いた角谷会長は、逃走しながら、前から思っていた疑問を口に出す。

「何でイギリスの戦車は、ポンド表記なんだろうね～」

「他の国は、砲弾の重さじゃなく砲身内径で表示しますよね」

砲が前にしかないので、ヘッツァーの車内は操縦手の小山以外することがない。なので、河嶋も珍しく軽口を叩く。

「大体、6ポンドってどれだけ？」

「会長、そんなこと言っている暇があったら、手伝って下さい！」

「今度ね～」

忙しい小山の悲鳴を、手をひらひらと振って角谷会長はいつものように聞き流す。


知波単学園の突撃によって崩壊した戦線は、更にプラウダと聖グロリアーナ別動隊の到着によって、一挙に形勢が逆転、大洗側が逆に包囲される形となった。

真剣な表情で周囲を確認するみほに、優花里が状況を報告する。

「完全に挟まれました！」

「…………！」

みほの視線の隅に、西の車輌がバンカー近くで砲弾を避けるので手一杯になっているのが見える。

「もうだめだ、こうなったら潔く散ろう！」

「それが知波単魂！」

テンパった西車の通信手が叫ぶと、それに操縦手も声を合わせ、車長である西の指示を待たずに加速しようとする。

「早まるな！　西住隊長、如何《いか》致《が》しますか！」

慌てて車内に指示を出すと、西はすぐさまみほへと通信を行う。

『ここで戦うのは不利です。撤退します！』

「敵に後ろを見せるのでありますか!?」

みほの通信を聞いて、西車の通信手が思わず驚きの声を上げる。

同じく押されながら接近中の福田も、困惑した声を出す。

「撤退なんて、嫌であります～！」

「規則だから」

しかし、それをそど子が一言で切って捨て、ナカジマがやれやれと苦笑を浮かべてフォローする。

「後で挽回《ばんかい》しなって！」

そこに全車に向けた、みほからの無線が入って来た。

『山を下ります。下り終えたら、敵の戦力の分散に努めて下さい』

みほの指示に、各車から一斉に返事が返ってくる。

『了解！』

『はい！』

『にゃー！』

『はーい』

『かしこまりました！』

『う〜〜』


逃げ出した大洗の車輛を見て、アキは不満げな声をあげる。

「も〜せっかくのチャンスをフイにして。何やってんのよ」

「人は失敗する生き物だからね。大切なのは、そこから何を学ぶかってことさ」

そう言うと、ミカは軽くカンテレを掻《か》き鳴《な》らした。


Ⅳ号戦車を先頭に、残存車輛がゴルフ場の駐車場を通り抜け、最後尾に砲塔を後ろに向けたままのポルシェティーガーが続く。

そのまま、突き当りのT字路である東光台《とうこうだい》南《みなみ》交差点で先頭のⅣ号戦車は右折、残りの車輛は事前に決めてあった通りに左右に分散し、最後尾のポルシェティーガー車長のナカジマが、後ろに続くグロプラ連合の車輛を挑発する。

「こっちこっちー」

しかし、グロプラ連合はどの車輌も陽動には引っかからず、ポルシェティーガーを牽制するように砲塔を動かすだけで右折して行った。ナカジマが砲撃を仕掛けようとするが、ＩＳ－２の砲塔が旋回して来るのを見て、慌てて速度を上げるように指示する。

一方、右折した後Ⅳ号以下の車輌は、さくら坂通りを大洗駅方面に向かって進んで行く。この通りは比較的直線の道路だが、微妙な高低差があり、遠距離砲撃が難しい。更には、後ろに続く車輌が邪魔になって、先頭にいるⅣ号を狙うのが難しく、下手に後続車輌を撃破すると道を塞ぐことになりかねない。結局、後続のグロプラ連合は発砲を控えて追走するしかなかった。

大洗側、特にみほはそれを十分に理解しているので、坂を登りきって、グロプラ連合から見えなくなった瞬間、Ⅳ号を急に右折させ、それにⅢ突とＢ１ｂｉｓが続く。三式と九五式軽戦車は囮《おとり》となるようにそのまま直進、また西車と八九式が素早いターンを決めて後ろを向くと、プラウダの車輌を挑発する。

「57ミリ砲の必殺スパイク、受けて見よ！　そーれ！」

「そーれ！」

アヒルさんチームの車長であり、バレー部のキャプテンでもある磯辺典子《いそべのりこ》の掛け声に、乗員全員が声を合わせた。アヒルさんチームの八九式中戦車から発射された砲弾は、綺麗な弾道を描いて先頭のＴ－34／76の砲塔側面に命中する。

続いて、西車から発射された砲弾も命中するが、どちらも装甲に弾かれただけであった。

しかしプラウダ側は全くアヒルさんチームの挑発には乗らず、無防備に側面を見せつけるようにして全車輌が水産加工場の横を右折、Ⅳ号戦車の進んだ道へと進入する。

「あれ？」

「全然こっち来ませんね」

不思議がる磯辺。淡い栗毛の長髪を後ろで縛り、更に前髪をカチューシャでまとめた、砲手の佐々木《ささき》あけびも首を傾げる。その優れた動体視力と運動神経によって、発射した八九式の砲弾の軌跡が見えるのと、体全体を使って主砲を制御しているので、的確に目標に砲弾を送り込んでいるが、肝心の主砲の威力が弱いため、戦果にはあまり恵まれていない。もっとも、より大きな砲になると、ハンドルなどで砲を制御するので、その時に同じだけの命中精度を出せるかどうかは不明である。

その間、後続の聖グロリアーナの車輌も、あんこうチームを包囲するように、一つ手前の交差点で右折していく。

「後続も右折していきます。あの側面なら無防備ですし、ここは突撃しましょう」

それを見て、好機到来とばかりに良い笑みを浮かべて、西が突撃を進言する。

「確かに、あのまま曲がられると隊長車が……」

磯辺も突撃を考えかけた所に、カチューシャの後に続くT－34／85、クラーラ車の主砲が一瞬威《い》嚇《かく》するように、交差点を曲がりつつ八九式の方へと砲を向ける。

しかも、その後方にいるチャーチルの砲塔も静かにこちらを向こうとしているのが、磯辺の視界に入ってきた。それを見て、突撃を諦める。

「あー、近寄る前にハチの巣になるよ、あれは」

「しかし、ここで手をこまねいているよりは、断固たる突撃を行って活路を開くのが宜《よろ》しいかと具《ぐ》申《しん》いたします」

西が前のめりで意見を述べるが、磯辺が一蹴する。

「次の機会を狙おう」

「ですが」

まだ不満そうな西だったが、その間にダージリンのチャーチルは交差点を曲がっていく。

砲塔を動かすだけで、挑発を行っていた八九式とチハを牽制し、その動きを止めさせた隙に右折したダージリンが、ティーカップ片手に不敵に微笑む。

「黒森峰ならともかく、その手には乗りませんわ」

「何故分かるんです？」

「ふふっ、地図を見れば高低差を利用するのは十分に読める上、今までただ逃げていただけの大洗側が、あんな弱い車輌だけで急に攻撃を仕掛けてくるのは、もう囮に決まっているでしょう？」

最初に大洗女子と練習試合をして、その後のすべての戦いを見学したダージリンにとって、みほの奇策は十分に読めるものであった。

一度相手の視界を遮った所で次の手を繰り出す戦法は、サンダース戦でも、決勝の黒森峰戦でも使われたみほの定番中の定番。

「なるほど」

普段は紅茶を飲みつつ格言ばかり言うようなダージリンだが、その戦術眼は極めて優れているのをオレンジペコは再認識する。そしてどうして試合開始前に、会場の地図を穴が空くほど見つめていたのか、それがようやく理解できた。

そこにダージリンが一言、鋭く命令を下す。

「ローズヒップ、行きなさい」

ダージリンの命令を受けて、ローズヒップ率いるクルセイダー隊が猛烈な勢いで飛び出していく。

ハッチから顔を出したローズヒップの赤い髪の毛が、残像のように激しくなびき、車輌の姿はあっという間に遠くへと消え去って行く。

Ⅳ号戦車が進む道、それと並行する道をクルセイダー隊は一挙に加速していく。

みほの視界に、クルセイダーの影が飛び込んで来る。

クルセイダーはなおも加速し、Ⅳ号よりも前に出ようとする。

Ⅳ号の前方に、涸沼《ひぬま》川に繋がった船着き場が現れると同時に建物が減少し、それによって視界が開けたことで、前を塞ごうとするクルセイダーがはっきりと見えた。

「速い、囲まれるぞ」

麻子が変速機を素早く操作し、Ⅳ号を加速させる。同時に、後続のカモさんチームにみほが指示を出す。

「カモさん、先行して下さい。加速して一気に突っ切って。重量差があるから大丈夫」

カモさんチームが使用しているＢ１ｂｉｓは、32トンの重量があり、鈍重そうな見かけにもかかわらず、路上ならば時速28キロの速度を発揮可能だった。クルセイダーの44キロには敵《かな》わないが、大洗の誇る自動車部が入念に整備し、エンジンの出力向上とギアや足回りの調整によって加速性能もアップしているので、瞬発力は意外に悪くない。

それを生かして、20トンしかないクルセイダー巡航戦車に対して、1・5倍の重量差によるぶちかましを掛ければ、足止め程度ならさほど難しくはなかった。

その指示に、揃って返事をするそど子、ゴモヨ、パゾ美の風紀委員三人。

「「「はい」」」

ガードレールに車体右側面をこすりつつ、加速したまま細い道でB1bisが通れるだけのスペースを確保するあんこうチーム。ぎりぎり追い越していくカモさんチーム。

カモさんチームと並走した瞬間、みほは次の指示を出す。

「カバさんも続いて下さい」

「心得た」

エルヴィンの応答と共に、カバさんチームのⅢ突がⅣ号の後ろにぴたりと付ける。

前方には、三叉路《さんさろ》を押さえようと回り込んでくるクルセイダー隊の姿。

しかし、そこにトップスピードでぶちかましをするカモさんチームのB1bis。

「ウルトラ風紀ダイナマイト!」

ぶつかると同時に急停車、目の前のクルセイダーに発砲する。

砲撃による被害は軽微だったが、隊列を組んでいた所に先頭車がぶつけられて止まったことで、後続の車輌も足止めされ、団子状になって身動きが取れなくなった。

その隙を見逃さず、ガードレールが切れた所から右折して空き地に乗り入れ、クルセイダーを回避するあんこうチーム、その後に続くカバさんチーム。勢いを殺さずに砲塔を旋回させて、今まで来た道と並走している道、つまりクルセイダーが出て来た道に砲を向けさせるみほ。

その先には、フラッグ車であるダージリンのチャーチルがいた。

ハッチから僅かに顔を出したダージリンもそれは予測しており、あんこうチームを視野に捉えた瞬間、発砲を指示する。

だが、みほもそれは想定内であり、撃たれる直前に、Ⅳ号の車体を滑らせて道路の脇へと大きく膨むように動いたため、チャーチルの砲弾はむなしく砲塔右側面を通り過ぎて行った。加速して車体を安定させるとそのまま直進、勢いを殺さずにチャーチルへと肉薄する。

砲塔を旋回させつつ、すれ違いざまにチャーチルに一撃を入れるが、ダージリンが速度を僅かに殺したことで、流石《さすが》の華の腕でもやや着弾の角度が浅く、分厚い装甲に砲弾が弾かれる。

チャーチルの横を通過したあんこうチームの目の前に、既に砲の照準を合わせている後続のマチルダが姿を見せる。

「やられた！」

「もうダメだ！」

その絶望的な状況に、観客席から一斉に悲鳴が上がった。

しかし、これも読んでいたみほは、マチルダが撃つ直前に、麻子に僅かに速度と進路を変えるように指示を出す。

麻子もその指示に従い、ぎりぎりまで引き付けてからリアを滑らせるように加速して、マチルダの砲撃を避けて行く。

「おおー、あれを避けるか！」

「スゲェ！」

鋭い砲弾の応酬と、神業のようなぎりぎりの回避に、観客席は大いに盛り上がる。

やや遅れて到着したカチューシャが、マチルダを回避したⅣ号を見て、慌てて全車へ通信を送る。

「挑発に乗っちゃダメ！　フラッグ車だけを追いなさい！」

そのまま先ほどのⅣ号と同様に、前方で団子状になっているクルセイダー隊を避けて、右側の空地へと隊列を組んだまま進路を変える。その後方では、チャーチルとマチルダがその場で信地旋回《しんちせんかい》を行って向きを変えた。特に、チャーチルは左右の履帯を互いに逆回転させ、超信地旋回を行うと、すばやく逆を向いて、プラウダ校の後に続く。

動きを見て、優花里がやや心配そうな顔になる。

「分断作戦に乗って来ませんね」

「うん」

華が穏やかな声で物騒なことを告げる。

「もう一度、相手のフラッグ車とタイマン張ります？」

「周りが多いから危険かも」

先ほどとは違い、プラウダの全車が肉薄している今、ここで隙をさらすような攻撃をすれば、集中砲火を受けてしまうのは容易に想像が付く。

「麻子さん、逃げてるけど逃げ切らない感じで走って下さい」

「分かった」

みほのふわっとした指示に麻子が答える。

再びさくら通りに戻って大洗駅前通りに入ったⅣ号は、すぐに右折した後に左の路地に入り、線路沿いの道を進む。

すぐに目の前には大洗駅が見えて来た。

後方から迫り来るプラウダの車輌を引き連れたまま、大洗駅前を通過していく。

「あとちょっと、撃てっ」

Ⅳ号が細い道から大洗駅前に出たことで、狙いが付けやすくなった瞬間、発砲指示を出すカチューシャ。

しかし、転進したばかりで照準が定まらず、Ⅳ号のやや左先に着弾する。

「何やってんのよ、もっとちゃんと狙って！」

プラウダの車輌は数が揃っている。ここで一挙に駅のロータリーに展開し、一部を停止させて確実に砲撃し、それ以外の車輌が追撃するという手がカチューシャの頭をよぎり、その指示を出そうとする。

だが、その瞬間、Ⅳ号は急に角度を変え再び駅前通りに出て、その坂を下ってプラウダの車輌から見えなくなる。

「何で追い付けないのよ！」

カチューシャは思わず悪態をついた。


一方、団子になっていたローズヒップ率いるクルセイダー隊が、何とか態勢を整えてさくら通りに戻った時には、既にⅣ号やプラウダの車輌を見失っていた。そのまま真っ直ぐ駅前通りを通り抜け、大貫勘十堀通りに出た所で左折、アウトレットモールの方へ向かおうとしていると、

『ローズヒップ、狐《きつね》はあなたの後ろよ』

そこに飛び込むダージリンの通信。急いで右折を繰り返し、再び駅前通りに戻ろうとする。

コンビニの横に戻って来た瞬間、ローズヒップの視界には、下り坂を進んでくるⅣ号の姿が飛び込んで来た。

「やりましたですわ！　ダージリン様に褒《ほ》めて貰えますわよ！」

歓喜の声を上げて、攻撃指示を出すローズヒップ。

だが、正面から全速でツッコんで来たⅣ号が交差点で速度を全く落とさず、ややドリフト気味に車体を滑らせながら鋭い挙動で曲がって行ったため、クルセイダー隊の砲撃は全弾外れ、それどこ

ろか、Ⅳ号の後を追ってきたプラウダの車輌周辺に着弾する。

その砲撃に、思わず声を荒らげるカチューシャ。

「何やってんのよ！」

「ごめんあそばせ！」

全く誠意の感じられないローズヒップの謝罪に舌打ちしつつ、

「付いて来なさい！」

と指示を出すとⅣ号を追うカチューシャ。

ローズヒップも慌ててその後に従う。


側道で待機しているウサギさんチームのM３リーはⅣ号が接近してきたのを確認すると、車長である澤梓《さわあずさ》が通信を入れる。個性的な一年生チームの中では常識人で、まじめで責任感も強いが、やや慎重な性格が仇《あだ》となって、チームメイトに日々振り回される苦労人でもある。

「こちらウサギチーム。後ろの方任せてもらっていいですか？」

『お願いします。気を付けてね』

すぐにみほから返信があり、それを聞いたウサギさんチームの面々が盛り上がる。

「よっしゃー」

梓の近くにいた副砲砲手の大野《おおの》あやが、メガネをキラッと光らせると、栗毛のツインテールをなびかせてすぐに歓声を上げた。

「重戦車キラー参上！」

次いで、漆黒の髪をややおかっぱ気味の内巻きショートボブにした、太めの眉と独特の口調が特徴の不思議ちゃんである通信手の宇津木優季《うつぎゆうき》が、第63回戦車道全国高校生大会の決勝戦で、黒森峰女学園のエレファントとヤークトティーガーという、M3リーよりも遥《はる》かに格上の重駆逐戦車の撃破に成功した体験から生まれた目標を口に出す。

次いで、ややバサついた黒髪をざっくりと背中まで伸ばした主砲砲手の山郷《やまごう》あゆみが、目の前にいる操縦手の阪口桂利奈《さかぐちかりな》を応援する。

「がんばって、桂利奈ちゃん！」

「やったるぞー」

あゆみの声に応えて、桂利奈がくりっとした目をちょっと釣り上げて気合を入れると、クラッチペダルを踏んで変速機を二速に入れる。

プラウダと聖グロリアーナのクルセイダーが入り混じりながら、ウサギさんチームの前を通り過ぎたのを確認すると、一挙に路地から飛び出し、それらの車輌が来た方向へと鋭く進路を変える。

そこには、やや隊列から遅れていたノンナが指揮するＩＳ－２の姿があった。

「ツッコめー！」

全員で気合を入れると、体当たりを敢行、避ける素振りも見せなかったＩＳ－２に鈍い音と共に激突した。これぞ、重戦車キラーウサギさんチームが黒森峰戦で披露し、格上の撃破に成功した、名付けて「戦略大作戦」であった。

さしもの重量級のＩＳ－２も、Ｍ３リーの衝突によって一瞬止まる。しかし、それも気にせず力押しでウサギさんチームを排除して、前進しようとする。だが、桂利奈が素早くギアを後進に入れて後進し、試合の中で鍛えられた操縦の腕を見せて、しっかりと密着する。

同時に、ウサギさんチームの面々はノンナを挑発する。

「悔しかったら、撃ってみろー」

優季の挑発に続くあゆみ。

「大洗なめんな！」

「なめんな！」

それにすぐに乗っかるあや。

砲手の二人の言葉と同時にトリガーが引かれ、車体の75ミリ砲と砲塔の37ミリ砲が発射された。

この距離では外れようもなく、ＩＳ－２の正面装甲に着弾する。

だがＭ３リーの37ミリ砲は60ミリ、75ミリ砲でも１００ミリ程度の装甲を、かろうじて至近距離なら抜けなくもない程度の性能である。砲塔前面は１６０ミリ、車体前面でも１２０ミリの装甲を誇るＩＳ－２を撃破するのには、全然足りなかった。

充分にスペック差を理解しているため、撃たれているのも気にせず、車長のノンナは、キューポラから身を乗り出したまま苦笑する。

撃たれても気にせず正面に迫る車体を見て、操縦手の桂利奈が怯《おび》えた声を出した。

「やっぱり強いよ〜」

そんな桂利奈を優季がなだめる。

「でも大丈夫。これなら絶対撃たれないし！」

IS－2の5メートルを超える長大な砲身は、互いの車体同士を密着させたために、ウサギさんチームのM3リーの車体の上に乗り、また砲塔が邪魔をしていて、反対側は住居があるために旋回も不可能で、撃ちたくても撃てない状況に陥っていた。ウサギさんチームは、その位置関係を維持しつつ、IS－2の前進速度に後退速度を合わせる。

それを見て、小声で鋭く指示を出すノンナ。直後、急停車するIS－2。

IS－2が車体を大きく揺らして止まるが、その動きにウサギさんチームは対応出来ず、そのまま後退を続け、一挙に両者の距離が開いた。

それに気が付いた梓が、慌てて停止命令を出す。

「あ!?　ストップストップ！」

「えーっと」

急な命令に桂利奈が戸惑いつつも、M3を急停止させる。

停《と》まったのを確認して、梓が再び前進指示を出す。

「前進、前進！」

「あい！」

急いでギアを前進にする桂利奈。

照準器を覗いていたあやも、目に小さくなるIS－2が飛び込んできた。あやは、

「くっついて！」

と思わず叫ぶ。

前進を開始しようとするウサギさんチームだが、鈍い音と共に動きが止まった。

「えーっと……あ」

何故動きが止まったのかと、梓が確認する。見れば、M３の車体にＩＳ－２の長大な１２２ミリ砲がつっかえ棒のように当たっており、それによって動きが止められていたのだった。

「この――――！」

まだ状況を把握出来ない桂利奈が全速前進しようと気合を入れつつ、操向レバーを前に倒してM３を加速させる。

だが、ＩＳ－２の主砲はM３の車体ど真ん中に当てられており、全く進むことが出来ない。

空回りするM３の履帯、ノンナがその無駄なあがきを冷たい目で見下ろす。

状況にやっと気が付いた優季、あゆみ、桂利奈が大慌てで相談する。

「想定外～」

「どうするどうする？」

「ぐぬぬぬぬ」

何とかここで打開策を考えないとと、必死に頭を絞る梓。だがバックすれば撃たれる、左右によけるのも難しい、どうしたらいいのかと焦るだけで、何一つアイデアが出てこない。

「どうしよう」

「このままじゃ……」

パニックになりかけて、あやが首を左右に振ると、その肩を誰かが叩く。

「!?」

何事かと肩の方を見ると、紗希《さき》が何かを言いたげに僅かに口を開いている。

それを見て、はっとする梓。

「紗希ちゃんが何か言おうとしてる！」

梓の叫びに続いて、車内に歓声が響く。

黒森峰戦でどこを撃っても弾が通用しない重装甲のエレファントを撃破できたのは、普段あまり声を出して話さない紗希の的確なアドバイスで逆境を打破したからだった。もしかしたら今回も何とかしてくれるのではないかと、大いに期待が膨らんだのだ。

「！」

注目の視線を浴びつつ、紗希は嬉しそうに微笑みながら、側面のハッチから外を指さし、

「ちょうちょ」

指さした先には、確かに目にも鮮やかな青い空の中に、真っ白な蝶《ちょう》が舞っていた。

その言葉に、顎が外れそうなほど驚く梓。

「ええっ!?」

思わずあややも沈黙して、動きを止めた。

ウサギさんチームの車内が何とも言えない空気に包まれた瞬間、轟音と共に割れ鐘のような不協

和音が響き渡った。

至近距離どころか、ほぼ接触した状態から撃ち込まれた１２２ミリ砲弾に、Ｍ３はまるでコマのように回りながら吹き飛ばされて行く。

車体が左右の塀にぶつかるたびに、車内から湧き上がる悲鳴。

そのまま転がった車体は、最後には道沿いに立っていた「大勘荘《だいかんそう》」と書かれた巨大な看板にぶつかり、勢いのまま看板をなぎ倒して、ようやく止まった。

動きが止まって車内がほっとしたのもつかの間、直後その看板がＭ３の上に倒れてきた。

ハッチから上がる白旗。

白旗を追うように飛び回る蝶。

車内では、ウサギさんチームの全員が完全に目を回していた。

『遅れてるわよ、ノンナ。どうしたの？』

「何でもありません」

ちょっとＭ３に視線をやったノンナだが、カチューシャからの通信に、まさしく何事もなかったかのように、平然と答える。

直後、車内にＩＳ－２を前進させるように指示を出し、先行したカチューシャを追い掛ける。

後に残るのは転がったＭ３と、白い蝶のみ。

ウサギさんチームが撃破されたのも知らず、Ⅳ号戦車はサンビーチ通りを北上する。大洗文化センターを左手に見ると、みほは咽頭《いんとう》マイクを押して通信する。

「これからＯＹ12地点を通過します」

同時に、事前の指示に従って麻子が左折する。

「御意」

「ベネ・エスト」

「ヤーヴォール」

みほの通信を受けて、口々に返事をするカバさんチームの面々。

操縦手のおりょうが僅かに車体を動かすと、やや下を向いていた主砲が鎌首をもたげ、Ⅳ号を追ってくるであろう車輌の未来位置に照準を合わせる。

「お待たせー」

砲撃準備が整ったカバさんチームのⅢ突の後ろに、東光台南交差点で別れたレオポンさんチームのポルシェティーガーが接近し、静かに止まると砲塔を旋回させ、砲撃位置に着く。

大洗町役場の前では、西のチハが生け垣に車体を隠し、様子を伺っている。他の車輌も地形を生かして車体を隠しつつ、事前目標地点に狙いを付ける。

大洗側の防衛態勢が整った所に、エンジン音と履帯が道路を叩く音が近付いてきた。

照準器の中にⅣ号戦車が入ってきた。キューポラのみほが小さく手を振って、後続の情報を伝えてくる。それを見たエルヴィンは、Ⅳ号が照準の外に出た瞬間、プラウダの先頭車輌に向けて発砲指示を下す。

「撃て！」

熟練した砲手ならば１５００メートル先からでも当てられる砲で、僅か百メートルほどしかない距離、しかも待ち構えていて十分に狙いを付けて、その上相手がまだ気が付いていない状況では、外す方が難しい。当然のように、先頭のＴ－34／76が撃破されて、白旗を上げた。

前の車輌がつんのめるように止まったのに驚いた二輌目が、慌てて右に避けようとするが、前の車輌との距離が詰まっていた上に、クランク状に直角のカーブが続く道で速度が落ちていたために、ノロノロとしか動けていない。

「貰った！」

レオポンさんチームの砲手のホシノが、チャンスとばかりにトリガーを握る指に力を籠《こ》める。

しかし、撃破された先頭車輌から上がる黒煙が大きくたなびき、二輌目の姿を隠してしまった。

「っ！」

小さく舌打ちをしたが、既にトリガーは引かれてしまっており、残念ながら僅かな照準のずれによって、砲弾は二輌目のＴ－34／76の側面装甲をかすめただけであった。

大洗側の他の車輌も、一斉に砲撃を開始する。

遅ればせながらプラウダ側も状況を把握し、反撃を開始。双方とも足を止めての撃ち合いとなった。

だが、遮蔽物を有効に利用した大洗側に対し、道路の真ん中で立ち往生しているプラウダ側は圧倒的に不利であった。

「撃ちながら急いで後退！」

この状況を打破するために、カチューシャが無線機に叫ぶ。

幸い、まだフラッグ車のチャーチルは射線に入っていないので、先頭の数輌がやられてもまだ反撃の目は十分にある。しかも、撃破されて急停止したT－34／76のエンジンから噴き出した排煙が、良い感じに煙幕代わりとなっていた。回避しようとしていた二輌目も強くエンジンを吹かしていたこともあって、周囲にディーゼル臭が強い黒煙が立ち込めて行く。

更には双方の発砲煙で、ますます周囲の視界は悪化し、大洗側も逆に遮蔽物が邪魔となって充分な射界が取れなくなっていった。カチューシャの素早い状況判断もあって、プラウダ側は後退に成功。双方とも遮蔽物の陰から撃ち合うようになると、砲弾が命中して撃破される可能性は急速に低下した。

どちらも見える場所に照準を集中させているため、不用意に動いて遮蔽物から出ると集中砲火を受ける。

結果的に大洗町役場の周辺で両チームとも動くに動けず、膠着状態になりつつあった。

その状況を打破するためか、プラウダのT－34／76が遮蔽物から出て動きを見せた。

「撃て！」

瞬間、大洗町役場の玄関わきに隠れていたアリクイさんチームの三式、西の旧砲塔チハ、アヒルさんチームの八九式という日本戦車トリオが一斉に砲撃する。

十分に狙っていたこともあって、三式の砲弾が見事に砲塔に命中、白旗を上げさせるのに成功した。

「命中したぴよ！」

「リアルでは初撃破ぞなもし！」

「上手《うま》くなったもんだも！」

アリクイさんチームの車内では、喜びのあまりに、ハイタッチとも下で手を打ち合うローファイブとも違う、クロスさせた両手を手首同士ぶつけ合う謎のタッチが行われていた。

三式の中がそんなことになっているとは知らず、隣のチハの中には悩む西の姿があった。

「突撃はいつするんだろう？」


一方、前進したくても出来ないプラウダ側に、後方にいるダージリンから通信が飛び込んでくる。

『で、どうするの、カチューシャ』

「呼び捨てにしないで！　前進に決まってるでしょ！　こんなチマチマしたチビっこい連中、削って削って削り取って、ピロシキの中のお惣菜《そうざい》にしたげるわ！」

カチューシャが無線機に怒鳴っている間、クラーラはハッチから乗り出し、しきりと後方を気にしていた。

「Может ли быть такое, что Четвёртый зайдет на Черчилля сзади？《Ⅳ号、今のうちに回り込んでチャーチルの背後を突くということはありませんか》」

「Михо на такое способна, Клара.《みほさんならあり得ますね、クラーラ》」

クラーラが隣のノンナに懸念を伝えると、それを耳にしたカチューシャが怒鳴る。

「ちょっとあなたたち！　日本語で話しなさいよ！　ノンナ、先鋒《せんぽう》」

「はい。Прикрой Флаг, пожалуйста.《フラッグ車の護衛宜しく》」

「Поняла!《はい》」

前進を開始するIS－2。何があってもここを突破する決意をしたノンナが、砲塔内部へと体を引っ込め、ハッチを閉める。

そのノンナの決意を見て、ダージリンがローズヒップへと指示を出す。

『ローズヒップ、Ⅳ号の狙いは私よ。それをよく考えて、的確に行動しなさい。スピードを出すことに夢中にならないで』

そのローズヒップは最初は隊列に付いてきたはずなのに、役場方面に曲がらずに、何を考えたのか、もしくは考えていないのかは分からないが、そのまま真っ直ぐにサンビーチ通りを爆走していた。大洗岬手前でやっとダージリンの通信を受けて、本来の目的を思い出す。

「もちろんでございますわ」

手にしたカップの紅茶を激しく揺らしながら、慌ててUターン、直後左折して港に沿った道へと入ると、漁協の前を再び爆走する。

調子だけはいいローズヒップの通信を聞いて、本当に分かっているのか、少々疑問に思うオレンジペコであった。

「砲撃のタイミングを合わせて……3、2、1、今よ！」

その間にもカチューシャが、ノンナの突撃の支援を行う。

カチューシャの指示に合わせて、一斉に砲撃を行うプラウダの車輌。

猛烈な黒煙が沸き起こり、またやや高めの位置を狙った砲撃によって、大洗側の車輌が隠れている遮蔽物上部に着弾、がれきが降り注いで視界を一時的に遮った。

砲撃と同時に加速して建物の影から姿を現すIS－2。他のプラウダの車輌も、装甲の厚いIS－2を破城槌《はじようつい》代わりにして背後に続く。

その様子を目撃したカバさんチームの砲手の左衛門佐《さえもんざ》が、先頭のIS－2に狙いを付け、砲の微調整を行い、トリガーに掛けた指に力を入れる。

直後、激しく車体が揺れ、車内に動揺が走った。

「何だ？」

「今のは！」

IS－2の砲弾がⅢ突の側面をかすめ、せっかくの照準を無駄にしたのだった。しかも、プラウダの後続車輌も一斉に発砲し、急速に彼我の距離は詰まって来た。

「まずいねー、これは」

この状況に、さしもの角谷会長もわずかに焦りを見せ始めた。

一方、役場前を通り過ぎて行ったあんこうチームは、その先でゆっくら健康館北の信号を左折、ようこそ通りを海に向かって進んで、グロプラ連合側に気が付かれないように大回りをしつつ、後ろからフラッグ車のチャーチルを狙おうとしていた。

だが、麻子の視界に飛び込んで来たのは、正面から爆走中のクルセイダー隊。

「また来た」

普段冷静な麻子も、思わず不満を漏らす。

対照的に明るい顔で、歓声を上げるローズヒップ。

「発見ですわ！　やっつけますのよ」

広い道に入ったので、ローズヒップは後続車輌に、Ⅳ号を逃がさないために左右へと展開するよう指示を出す。

暴走特急の集まりのようなクルセイダー隊だが、練度は聖グロリアーナのチームらしく極めて高く、素早く縦一列から横隊へと隊列の変更を行う。

道幅一杯まで広がって、全車輌が前方への砲撃が可能な状態となるのと同時に、一斉に発砲するクルセイダー隊。

いかにも聖グロリアーナ女学院らしい、綺麗で切れのいい高速での隊列行進を見せ付けたのに対し、観客席は大いに盛り上がる。

「隊列を組んだまま、あんな動き出来るんだ」

「しかも、あれ40キロ以上は出てるだろ？」

「亀の子みたいな戦車の割にやるなあ」

だが、その直後の、道幅一杯に砲弾をばらまいた攻撃すら避けるⅣ号の操縦に、観客はもっと驚く。

「あれを避けるってか」

「さすが、大洗のエース」

「いや、流石に一発貫ったみたいだ」

「避けられないなら、致命傷にならない所の攻撃を受けたのか」

「やるなあ」

正面からツッコんでくるクルセイダー隊に対し、回避運動どころか一歩も引かずに逆に突進して、更には反撃に主砲まで発砲してくるあんこうチームのⅣ号。

その無茶《むちゃ》な動きを見て、思わず左右に避けるクルセイダー隊。

「何で避けるんですの！」

叱責するローズヒップだが、安全と分かっていても、正面から撃たれれば思わず避けるのが人間の本能である。

それをあえて安全な場所ならば被弾しても問題ないと、自分から当たりに行くⅣ号の方が普通はおかしい。さしものローズヒップも、西住流の恐ろしさを少しだけ感じていた。

そして、恐らく今の状況で自分の率いるクルセイダー隊が西住流だったならば、ツッコんでくるⅣ号戦車を回避しないで、そのまま衝突させるだろうとも理解した。

だが現実には、避けたことでクルセイダー隊の壁には僅かな隙間ができ、そこをこじ開けるように、Ⅳ号が無理やり車体をねじ込んで、クルセイダーを押し退《お の》けながら通り過ぎていく。

「逃がしませんことよ！」

撃破できなかったのは仕方ないと頭を切り替え、その場で華麗なスピンターンを決めるローズヒップ率いるクルセイダー隊。

「おおっ、隊列を組んだままターンした！」

「あんな綺麗な走り、見たことない」

「さすが、聖グロリアーナ！」

その見事な運動に、観客席はますます盛り上がって行く。


高速バトルが続くⅣ号とクルセイダーに触発されたように、大洗町役場前の戦闘は、亀の動きのような遅々とした速度の膠着状態から、一挙に佳境《かきょう》に入りつつあった。

「みんな無理しないでね〜」

自家製の干芋をつまみながら、角谷会長がのんきに指示を出す。

「会長は無理して下さい！」

少し怒り気味に小山が答える。

その間にも接近して来るプラウダに対し、大洗側の各車輌は発砲を続ける。そのうちの一発がIS‐2の砲塔側面をかすめたので、思わず河嶋が歓声を上げる。

「やった！」

「今の桃ちゃんの砲弾じゃないよ」

「うるさい、関係ない！」

だが、砲塔の装甲が90ミリもあり、更には傾斜させて防御力を高めている形状もあって、虚《むな》しく砲弾は弾かれ、全く被害を与えない。

その様子を見て、角谷会長が口を尖《とが》らせる。

「んー、昔読んだ本に、ロシアの車輌って、砲塔を弾がかすめると衝撃で誘爆することがあるって書いてあったのに」

「そんなおとぎ話を本気にしないで下さい！　大体、戦車道で砲弾の誘爆はありません！」

「ちぇー」

普段の冷静な小山にも似合わず、さっきよりも更に怒ってツッコみを入れる。それほど現在の状況は、大洗側が押されている。

砲塔をゆっくりと動かすと、砲撃を行ったカバさんチームのⅢ突に狙いを付け、ＩＳ－２が撃ち返す。

慌ててエルヴィンが、操縦手のおりょうに後退指示を出す。

建物の陰に後退するⅢ突。

ＩＳ－２の主砲弾は弾頭だけでも25キロと重く、いくらプラウダの生徒たちが普段から鍛えているとはいえ、次発装填の速度は遅い。更には、車内が狭いので、搭載している砲弾もわずか28発と少ない。

そのため、ＩＳ－２は長期戦には向いていないが、ここが正念場と判断したノンナは、全弾使い果たす勢いで攻撃を行っていた。

ノンナの判断は正しく、破壊力の大きなＩＳ－２により、大洗側は次々と防御陣地を失い、今のⅢ突のように徐々に後退せざるをえなく、一方、ＩＳ－２を先頭にグロプラ連合の車輌は、大洗側へと肉薄しつつあった。

「ＫＶ－２があれば、あんな建物簡単に吹き飛ばしたのに」

「機動力がありませんからね、仕方ありません」

進撃速度が遅いからか、それともお気に入りのＫＶ－２がいないからか、むくれているカチューシャをなだめるノンナ。

その間にも、グロプラ連合の車輌はじりじりと前進を続け、Ⅲ突とポルシェティーガーの正面へと接近する。これによって、完全に遮蔽物が意味を無くしたのを視認したおりょうが、他の車輌へと警報を出す。

「直線になるぜよ」

「一ブロック後退」

それを聞いて、Ⅲ突の後ろにいたナカジマが、後退指示を出した。

砲身と正面装甲をグロプラ側に向けたまま、合わせて後退していくⅢ突とポルシェティーガー。

後退する二輌に向けて、プラウダ側の砲撃が集中する。

外れた砲弾の一発が、大洗町役場の玄関に命中し、張り出した屋根が崩れ落ちる。

「うわー」

磯辺が緊張感の少ない悲鳴を上げつつ、降ってきたがれきを避けて、ハッチを閉める。

ダージリンの背後を取るのを諦め、ようこそ通りを経由して商店街へと戻ったⅣ号に、戦況が大きく動いたため、角谷会長から詳細な情報が入って来た。

『ＯＹ地点、現状はこんな感じ』

「了解、こちらはまだ交戦中」

『了解、引っ張れるだけ引っ張るけど、期待はしないでねー』

角谷会長からの通信が終わると、沙織がまとめ直した戦況図をみほに見せる。

「みぽりん、ＯＹ地点が2ブロック後退、恐らくあと5分が限界みたい」

「ありがとう、沙織さん」

戦況図を見て、次の手を考える。

その間にも、麻子はⅣ号の車体を滑らせながら、道路ぎりぎりまで使って蛇行して、追撃して来るクルセイダーの砲撃をかわして行く。

「この先、道が蛇行しているから、出来るだけイン側に沿って進んで」

「分かった」

麻子はみほの指示に従って、車体を塀にこするぎりぎりまで寄せる。

スピンターンをした際に、ローズヒップ車は先頭から二番目に後退していた。追撃を急ぐあまり、隊列を変更しなかったので、クルセイダー隊の二番手に位置していたジャスミン車の後ろとなってしまったのだ。速度が低下したローズヒップのイライラが爆発する。

「先頭車何をやってますの？　ダージリン様のお紅茶が冷めてしまいますわ」

前を塞ぐクルセイダーの車長であるジャスミンに指示を出した瞬間、その視界から一瞬にしてⅣ号が消えた。

「えっ!?」

驚くローズヒップ。慌てて左右を見ると、Ⅳ号は道路の右側にえぐれるように位置しているお亭の駐車場に、急角度で車体を入れていた。

更には駐車場に入った時の勢いのままで、素早く方向転換すると、そのまま道路へと飛び出してきて、車体を滑らせてジャスミン車の前に立ち塞がる。

「!?」

視界一杯に広がったⅣ号の姿に、先頭のジャスミンが驚愕《きょうがく》する。

「ストップ！」

衝突するかと思って慌てて停止指示を出すが、Ⅳ号もその目の前でぴたっと停止した。

車体の動揺が止まると同時に発射されるⅣ号の主砲。あまりの急展開に付いて行けないジャスミンは、手も足も出せずに車輌ごと後方へと吹き飛ばされる。

そのままジャスミン車は後続のローズヒップ車に衝突、再びクルセイダー隊が団子状態となって身動きが取れなくなる。その間に、Ⅳ号はゆうゆうと右の脇道へと逃げて行く。

「マジですの!?」

突然目の前に上がったジャスミン車の白旗と、Ⅳ号の見事な腕前にローズヒップは驚愕する。だがすぐに気を取り直すと、冷静に指示を下す。

「バニラは後退、クランベリーは私と一緒に追いますわよ」

そのまま、ローズヒップは道を塞いだジャスミン車を押すように、操縦手に指示を出す。

「ごめんあそばせ」

無理やり道を開けると、Ⅳ号が進んだ脇道へと進むローズヒップ車と後続のクランベリー車。最後尾のバニラ車は来た道をバックして、Ⅳ号の頭を塞ごうとする。

道路脇の駐車場にはみ出しつつ、狭い道に潜り込むⅣ号。

それを阻止しようと、全速で後退するバニラ車。

だが、バニラ車は交差点に出た瞬間、側面からの砲撃を受けて一回転、白旗が上がる。

既にⅣ号が到着して、出て来た所を狙い撃ちしたのであった。

一方、大洗町役場での戦闘はますます激化、役場自体も大量に被弾して、あちこちが損傷していた。既にカバさんチームなど道路上の車輛は後退しつつあったが、役場玄関で戦闘を続けている車輛にも至近弾が増えていた。

時計をちらっと見て、潮時だと感じたナカジマが咽頭マイクのスイッチを入れる。

「そろそろ撤収するよ〜」

その指示に一斉に答える各車輛。

「わかりました！」

「ヤーヴォール！」

エルヴィンだけが嬉しそうにドイツ語で答える。

「あいよー」

「にゃー」

角谷会長に続いて、アリクイさんチームのねこにゃーも答える。

しかし、西は無線機が不調なのか、今一つ指示を理解していないようで、ヘッドホンを叩く。

「調子悪いな～」

それでも全く受信状況は改善されず、隣のアヒルさんチームへと西が声を掛ける。

「すみません。聞き取りにくかったのですが！」

西の声を聴いて、磯辺が八九式の砲塔側面のハッチを開けて顔を出す。

「後退します」

「はい？」

西が首を傾げているので、砲手の佐々木も、同じハッチから顔を見せる。

「後退です！」

「こ・う・た・い」

砲弾の音とエンジン音で、普通に話しても伝わらないので、磯辺が一音一音区切って話す。その
口の動きを西が一生懸命読み取り、

「と・つ・げ・き？」

自分の語彙《ごい》にある単語と一致したのか、理解した表情を浮かべ、色気のある綺麗な挙手の礼を見せる。

「かしこまりでございます！」

満面の笑みを浮かべて、車内に指示を出す西。

その西の意識が乗り移ったかのように、嬉しそうに加速する西の乗るチハ。

そのまま一挙に、隠れていた役場の陰から飛び出して道路へと向かう。

「何で？」

驚く磯辺。

「んにゃ？」

「え？」

「何？」

ねこにゃー、そど子、そして河嶋も前進する西車に驚愕する。

「吶喊！」

一言大きく号令を下すと、西車は全速でＩＳ－２へとツッコんでいく。その突撃を見て、満面の笑みを浮かべ、福田も後に続こうとする。

当然ながら、一本道を向かってくるプラウダ側の戦車に対し、至近距離から特に策も無く馬鹿正直に正面から突撃しても、待ち構えていた側の餌食《えじき》となるだけ。情け容赦なくノンナのＩＳ－２が十分に引き付けてから発砲、一瞬で西車は吹き飛ばされた。

「あいた——」

ボーリングのピンのように勢いよく吹き飛ばされた西車は白煙を上げつつくるくると回転して、止まった先で勢いよく白旗が上がる。

「すみませんでした、敢闘及びませんでしたっ！」

元気よく西が謝ったが、突撃から撃破までの一部始終を呆然と見送った磯辺と佐々木は、ぽつりと呟く。

「何がしたかったんだろう」

「さあ」

その二人の視界に、植え込みの向こう側にＩＳ‐２が迫っているのが入る。

「来たぞ」

「逃げるにゃー」

形勢不利と見て、逃げ出すアヒルさんチームの八九式と、アリクイさんチームの三式。

福田だけはそれとは逆に、あまり迫力の無い怒りの表情を顔に浮かべて、西に続いて前進しようとする。

「西隊長！　よくもよくも」

「ストー——ップ」

素早くその前に立ち塞がり、福田を足止めするアヒルさんチーム。

「止めないで下さい！　このままでは面目が立ちません！」

「今ここでやられちゃったら、それこそ面目立たないよ」

涙目で訴える福田に対し、八九式の正面ハッチを開けて出て来たのは、やや赤みがかった肩までの髪を真紅のリボンで結び、ユニフォームには3番と書かれた通信手の近藤妙子《こんどうたえこ》であった。

正面ハッチから、茶色の髪を後ろで縛って、スレンダーな体付きで5番のユニフォームを着た、操縦手の河西忍《かわにししのぶ》も優しく微笑みながら、顔を出す。

「後できっちり仕返しすればいいじゃない」

そう諭すと、福田の意見も聞かずに、八九式が九五式を押して進み始める。

わらわらと後退し始める大洗の車輌。

だが、大洗の車輌が遮蔽物から出て来て、姿を現したのを見て、ノンナが楽しそうに鼻歌を歌いつつ、次の獲物を物色、最大の獲物を照準内に収めると笑みを深くする。


後方から砲弾が飛来して左右を通過して行くのも構わず、みほは普段通りキューポラから上半身を出して周辺の状況を確認する。

「右30度、俯角《ふかく》5度に修正して下さい」

「はい」

みほの具体的な指示にすぐに反応して、華が主砲を動かす。

その後を追うのは、ローズヒップとクランベリーのクルセイダー。

「聖グロ一の俊足からは、逃げられないんですのよ！」

クルセイダー隊は半減してしまったとは言え、まだまだ自信満々で、逃げるⅣ号を左右から挟み込むように、徐々に距離を詰めて行く。

「撃て！」

ローズヒップの号令と同時に、

「停止！」

クルセイダーの6ポンド砲の砲口が丸い点になる寸前、みほが停止命令を出す。

急制動させる麻子。

「あ、あら!?」

ローズヒップの視界からは、再び急にⅣ号が消えたように見えた。

しかし既に発砲指示は出しており、砲弾は何もない中空へと飛び去る。

みほの指示通り固定してあった主砲の先、華の覗く照準にクランベリーのクルセイダーが大写しとなる。

Ⅳ号が消えたのに慌てて減速したのが仇となり、完全に無防備な側面をⅣ号の前に晒《さら》し出していた。華が落ち着いて狙い撃つ。砲身が届くほどの至近距離で、華の腕であれば外すはずもなく、右側から追い越しを掛けたクランベリー車が撃破されて黒煙を上げる。

クランベリー車がつんのめるように静止すると、黒煙の中から白旗が上がる。左側からⅣ号を追い越したローズヒップ車も慌てて停止していたが、Ⅳ号の砲塔はそこに向けて旋回する。それを察したのか、ローズヒップ車が、地面に火花を散らしながら急発進で逃亡する。

「よーし、残り一輌」

それを見て、強気に出る沙織だが、そこに通信のノイズが飛び込んで来た。

『こちらレオポン、OY防衛線崩壊しました』

はっとする沙織。

『あと、やられちゃったーごめんねー』

第63回戦車道全国高校生大会の決勝、黒森峰戦で、レオポンさんチームのポルシェティーガーは、みほとまほの一騎打ちの戦場を作り出すために、廃校舎の入り口に立ち塞がり、黒森峰の援軍を足止めした。しかし、その代償としてぼこぼこに撃たれまくり、無残な姿をさらすことになった。

その時並みに撃たれたのか、ひどい状況で擱座して白旗を上げている。

左右をダージリンのチャーチルと、クラーラのT－34／85が通り過ぎていく。

だが、擱座したとはいえ、車体の大きなポルシェティーガーが道幅一杯を塞いでおり、それが邪魔でグロプラ連合は速度を出せない。その間に、砲弾がかすめていく中を、喫茶ブロンズの横をヘッツァーとB1bisが全速で後退して行く。

更には蛇行して砲弾を避けつつ、八九式中戦車が嫌がる福田の九五式軽戦車を押して逃げていく。

次々と周囲に砲弾が降り注いでいくが、逃げ続ける大洗の車輌。

「何で当たらないのよ！」

撃破されたポルシェティーガーが邪魔になっているとはいえ、真っ直ぐな道にもかかわらず、命中弾が出ないのにカチューシャがキレ気味に怒鳴り散らす。

実は、喫茶ブロンズの横の道は、僅かに上り坂になっており、逃げる車輌も真っ直ぐ走っているように見せかけて、僅かに斜めに進んでいたのが功を奏していたのだった。

追撃するグロプラ連合側と大洗との距離が徐々に開いていく。更には大洗側が二手に分かれたため、追撃側も二手に分かれる必要があった。

分散して車輌が減ったため、チャーチルの護衛も減少する。

それを見て、ダージリンは紅茶を優雅に口に含む。

「こんな時に、ローズヒップはなにをやっているのかしら？」

「猫の手でも借りたいですしね」

前の通信以来全く居所が掴めないローズヒップに対し、オレンジペコがため息をつくと、アッサムが軽口を返す。

「猫と言うよりは犬っぽいけど」

チャーチルはヘッツァーを追って真っ直ぐブロンズ方面に進み、ノンナとカチューシャは消防本部を通り過ぎてから左折を繰り返し、再び役場の横手の道に出る。

突然、正面から接近して来る一輌の戦車。

先頭のノンナが一瞬照準を覗くが、そこに映っていたのは照準器が赤く塗られているのが目立つクルセイダー、そうローズヒップ車であった。

「カチューシャ様、前方の車輌は味方です」

「あれはクルセイダー、じゃあⅣ号も近くにいるわね」

ノンナの通信を聞くなり、後続のT－34／85のハッチが開いて、カチューシャが体を乗り出して周囲を見回す。

一方、逃げて来たローズヒップも、ＩＳ－２を先頭にしたプラウダの車輌を視認するや、満面の笑みを浮かべる。

「おほほほほ、形勢逆転ですわ――――！」

味方車輌の横を通り過ぎると、綺麗なターンを決めかけるが、勢い余って横の駐車場にはみ出した。縁石に乗り上げてがたつきながらも何とか態勢を立て直し、隊列の最後尾に付ける。

「見ーつけた」

カチューシャもローズヒップを追ってきたⅣ号を視認して、ニヤッと笑う。

「左折して下さい」

ローズヒップを追って来たみほも、プラウダの車輌を確認すると、すぐに横道へとⅣ号を移動させる。

プラウダの車輌が、Ⅳ号を視認した瞬間に一斉に砲撃を行ったが、素早く方向転換したⅣ号にはかすりもしなかった。

電柱すれすれに道を曲がっていくⅣ号、その後に続くＩＳ－２も同じコースを進んだが、車体が電柱をかすめていく。

再び左折して、Ⅳ号が入り込んだ道は、一方通行で戦車二輌がすれ違うのは難しいほどの幅しかなく、撃たれた際に左右に回避するスペースは極めて少ない。

だが、その中を全速で走り抜け、あまつさえ後ろから撃たれているのを、Ⅳ号は僅かに車体を左右に揺らせてぎりぎりで避けて行く。さすがにこの道で戦闘を続けるのは不利であり、みほは再び前方にあるようこそ通りへとⅣ号を急がせる。その瞬間、側面からの砲弾が飛来して、左側の前部シュルツェンを吹き飛ばした。

ちらっと砲弾が来た方を見ると、そこには並走する道路を走るクラーラのT－34／85の姿がある。家と家の隙間から、次の砲撃タイミングを狙っているのが確認されたので、一瞬、眉を顰めたみほだが、更に戦車を加速させる。

「Я не дам тебе уйти!《逃がさないわよ》」

並走していたクラーラ車が、ゆっくら健康館北の信号を右折し、先にようこそ通りに入り、一挙にⅣ号の頭を塞ごうと加速する。

「Как только окажется в поле зрения - открывайте огонь!《視界が開けた瞬間に砲撃》」

「Есть!《了解》」

ようこそ通りを走るクラーラ車はⅣ号が走っていた道と直交した瞬間発砲するが、既に待ち構えていて減速していたⅣ号も撃ち返す。

双方の砲弾は外れたが、Ⅳ号は道幅の広いようこそ通りに出るのを諦め、その手前の一方通行の側道を右折する。

側道とようこそ通りの間は、途中ですぐに建物がなくなり、突如として視界が開けた。クラーラも主砲をⅣ号に向けていたが、Ⅳ号も同様で互いに高速走行をしつつ、砲撃のタイミングを探る。

側道はすぐに行き止まりとなり、Ⅳ号はパン屋のブリアンの横を右折して、そのまま永町《ながまち》商店街方面へと進路を変える。クラーラも若見屋《わかみや》の信号を右折して、その後を追う。

Ⅳ号は砲塔を後方のクラーラに向けたまま、商店街の中を走り抜け、後ろから撃ってくるクラーラ車の砲撃を、微妙に左右に車体を揺らすことで外していく。しかも、タイミングを見ては撃ち返して、致命傷にはならないものの、徐々にクラーラ車の損傷を増やしていく。

「Здесь《ここで》！」

クラーラが砲撃した瞬間、ヴィンテージ・クラブむらいの駐車場に車体を滑り込ませて避けるⅣ号。

避けたことで一瞬減速したのを逆に利用し、車体が安定したと同時にⅣ号が砲弾を発射する。

至近弾によって猛烈な煙が上がり、クラーラの視界が塞がれたが、かすかに見える影に向けて発砲する。

その砲弾はⅣ号を外れ、目の前にあった交差点の信号機根元に命中し、信号機をなぎ倒す。

Ⅳ号は信号機を素早く避けたが、クラーラ車は避けるのが間に合わず、乗り上げ、車体が持ち上げられた。それでも勢いのまま乗り越えて前進し、Ⅳ号を追い続ける。

信号を乗り越える時に空しか見えなくなったが、元に戻ると、緩やかに道が右に曲がっており、その先に割烹《かっぽう》旅館肴屋《さかなや》本店が立ちふさがっているのが、クラーラの視界に飛び込んで来た。

当然のようにそれを知っていたⅣ号は僅かに減速して、車体後部を滑らせつつも綺麗に左折していくが、道を知らないクラーラ車は、減速が間に合わず、そのまま勢い余って道の先にある肴屋本店の玄関へとツッコんでいく。

「Стой!《停止》」

慌ててクラーラ車は、車体を滑らせつつも急制動をかけ、何とか玄関先にすっぽり収まる形で止まるのに成功する。

「Эх・・・《ふー》」

クラーラが安堵の息をついたのもつかの間、後方から轟音が接近してきた。

「あらあらあらあらあらあらあらあら」

倒れた信号を踏んで、車体のバランスを崩したローズヒップのクルセイダーが、回転しながらクラーラ車に向けてツッコんでくる。

「おろろろろろ」

完全に制御不能な暴走列車と化したローズヒップ車は、そのまま停止しているクラーラ車にツッコみ、その勢いで肴屋の玄関を粉砕してクラーラ車を中へと押し込んだ。

衝突の衝撃で、クラーラ車後部の予備燃料タンクが引火、猛烈な爆発が発生し、更には肴屋本店厨房《ちゅうぼう》にあったガスボンベが引火、木っ端みじんに旅館の建物が吹き飛ばされた。

「やった！　うっしゃ――――」

それを見て、歓喜の声を上げる肴屋の主人。

「またかよ！」

「お前んとこばかり羨ましい」

隣に座って、串焼きで一杯やっていた商店主と、反対側でクレープを食べていた店主がそれぞれ不満をこぼす。

「あーあ、うちもドカンとやってくれないかねー」

「こういうのは縁起物だからな」

もうもうと上がる煙の中、僅かに見えたクラーラ車から白旗が上がった。


その様子を横目で見ながら、役場方面に続く道を上がって来たカチューシャ車と、Ⅳ号を追って商店街を抜けて来たノンナのＩＳ‐２、ダージリンのチャーチルが合流する。

カチューシャ車を先頭にして、江口又新《えぐちゆうしん》堂、黒沢米穀《くろさわべいこく》店の前を通り、山戸《やまと》呉服《ごふく》店の前を右折すると、一挙に視界が開け、真っ直ぐな道の先にⅣ号戦車の姿が見える。

カチューシャが振り向くと、派手なアクションの手信号で、後続のノンナに発射指示を出す。

「了解」

それを受けて、素早く発射するノンナ。

「あ、あぶないわね」

体の近くを容赦なくかすめて行った砲弾で、カチューシャが思わずよろけるが、自分が発射指示を出したので、口の中でもごもごと言うだけであった。

ノンナの砲弾は不規則に蛇行するⅣ号の左前に着弾するが、みほは全く気にせず進み続ける。

年宝菓子店《ねんぽう》の前でカチューシャ車が右に避け、速度を上げたノンナ車が横に並ぶ。

そのまま道幅一杯を利用して、同時に発砲することで、Ⅳ号の逃げ道を塞ぐ。

道の幅通りであれば逃げ道は無かったが、道を熟知した麻子が速度を調整し、月《つき》の井《い》酒造店の前の空地を利用して砲撃を避け、そのまま緩やかに左にカーブしている道の、左ぎりぎりまで車体を寄せた。

カーブのせいで、一瞬後続車輌には先に進むⅣ号の姿が見えなくなる。

「カーブに入ったら発砲!」

見えない間に左右に逃げられると見失う恐れがあるので、カチューシャは加速するように指示した。もしⅣ号が曲がろうとしていたら速度が落ちるはずなので、すぐに発砲すれば命中弾を与える可能性が上昇するとの判断だった。

目標を確認する前に、カーブに進入すると同時にカチューシャとノンナが息を合わせて発砲、すると前方を真っ直ぐ走るⅣ号が見えた。

「今度こそ!」

カチューシャが気合を入れるが、Ⅳ号は道の左側にある建物が切れた所にある空地を利用して、大きく車体を左に振る。そのため、砲弾はそのまま真っ直ぐ進み、道の角にあった美家古鮨《みやこずし》の壁を貫通、隣の家も貫いてから炸裂《さくれつ》した。

Ⅳ号は、左に切りこんだ勢いのまま空き地で大回りをすると、直角に右に曲がった道を速度を落とさずに曲がって行く。続いて、鋭くあんばいやの角を左に曲がる。

このクランク状になった道のせいで、カチューシャ車は速度を落とさざるを得なかった。

そのために、ノンナ車は急減速しても進路を変えるのが間に合わず、そのまま美家古鮨の角を曲がらずに直進して行く。

Ⅳ号戦車を追撃する曲がり松商店街での戦いは、戦線を大洗磯前神社方面へと移動させつつあった。


一方、役場から他の車輌とは正反対のサンビーチ通りの方に逃亡した福田の九五式とアヒルさんチームの八九式は、主要な車輌がⅣ号を追って行ってしまったため、敵味方の双方から孤立していた。そこでようやく、押されるのではなく自分で走り出した福田が、力強く進言する。

「これは敵主力へ突撃するべきであります！」

「はいはい、まずは西住隊長の支援をしてからね」

だが、簡単に磯辺にいなされてしまう。

味方と合流して、可能ならばフラッグ車を守るのが優先であり、それが難しければ少しでも敵を引き付けるのが、今自分たちがやるべきことだと磯辺は考えていたのだ。

通信手の近藤が現在の地図を見て、沙織から受けた連絡で敵味方の位置を調べる。

サンビーチ通りを磯前神社方面に進むのを進言しようとした瞬間、目の前の角を突然、聖グロリアーナのマチルダⅡが曲がって来た。

「!?」

双方とも驚いて、一瞬硬直する。

「退避！」

福田が一発発射するが、至近距離でもマチルダⅡの正面装甲は抜けず、磯辺の指示で慌てて逃げ出す。はっとして、マチルダⅡはそれを追い始める。

再び福田は、砲塔を後方に向けて砲撃を行うが、やはり軽々とマチルダⅡの正面装甲に弾かれた。

それどころか反撃を受けてかすめた砲弾によって、大きく車体が揺れたのに驚愕する。

「アヒル殿！　どうしたら！」

それを聞いて、磯辺がハッチから体を乗り出す。

片側二車線と幅広く、直線が続くサンビーチ通りでは、少々距離が離れたぐらいでは砲撃に支障がない。ならば、どこか安全な場所はないかと、周囲を確認する。

「広い所は危ないね。だったら……」

その目に、見慣れた建物が飛び込んで来た。


砂浜を爆走する、カメさんチームのヘッツァーとカバさんチームのⅢ突。その後方からは、広い履帯を生かして、砂地でも余裕で走行するT－34／76が、徐々に距離を詰めていた。

彼我の距離を確認して、河嶋が歯噛《はが》みをする。

「おのれ、数的にはこちらが有利なのに」

「追いかけっこは固定砲塔不利よね〜」

必死で操縦をしているにもかかわらず、小山はのんきな声を出す。

「次はヘッツァー回転砲塔キット買おうか～」

「売ってません！」

「むぅー」

角谷会長が更にのんきな声を出したのに対して、河嶋が声を荒らげる。

同じように追撃されているカバさんチームの車内では、戦車での立場は装填手だがチームのリーダーでもあるカエサルが、首に巻いた真っ赤なフォカレを翻して指示を出す。

「よし、ひなちゃん、もといカルパッチョ直伝のアレをやるぞ」

それを聞いて車長のエルヴィンが、操縦手のおりょうに指示を出す。

「CV33ターン、別名ナポリターン、行けおりょう！」

「ぜよ！」

その場で、走行しながらの180度ターンを華麗に決めるⅢ突。おりょうもアンツィオ戦で、相討ちとは言え、大洗の中で自分たちだけ撃破されたのが悔しかったのか、それ以来、地道に操縦訓練に明け暮れていた。その成果が出て、見事に砲を後方のT－34／76に向ける。

「それは分かってた」

だが、スピンターンをした段階で、次の展開を読んでいたT－34／76の車長がニヤッと笑うと、僅かに車輌を右に寄せて射線を外す。

結果的に、Ⅲ突の砲弾は、むなしく砂浜に吸い込まれていくだけであった。

それどころか、Ｔ－34／76はそのまま速度を合わせてⅢ突の横に並び、回転砲塔の利点を生かして、Ⅲ突の側面へと砲を向ける。

「あ、そっちはダメぜよ――」

おりょうの悲鳴が響き渡る中、無防備な側面を撃たれると、勢い余って砂浜を転がり、白旗を上げるカバさんチーム。

そのまま、Ｔ－34／76は、砂浜を爆走し、カメさんチームのヘッツァーを追撃して行く。

曲がり松商店街での主力同士の追撃戦は、道が緩やかに左にカーブし、徐々に狭くなってくるあたりへと突入していた。

今までは、左のカーブなら左ぎりぎりまで寄せて姿を隠していたのが、後続がカチューシャ車だけとなったことで、Ⅳ号も逆襲に出る。後方が少しでも見えるように、道の右側一杯まで寄せたため、森屋菓子店の自動ドアが開き、Ⅳ号の発砲煙が店内へもうもうと吹き込んだ。

その煙の中から、カチューシャ車が勢いよく飛び出してくる。

細くなった道でぎりぎりまで蛇行するⅣ号は、オレンジ色のテントが目立つウスヤ精肉店の前で、後方から飛来したカチューシャ車の砲撃を避ける。

この辺りでは並走する道路も急激に近付いてきており、時折隣を走っているノンナのＩＳ－２がはっきりと見えてきた。

交差点でそれをちらっと見たみほと、ノンナの視線が交差する。

みほが僅かに表情を引き締める。加速したくても今のまま蛇行を続けないと、後方からのカチューシャの砲撃で撃破されてしまう。並走してきた道は、大洗鳥居下交差点に入る直前に、みほたちが進む道と合流する。蛇行する必要のないＩＳ－２は、そこでⅣ号の前に出てカチューシャと挟み撃ちにするために、全速力で進んでいるのが明白だった。

ＩＳ－２の最高速度はカタログスペック上、路上で37キロ、Ⅳ号戦車もほぼ同じ38キロ、お互いその後の改装で多少は速度が上がっていたとしても、明らかにＩＳ－２の方が全速を出せないⅣ号よりも速い。みほは僅かに首を傾げて、次の策を考える。

その間にも合流地点が迫り来る。予想通り左からノンナ車が、Ⅳ号の進路を塞ぐように飛び込んできた。

みほも来るのは分かっていたが、砲塔は後方に向けてカチューシャを牽制していたため、ノンナ車を撃つことは出来ない。

それに対して、ノンナ車は砲塔を旋回させ、Ⅳ号に狙いを付けようとする。

「…………」

Ⅳ号はそのまま真っ直ぐ進んで、大鳥居下の交差点に突入、そこで右折しようと進路を変えるが、素早くノンナがブロックする。

Ⅳ号も避けるべく左に動くが、後方のカチューシャ車が一挙に距離を詰めて、そちらも塞ごうとする。ＩＳ－２の砲塔が完全に後ろに回りきる前に、みほは急いで指示を出す。

「麻子さん、右にフェイント入れてから、左の路地に入って下さい」

「ほ――――い」

ちょっと面倒な指示にもかかわらず、麻子は軽い返事を返す。

大洗磯前神社の大鳥居の下を潜《くぐ》り抜《ぬ》けると、一瞬右レバーを軽く引いてから、すぐに右レバーを前に出し、左を引く。

麻子の操作通りに、ぐいっと右に進路を変えるⅣ号。ノンナとカチューシャはそれに釣られる。

だが、直後鋭い角度で、Ⅳ号は左側の側道へと進路を変える。

「あ」

Ⅳ号が大洗ホテルに飛び込むのかと思って、右を塞ごうと動きかけたカチューシャが、その鋭い動きに驚愕する。

大洗磯前神社に続く坂を勢いよく登っていくⅣ号。慌ててカチューシャもその後を追う。

行き過ぎたノンナ車はその場で急停止、鋭いターンをするなりカチューシャを追い掛ける。

アウトレットモールの駐車場を走る八九式と九五式を見て、周囲からは観客の猛烈な歓声と拍手が沸き起こる。

「な、何か恥ずかしいでありますな」

「どーもでーす」

照れる福田を気にせず、磯辺はまいわい市場周辺の観客に手を振る。

「ずるいぞ、ここは発砲禁止区域だ！」

「知ってま〜〜〜す」

磯部と佐々木の挑発に怒るのは、茶髪のロングヘアをサイドで三つ編みにしたマチルダⅡの車長ルクリリ。

九五式はそのまま二階の通路を走る。ハッチから身を乗り出している福田は、惜しみなく歓声が浴びせられて、ますます照れていく。

その下の中庭を猛烈な勢いで通り過ぎていく八九式、それを追うルクリリのマチルダⅡ。

福田は思わずマチルダⅡに目を取られ、目の前の吊《っ》り看板に気付かず、頭をぶつけてのけぞる。

「………………！」

涙目になりつつも、真剣な顔で正面を向く。

渡り廊下を通ると、再びアヒルチームの八九式と、それを追い掛けるマチルダⅡが通過していくのに気が付く。

どうやって援護をしたものかと周囲を見回すと、目の前にはちょうどエスカレーターの姿。

車体幅とエスカレーターを見比べて、ほぼ同じと判断、通路に沿って曲がろうとしていた操縦手にそのまま前進を指示する。

無茶な行動は知波単学園のお家芸であり、また視界が今一つな操縦手は、先のことをよく考えずに、勢いよくエスカレーターの手すりに履帯を乗せる。綺麗に手すりに乗り、九五式は一挙にエスカレーターを下ろうとした。

「あれっ……ああ――――」

だが、さすがに九五式の履帯が細いとはいえ、それよりも細い手すりを下るのは無理があって、途中からは傾いたまま滑り落ちていく。

それでも、何とか無事に一階に到着、福田は、中庭の噴水をぐるぐる回ってマチルダⅡから逃げ回っているアヒルさんチームに指示を仰ぐ。

「つつ、アヒル殿！　この後は？」

逃げ回りつつも、磯辺は福田に指示を出す。

「Dクイック試してみるから、とりあえず付いてきて」

「了解であります、アヒル殿！」

「アヒル殿って、何かやだなー」

文句を言いながらも、ちょうど九五式と並んだところで、元来た道へと戻って行くアヒルさんチーム。木偶《でく》育《いく》とは何だろうと思いつつ、福田もその後に続く。

アリクイさんチームの三式中戦車は、役場前から脱出した時には、ヘッツァーやⅢ突と一緒だったのだが、砂浜に降りそこねたため、並走するサンビーチ通りを大洗側のスタート地点のキャンプ場の方向へと走っていた。

その後Ⅲ突が撃破されたので、ヘッツァーの角谷会長から入って来た通信で、囮役を引き受けることになった。

ヘッツァーが砂浜から上がる時に、わざと後を追うT－34／76に姿を見せて、ヘッツァーを隠した上に自分の方へと引き付けた。

そのまま、T－34／76を引き連れてサンビーチ通りを逃亡する。

「後ろから撃ってくるぴよ」

「当然だにゃー」

後ろから撃たれて、砲弾が周辺をかすめて行くのに、ぴよたんが不安そうな表情を浮かべる。

それをたしなめつつ、ペリスコープから周囲を確認したねこにゃーが通信を行う。

「アリクイ、目標地点にもうすぐ到達だにゃー」

それを受けて、ヘッツァーの小山がやや不安そうな表情で、返事をする。

「こちら準備OK」

「またこんな役か」

黒森峰戦で、マウスを足止めするためにその車体の下にツッコんだことを思い出して、河嶋がちょっと不安そうな表情になる。

カーボンがあるとはいえ、180トンの巨体に踏まれたのは結構な恐怖であったのだろう。

「いいじゃん、楽で」

そんな河嶋の気持ちを知ってか知らずか、角谷会長は戦車の中で足を組み直すと、新しい干芋を袋から出すなり齧《かじ》り付《つ》いて、のんびりしている。

B1bisの中では、そど子が厳しい表情で指示を出す。

「行くわよ、スーパー風紀アタック」

不安そうなゴモヨと、砲弾を抱えて真剣な表情のパゾ美。

「はい」

「はーい」

サンビーチ通りを爆走する三式中戦車。

「まだねー、まだまだー」

その道の突き当り、夏海《なつみ》ＩＣ入口で直交する夏海バイパストに何かが見える。なお、この道路は戦車道対応用になっているため、40トンクラスの車輌が通行可能でもある。そのバイパスへの道路にＴ34／76が差し掛かった瞬間、そど子の命令が下る。

「撃て！」

バイパスの上から、後ろを向いたヘッツァーを台にして、無理やり俯角を付けたＢ１ｂｉｓが、下の二号線に向けて主砲と副砲を同時に発射、見事に三式を追ってきたＴ－34／76を撃破した。

「やったぜ、ベイビー」

バイパスの下をよろよろと出た来たＴ－34／76から白旗が上がっており、それを見たねこにゃーが、時代遅れな歓声を上げた。


大洗磯前神社への坂を上がって行ったⅣ号は、僅かに後続との距離を取るのに成功する。そのまま駐車場を抜け、休憩所前を通り、随神門前で右折すると鳥居に正対する。だが、さすがのみほでも急な石段を駆け下りるのは躊躇《ちゅうちょ》して、石段手前で停止すると、キューポラから身を乗り出して下を見て、少し考え込んだ。

エンジンがアイドリングになって静かになったせいか、後方から急速に、T－34／85の特徴的な、乾いたディーゼルエンジン音が接近して来るのが聞こえて来る。

みほは周囲を見回す。今いる場所から左側にある交通安全祈願所とその先の門を強引に抜ければ、御嶽《おんたけ》神社の横を通って、再びゴルフ場方面への道に出られなくもない。しかし、そのためには神社の門を破壊することになり、その選択肢はさすがに選びたくないと思った。また、大洗磯前神社境内が基本的に発砲禁止区域であるとは言え、この場所に追手が来るまでとどまっているのも望ましくはない。

意を決したみほが指示する。

「ここを下ります」

「ん」

麻子が平然と答えるが、沙織が不安そうな顔をする。

「大丈夫なの？」

「麻子さんなら大丈夫」

「任せろ」

そう言うなり、躊躇なく戦車を前進させる麻子。鳥居をくぐると、激しい振動を伴いながら、Ⅳ号が石段を下って行く。

「バッカじゃないの!?　ミホーシャ無理しちゃって」

石段手前で同じように車輌を止めたカチューシャが、下って行くⅣ号を見てあきれている。後続のノンナが一応確認する。

「戻って回り込みますか？」

「このまま進むに決まってるじゃない！　ミホーシャが出来ることは、カチューシャにだって出来るんだから！」

「知ってます」

カチューシャが、それが安全策であっても消極的な戦術を選ぶわけはないと当然知っているノンナにとって、その回答は予想通りだった。後ろを向くと、念のために安全を祈願すべく、神社に向かって手を合わせて一礼する。

その間に主砲がぶつからないように、砲塔を旋回させつつ、カチューシャ車が石段を下り始める。

石段の上を、審判団の銀河が通過して行く。

「面白いことをするわね」

蝶野《ちょうの》審判長が観測用の窓から下の様子を見て、興味深げに微笑んだ。

『救援は必要でしょうか？』

審判本部から連絡が入るが、蝶野は笑みを大きくして答える。

「必要ないわ、彼女たちならあの程度、問題なく下りるでしょう」

福田が木偶育とは何かを悩みつつも、九五式はアヒルさんチームに続いてアウトレットモールから脱出した後、一度サンビーチ通りをマリンタワー方面に向かった。そのまま蛇行しながら前進、ガソリンスタンドを右手に見て信号を一気に左折、複雑に入り組んだ商店街方面へと移動する。

追撃するルクリリのマチルダⅡだが、大洗の道を知り尽くした八九式に翻弄され、細い道を左右に振り回され、しかも坂を登って行く間に、速度差もあって徐々に引き離されて行った。

そんなルクリリの脳裏に、以前に大洗と対戦した練習試合がフラッシュバックする。

八九式の逃走経路と周辺の地形はその時にも通った場所。

ならば、この先は……。

やや先の方で八九式と九五式が角を曲がったため、一瞬見失うが、どこに引き込もうとしているのか、ルクリリには確信があった。

速度を落としてゆっくりと同じ角を曲がると、予想通り、目の前に以前見た立体駐車場が現れる。

ハッチから身を乗り出して周囲を確認するが、周辺の道には八九式も九五式の姿も見えない。

速度を落としてエンジン音が静かになったことで、立体駐車場のブザーが鳴り響いているのが聞こえてくる。

「やっぱりね」

予想通りだと納得すると、ルクリリはそのままゆるゆると、ターンテーブルの上にマチルダⅡを進ませて、立体駐車場の扉へと車輌正面を向ける。

ゆっくりと開いていく扉に向いたルクリリの背後では、ブザーにかき消されるように二段式駐車場がせりあがってくる。そこには、砲をマチルダⅡに向けた八九式の姿。

「バカめ、二度も騙《だま》されるか！」

ニヤリと笑って叫ぶと、振り返るルクリリ。

ルクリリ車自体は、既に砲塔を後ろの二段式駐車場に向けており、車長のルクリリだけが扉の方を向いていたのだった。

満面の笑みを浮かべたまま、ルクリリが砲手に砲撃指示を出そうとする。

だが、側面の二段式駐車場が下りて来ていることまでは、気が付かなかった。

はっとして横を見ると、そこにはマチルダⅡの側面に向けて、既に狙いを付けた九五式の姿があった。

いくらマチルダⅡの装甲が厚いと言っても、車体上面は20ミリしかない。九五式の主砲は、至近距離なら50ミリの装甲を抜くこともあり得るので、さすがに上から撃たれれば撃破されてしまう。

「え!?」

一瞬で状況を把握すると、ルクリリは慌てて車内に戻ってハッチを閉める。

だがその時には既に九五式が発砲していた。側面やや斜め上から撃ちおろしたため、見事に車体上部に命中し、ルクリリ車の撃破に成功した。

「よし」

「お見事！」

側面のハッチから福田に向けてガッツポーズをする磯辺。佐々木も戦果を祝して拍手をする。

「ああ……」

福田は、単なる突撃ではなく、地形を利用した戦術ならば、知波単の車輌でもマチルダⅡを撃破できるというまさかの戦果に呆然自失する。福田は知らないとはいえ、ゴルフ場の戦果は誤認だったが、今回は紛れもない撃破スコアであり、充分に誇れるものであった。

ルクリリ車が撃破された頃、Ⅳ号も磯前神社の石段の真ん中辺りまで下りて来ていた。激しく揺さぶられてはいるが、蝶野の予想通りどこにも不安はない。

だが、中の乗員の揺れは、不整地を走っている時よりもはるかに激しい。

操縦席では麻子が椅子から滑りそうになりつつも、前のめりになって操縦用のレバーをしっかりと握り、必死に操縦する。隣の沙織も、ずり落ちないように手を突っ張って体を支えている。下手に口を開くと舌を噛みそうになるが、それでも思わず声が出る。

「あわわわわ」

「見辛《みづら》い……サイドアンダーミラー欲しい」

「側面ハッチ開けたら見えないですかね」

普段は操縦席の狭い覗き窓から前を見ていて、ただでさえも視界が悪いのに、更に急角度で車体が下を向いているため、石段しか見えず、麻子の口から思わず不満がこぼれる。

優花里がフォローするが、本人も外を見る余裕は無かった。

そこに通信が突然飛び込んできたので、突っ張っていた手を放して、沙織が慌てて通信機を調整する。

『おーい、フラッグ車見つけたよー！　のんきにお茶飲んでた』

人のことをのんきと言いながら、自分自身も相変わらずのんきな口調の角谷会長からであった。

その後に、具体的な位置が暗号符丁で伝えられる。足を必死に突っ張って、苦労しながら沙織がホワイトボードの地図にマグネットを置いて、みほに見せる。みほも小さく頷くと、会長に通信を送る。

「分かりました、合流します」

逸《はや》る心を押さえつつ、あんこうチームはまずはこの石段を下りることに専念する。


フラッグ車を見つけたカメさんチームのヘッツァーが、サンビーチ通りを磯前神社方面へと爆走する。その前方には逃走中のダージリンのチャーチル。

ヘッツァーの後ろには、カモさんチームのＢ１ｂｉｓ、アリクイさんチームの三式が続き、更には通信を聞きつけたアヒルさんチームの八九式と、やや遅れて福田の九五式がサンビーチ通りに左から合流して来る。

一方、カチューシャの元にもダージリンから通信が入っていた。

それを聞いて、カチューシャはマイクに向かって叫び返す。

「ダージリン、ヴォストーク地点の頼れる同志の元におびき出して」

『分かりました』

「頼れますか？」

追われているにもかかわらず平然と紅茶を飲みながら、ダージリンはカチューシャの依頼を素直に承諾する。内容を聞いて、アッサムが眉を八の字にして疑問を呈する。

ダージリンは、意味深に小さく微笑むだけであった。


ペースを掴んだのか加速するカチューシャに追われるみほは、あと少しと判断して、麻子に加速するように伝える。

「舌を噛むなよ」

「えっ、ちょっと」

麻子が加速すると、沙織がついに椅子から転げ落ちる。だが、Ⅳ号の車体自体は問題なく無事に最後の数段を駆け下りて、そのままチャーチルを包囲するために、再び鳥居下交差点へと向かった。

カチューシャも迫って来るが、まだ少しの余裕はあるようだった。

石段を下りて道路を右に向かうと、Ⅳ号は一挙に加速して、鳥居下交差点を左折する。そこには、大洗岬の大カーブを曲がって来るチャーチルの姿。

「右！」

先ほどのカチューシャからの連絡を受けて、ダージリンは予定通り、護岸の切れ目にある砂地へと下りる道に入り、大洗海岸へと向かう。

大洗ホテル裏の灯台の前には、進入禁止を表す、俗にチェコのハリネズミと呼ばれる、三本の鋼材を組み合わせた対戦車障害物が置いてあった。それを避けるように、チャーチルは海岸を走る。

後を追ってヘッツァー、Ⅳ号が躊躇なく砂浜へと進入する。Ｂ１ｂｉｓと三式がその後に続き、更には、加速した八九式が護岸をジャンプして砂浜に飛び込んでくると、それを真似《まね》するように九五式もジャンプしてくる。

「やっと出番だべ」

「カチューシャ隊長に忘れられてるかと思っただな」

「空気も悪くなってきてたしな」

訛《なま》りの多い台詞で、謎の人物たちが口々に文句を言う。

「前進だべ」

海中で、謎の物体が重々しく前進を開始する。

海水を割って、巨大な物体が灯台の横から現れ、徐々に大洗の車輌へと接近して来る。

ハッチから僅かに顔を出した沙織が、ふと横を見て驚く。

「えっ、何、クジラ？」

「海坊主かも！」

「潜水艦じゃない？」

八九式の磯辺と佐々木も首を傾げるが、その間にも、海中の物体は徐々に姿を現してきた。海面上に姿を現したのは、ずっと水中で待機していたプラウダ高校の頼れる同志こと、ＫＶ－２。

砲身に詰めたゴム栓を吹き飛ばし、一挙に岩場に上陸して、巨大な主砲を大洗の車輌に向ける。

まさかのＫＶ－２の姿に、大洗の一同は驚きを隠せない。

河嶋も、片眼鏡がずり落ちそうになるほど驚いていた。

「水の中から!?」

「大丈夫、砲身よく見て！」

みほだけが一人冷静に、全車に対して無線で指示を出す。

その声に合わせて、ヘッツァーが射線から避けるように僅かに前進する。

直後、発砲するＫＶ－２。

更に加速するヘッツァー、対して他の車輛はその場で停止する。

ＫＶ－２はフラッグ車であるⅣ号に狙いを付けていたが、みほが少し後退するふりを見せてぎりぎりまで砲弾を引き付け、発射の直前に急加速をして砲弾を避ける。これにより、50キロもあるＫＶ－２の巨大な１５２ミリ砲弾は、まっすぐ後ろの大洗ホテルに命中、軽々とガラスを突き破って中で大爆発した。その一発の砲弾の威力は、９階建ての大洗ホテル本館の半分以上が破壊されるほどであった。

しかし、大洗の全車輛は、その間に加速してチャーチルを追撃する。

「これでも喰《く》らえ！」

「喰らえ」

通り過ぎながら挑発するように一瞬停止して八九式が砲撃、それを真似して九五式も発砲するが、ＫＶ－２の砲塔正面で１１０ミリ、側面でも75ミリもある装甲に軽々と弾かれた。

だが、撃たれたことで慌てたのか、まだ足元が定まってもいないうちに、ＫＶ－２は砲塔を旋回させて、逃げて行くように見える大洗車輌に砲を向ける。

「早く撃つだよ」

「あのちびっ子隊長に怒られないようにしないとな」

ＫＶ－２車内で、アリーナとニーナが装填を急ぐ。

不安定な地盤で車体が揺らぐのも気にせず、装填が完了すると同時に主砲を発射した。

だが、ただでさえ足元が悪い場所で発射したため、砲弾は大きく上にずれて、シーサイドホテルの宴会場の壁へと命中した。砲弾はホテル側面の壁を突き抜けるとそのまま宴会場へと飛び込み、次々と宴会場の壁を突き抜けた。その衝撃は次々と窓を破壊し、最後には展望風呂で砲弾が炸裂し、大爆発を起こした。

「装填急ぐべ」

外したのに慌てて、アリーナが再装填を急がせる。

「わがってる」

ニーナは薬莢《やっきょう》を入れると、砲の尾栓を閉じる。

「装填完了だ」

「砲塔旋回」

「回るのおっせーなー」

「急げ急げ」

ＫＶ－２の中では、ちびっ子たちが大騒ぎをしながら、砲塔を旋回させている。

「あちゃ」

「うわわ」

だが当然ながら、傾斜した地面で巨大な砲塔を旋回させたことでバランスが崩れた。一気に右側に倒れ込むと、砲身が砂に突き刺さった。

「わぁぁぁぁ」

悲鳴と共にエンジンルームから黒煙が勢いよく上がり、直後、白旗が上がる。

「あらあら」

その様子を双眼鏡で見ながら苦笑する華。隣で優花里も呆れている。

「ＫＶ－２、あの角度で回せば、ひっくり返りますよね」

「伏せて！」

ハッチから身を乗り出して後ろを見ている華と優花里に、周辺を警戒していたみほが鋭く警告を出す。

その瞬間、左前方から飛来した砲弾がⅣ号の左側面手前に着弾し、多量の砂を巻き上げた。至近弾でⅣ号は大きく揺さぶられ、華と優花里が慌てて車内へと戻る。

大洗海岸に並行して走る海岸通りには、石段を下りたカチューシャとノンナが待ち構えており、走行しつつも、有利な高地から砲撃を行っていたのだった。

カチューシャのＴ－34／85からの砲弾が、的確に大洗の車輌群の中へと飛び込んで来る。

「にゃ――――！」

狙い違わず、その砲弾はアリクイさんチームの三式中戦車の側面に命中。車体は悲鳴と共に大きく吹き飛ばされ、砂浜を転がって行く。最後に半回転してひっくり返ると、三式中戦車から白旗が上がる。

急いでⅣ号が砲を海岸通りに向けて発砲すると、他の車輌も続けて砲を旋回させて次々に発砲する。

だがその砲撃を、カチューシャは通り沿いに建つ食事処《どころ》に隠れてやり過ごす。

「フラッグ車だけを狙って下さい」

有利な地形を取られているが、大洗側の車輌はまだ五輌。それに対してグロプラ連合は三輌と戦力的にはまだ優勢であり、みほは冷静に指示を出す。

カチューシャからの攻撃が建物に遮られている間に、前方の逃げるチャーチルを撃破したい。指示に従って、加速してチャーチルを追う大洗の車輌だが、細かく波打っている砂浜のせいで、なかなか照準が定まらない。それでも、幾ら不整地に強いは言え、速度差のある車輌に真っ直ぐ追われると、チャーチルの速度では大洗の車輌に徐々に距離を詰められて行く。

ヘッツァーを先頭に進む大洗チーム。その後方にはフラッグ車のⅣ号が続き、それを守るように横にカモさんチームのＢ１ｂｉｓが並ぶ。

ヘッツァーの中では河嶋がチャーチルを照準に捉え、問答無用でトリガーを引く。だが、その瞬間砂で車体がバウンドしたのか、それとも他の要因か、砲弾は大きく右にずれて海中へと落下する。

何でこの至近距離で外すのか、しかも上下にずれるのなら揺れ方からも納得行くが、なぜ左右にずれるのかと、小山が首をひねる。

「桃ちゃん、ずれすぎ」

「初撃破……」

だが小山のその言葉も聞こえないのか、河嶋は照準を覗いて、祈るように呟いている。

見るに見かねたのか、ヘッツァーをカモさんチームのＢ１ｂｉｓが追い越していく。


決着が近いと見た観客席が、本日最高潮にまで盛り上がった。

大洗海岸を見下ろす昔の砲台跡から、ウサギさんチームの面々も口々に応援する。

「私たちの分も頑張って下さーい！」

「河嶋先輩、ガンバー！」

「ぶっ殺せ――！」

「ファイトー！」

「当たれー」

梓が大声で叫ぶと、桂利奈、あや、優季、あゆみが次々と叫んでいく。

盛り上がる一年生の中、紗希が一人だけ横を向いて、ひらひらと宙を舞う蝶を目で追っていた。


大洗公園を抜けてスタート地点であったアクアワールド駐車場下の砂浜に戻って来たことを確認

したダージリンは、チャーチルを護岸を乗り越えさせるように指示する。

チャーチルに迫るＢ１ｂｉｓの砲手・パゾ美が主砲の狙いを付けて撃とうとした瞬間、そのチャーチルが照準器からふっと消える。

「えっ」

「左！」

パゾ美が驚いて動きが止まったので、そど子が急いで位置を知らせる。

慌てて左を見ると、そこには護岸をよじ登るチャーチルの姿。

「何よ、そんなとこ登って、校則違反よ！」

「岸壁登っちゃダメって校則はないよ〜」

「いいから、追っかけて」

思わず怒鳴るそど子と、その理不尽な内容にツッコむパゾ美。

それを無視してそど子が追撃指示を出す。

チャーチルが楽々と護岸を登ったので、カモさんチームも行けると判断して護岸を乗り越えようとしたが、チャーチルの登坂能力は他の戦車とは比べ物にならない。

案の定Ｂ１ｂｉｓでは護岸を登り切れず、大きく車体底面をさらけ出す。

「危ない！」

それを見たみほが思わず叫ぶ。

危惧した通り、無防備な底面を狙われて、カモさんチームのＢ１ｂｉｓは吹き飛ばされる。

そのまま後ろへとひっくり返ると、激しく黒煙を上げつつ、Ⅳ号の隣をすり抜けて砂浜を勢いよく転がり、九五式に軽くぶつかってようやく止まった。

Ｂ１ｂｉｓから白旗が上がったのと時を同じくして、他の大洗の車輌も静止する。それぞれが駐車場の様子を窺《うかが》おうとするが、駐車場ではチャーチルが既に旋回して正面を大洗側に向け、更には半円形をした護岸から突き出した展望台と、砂浜に下りる階段部分にカチューシャとノンナの車輌が姿を現して主砲の狙いを付ける。

大洗側にはまだⅣ号、ヘッツァー、八九式、九五式の四輌が残っているとはいえ、先回りをしたカチューシャとノンナに、一方的に撃たれかねない状況に追い込まれていた。

有利な位置を占めたことで、カチューシャがドヤ顔で宣言する。

「どうやら決着がついたようね。どうする？　謝ったらここでやめてあげてもいいけど」

カチューシャが長口上を述べている間に、みほは密《ひそ》かに周囲を見回す。

チャーチルが先ほど登った場所が、柵も壊れ、他よりも登りやすそうだと確信すると、小声で操縦手の麻子に指示を出す。

突然キレのいい動きで護岸へと向かうⅣ号は、一気に加速すると護岸を駆け上った。

カチューシャやノンナさえも、まさかのⅣ号の急な動きに対応出来ずに、見送ってしまった。

ダージリンも勝利を確信していたのか、優雅に紅茶を口に運ぼうとした瞬間、目の前に突然Ⅳ号が現れたのに驚いてはっとする。

それでもすぐに気を取り直して、護岸を駆け上ってきたⅣ号に向けて発砲の指示を出す。だが、

Ⅳ号は登り切ると同時に車体をスライドさせたため、砲弾は宙を切った。

車体をスライドさせた勢いでチャーチルの側面に回り込み、砲撃を加えようとするⅣ号だが、慌てて立て直したノンナの砲塔旋回が間に合った。Ⅳ号の車体前面を砲弾がかすめ、はがれかけていた左側二枚目のシュルツェンを吹き飛ばし、反動で車体の向きを変えさせる。

みほは、車体の向きが変えられたのを利用して、そのままチャーチルの後方へと回り込もうとしたが、その時にはすでにチャーチルはアクアワールドへ向けて加速していた。

その間に大洗の各車輌も、護岸を乗り越えようと突撃を敢行する。

ヘッツァーは何とか乗り越えるのに成功して駐車場へと登るが、八九式と九五式は揃って失敗、砂浜に逆戻りした。

ここまで追い込んでいたのに、形勢を再びひっくり返されて、カチューシャは歯噛みしつつ先行するⅣ号を追うように指示を出す。そのⅣ号に追われているチャーチルの中では、ダージリンが周囲を確認、その間にオレンジペコが装填する。チャーチルを追うⅣ号の車上では、みほが咽頭式マイクに手を当て、麻子に指示を出す。

「チャーチルから離れないようにして下さい。くっついていた方が安全です」

麻子の切れの良い操縦で、Ⅳ号はチャーチルの死角に潜り込もうとする。側面ぎりぎりに接近した瞬間、華が迷わず発砲するが、ダージリンの指示でチャーチルも速度を僅かに落として砲弾を避ける。

隙が出来たⅣ号を狙ってカチューシャが追いすがって来るが、みほは素早くチャーチルを間に挟んで盾にする。

後方からはノンナのＩＳ－２が接近してくるが、麻子の巧みな操縦によって、Ⅳ号は不規則に速度を変えるチャーチルの横にしっかりと張り付いており、チャーチルやカチューシャのＴ－34／85が邪魔になって、狙いが付けられない。

後続のヘッツァーが急停止すると、河嶋がチャーチルの後部を狙う。

「初撃破……」

照準をしっかりとのぞき込み、呟きながらチャーチルに狙いを付ける河嶋。だが、その射線にカチューシャのＴ－34／85が割り込んで来る。一拍置いて、視界が開いた瞬間、河嶋が叫んだ。

「ファイヤー！」

しかし、そこに飛び込んできたのは、肴屋本店にツッコんで、爆発に巻き込まれて擱座したと思われていた、ローズヒップのクルセイダーだった。

「真打登場ですわ！」

海岸側から小さな丘を乗り越えてジャンプした瞬間、目標としたチャーチルのはるか上に飛んだ河嶋の砲弾が、見事にクルセイダーの側面に命中する。

砲弾を受けたクルセイダーが、ブリキ缶を叩き潰すような不協和音と共に落下して、回転、白旗を上げる。

ダージリンはそれに気が付かなかったのか、何事もなかったかのようにマイクを取り上げて通信を行う。

「カチューシャ、お願いできる?」

『仕方ないわね』

カチューシャの返事を聞くとチャーチルはアクアワールド正面に向かう。みほもこれが最終決戦場だと判断したのか、チャーチルを追い越してドリフトさせながら左に車体を向け、そのまま階段を上って行く。

ダージリンはみほとは逆の右に車体を向け、階段を上る。ここでみほの挑戦を受けて立たずに、一旦引いてヘッツァーを潰しつつ、Ⅳ号を丸裸にしてノンナとカチューシャと共に攻めるという手もあったかもしれない。しかし、ダージリンの美意識、そして聖グロリアーナ女学院の戦車道としては、挑戦を受けて立ち、更には打倒することが望ましかった。

そのダージリンのチャーチルを、カチューシャとノンナが追いかける。

先行したⅣ号が階段を上ると、素早く切り返して方向転換する。ドリフトした車体を麻子が一瞬で静止させると、華が階段の上り口に向けて発砲した。

至近距離からの砲弾は見事に目前の車輌に命中し、煙に包まれる。

「やった!」

思わず叫ぶ沙織。

だが、煙の向こうで撃破されて白旗を上げていたのは、カチューシャのT-34/85であった。

その背後から、ゆっくりとチャーチルが現れる。

「はっ、次!」

慌ててみほが車内に指示を出す。

優花里が、驚異的な速度で75ミリ砲弾を装填する。

装填され、発射ランプが灯《とも》ると同時に、華がトリガーを引く。

だが、すでに砲弾も装填し、充分に狙いを付けていたチャーチルの砲弾は、一瞬早くⅣ号に命中した。

「あっ……！」

Ⅳ号の砲弾はむなしく宙を切った。

黒煙の中、ついに白旗がⅣ号から上がる。

呆然とするみほ。

沙織もがっくりと肩を落とす。

「……やられちゃった」

その様子を、破壊されたアクアワールドから出て来たペンギンが、不思議そうに見つめている。

上空を通過して行く観測機の銀河から、戦況を確認した蝶野がアナウンスを行う。

「大洗・知波単フラッグ車、走行不能。よって、聖グロリアーナ・プラウダの勝利！」

大型モニタに映し出される聖グロリアーナ女学院・プラウダ高校勝利の文字。

歓声とため息が湧き上がった。

モニタを見て、アキがため息をつく。

「あ〜負けちゃった」

「そうだね」

カンテレを演奏しつつ、ミカが答える。

「やっぱり私たちも出ればよかったのに。何で参加しなかったの？」

「出ればいいってもんでもないんじゃないかな」

それを聞いて、アキが思わず両手を握ってミカに喰ってかかった。

「え〜、参加することに意義があるんじゃないの？」

「人生には大切な時が、何度か訪れる。でも今はその時じゃない」

カンテレの演奏を止めて、ミカがにっこり微笑んだ。

第二章　戦い終わって

大洗《おおあらい》・知波単《ちはたん》連合のスタート地点に近い潮騒《しおさい》の湯、そこに今回エキシビションマッチに参加した全チームが集合し、親睦会を行っていた。

とはいえ、大洗、知波単、聖グロリアーナ、プラウダの4校の選手全員が集まっていると、さすがに窮屈な感じを受ける。

特にプラウダの生徒たちが集まっている屋内の洗い場は、普段なら広い印象を受けるのに、まるで満員電車のような様相であった。

その横で、底から気泡が出てきてマッサージ効果のあるジェットバイブラ風呂は、ダージリンの要望を快く聞き入れた潮騒の湯側の好意によって薔薇《ばら》風呂となっており、聖グロリアーナの生徒たちが優雅に寛《くつろ》いでいる。

一方、遠赤外線サウナでは、知波単の生徒たちが敗戦を反省し、精神修養を行っている。体調には十分配慮して一定時間で必ず外に出て、また水を摂取するのが義務付けられているが、福田《ふくだ》が時間になる前に逃げ出そうとしては止められていた。

そして、展望大露天風呂・親潮の湯は30人以上でも足を伸ばして入れる大きさと、太平洋を一望できる展望の良さと、太古の化石海水を使用した温泉が売りであった。そこに大洗チームと各校首脳が集まっていた。

因《ちな》みに、各校それぞれ違う色のタオルを使っていて、プラウダは赤、聖グロリアーナは緑、知波単は白であった。

各人が思い思いにくつろぐ中、河嶋《かわしま》が真面目な顔で口を開く。

「本日はみなお疲れだった！　まずは勝利した聖グロリアーナおよびプラウダ高校を称《たた》えたい。そして参加を快諾してくれた知波単学園にも感謝の念を禁じ得ない。更には審判団を派遣してくれた日本戦車道連盟北関東支部茨城第二管区、そして私事ながら悲願の初撃破」

「河嶋～、長い」

まともな挨拶からずれ始めた河嶋の長口上を、角谷《かどたに》会長が一言で切って捨てる。

「…………」

河嶋は一瞬沈黙するが、すぐに気を取り直す。

「では以上。みな、ゆっくりして行ってくれ！」

「は――――い」

楽しそうに答える一同。心配そうに見守っていた小山《こやま》も、ほっとしたように笑みを浮かべる。

夕日を背に受けて露天風呂の中でくつろぐダージリン、オレンジペコ、アッサムの三人。

ダージリンが軽くオレンジペコにティーカップを持ち上げてみせると、オレンジペコも紅茶を飲みながら、お湯に浮かべたお盆のティーポットを、静かにダージリンの方へと押しやる。

それを見ながら、微笑《ほほえ》むアッサム。

「エキシビションとはいえ、勝利の味はやはり格別ですね」

「勝負は時の運ですわ」

ダージリンがティーポットから紅茶を注ぐと、静かに香りを楽しみつつ、答える。

ポットをお盆に戻そうとすると、アッサムの奥で立ち上がろうとしたカチューシャによって出来た波で、お盆が揺れた。

「あら」

揺れたお盆を押さえるアッサム。

「……もう出る！」

「長く入らないと良い隊長になれませんよ。肩まで浸って百は数えて下さい」

カチューシャが、お湯の熱さに我慢が出来なくなって立ち上がりかけたのだが、ノンナに諭されてしぶしぶ座り直している。

その横で、クラーラが数え始める。

「Один, Два, Три, Четыре, Пять, Шесть」

それがロシア語なのを聞いて、思わずカチューシャが声を荒らげた。

「日本語で数えなさいよ！」

楽しそうな各校の様子を見て、みほもほっとしたのか、小さく微笑んだ。

そのみほの目の前で、西《にし》が風呂の中で正座をして頭を下げてくる。

「西住《にしずみ》隊長、申し訳ありませんでした。我々が逸《はや》って突撃したりしなければ……」

「あ、いえ。一緒にチームが組めて良かったです。いろいろ勉強になりました」

ちょっと目を泳がせつつも、社交辞令を言うみほ。

それをジト目で見ている沙織《さおり》と、隣の優花里《ゆかり》が苦笑する。

「リーダーって大変ですね」

「うーん」

しかし、西は社交辞令とは気付かず、ぱっと嬉《うれ》しそうな顔で答えた。

「どのあたりが勉強になったのですか？」

みほも、今更社交辞令とは言えずに、困惑気な表情を浮かべつつも何とか言葉をひねり出す。

「あ、えっと、精神？　とか……」

「なるほど！」

苦し紛れの言い訳に、西が嬉しそうに納得したので、みほもほっとしてやっと寛ぎ始めた。


カエサルが風呂の反対側で行われている西とみほの茶番めいた会話を眺めつつ、視線を周囲に巡らせると、大洗側の何人かが欠けているのに気が付いた。

「む、アリクイチームがいないな？」

「そういや、いないいな」

エルヴィンが同意すると、左衛門佐《さえもんざ》が教える。

「あ、何かゲームコーナーに気になるのがあったって」

それを聞いて、おりょうが呆《あき》れる。

「こんな時ぐらい一緒にお風呂入ればいいのに」

「うむ、我々だってこんな時は多少空気は読めるのに」

大きく頷《うなず》くカエサル。

「ま、多少ね」

「多少だな」

静かにツッコむエルヴィン。それにカエサルも同意する。

自虐的なネタを込めながら、カバさんチームものんびりと寛いでいた。

一方、そのアリクイさんチームは、自分たちが話題に上がっているとはつゆ知らず、ゲームコーナーのカプセルマシンの中にレアな商品を見つけて、回している最中であった。

カバさんチームの対角線上では、レオポンさんチームが密談の最中であった。

「あれは直ったのか？」

ナカジマがツチヤに質問すると、ニコニコしながら答える。

「うん、レストアはほとんど完了」

濃い茶色の癖っ毛をショートにした、自動車部で一番日に焼けた装填手《そうてんしゅ》のスズキが、ちょっと眉を顰《ひそ》めた。

「電装系がちょっと心配かな〜」

『大洗一速い女』との異名を持つ割には、レオポンさんチームでは砲手をやっている、全身良く焼けた褐色の肌のホシノがそれを聞いて、ぽんと手を叩《たた》いた。

「走らせてみるか」

レオポンさんチームは、自動車部らしく何かのレストア話で盛り上がっていた。三度の食事よりも車のレストアが好きという、いかにも自動車部らしい光景に沙織は苦笑する。

そんな色々なチーム模様を横目で見つつ、優花里が温泉の気持ちよさに蕩《とろ》けそうになりながら、しみじみと呟《つぶや》く。

「だね」

「ん〜〜、あと一週間で新学期ですね」

沙織がそれを聞いて、はっとする。

「あ、宿題まだ終わってない〜」

「また毎朝起きねばならないのか。学校などなくなってしまえばいいのに」

心底嫌そうな顔で湯の中に沈んでいく麻子《まこ》。

横の華《はな》が苦笑する。

「廃校を免《まぬが》れたばかりなんですから、縁起でも……」

と、華の言葉を遮るように軽快なチャイムの音と、それに続いて館内放送が響いた。

『大洗女子学園、生徒会長の角谷さん、大至急学園にお戻り下さい』

何事かとざわつく露天風呂の一同、角谷会長も眉を顰める。

『繰り返します。生徒会長の角谷さん、大至急学園にお戻り下さい』

「ん〜？」

「何でしょう、急に」

首を傾《かし》げる河嶋。

静かに角谷会長が立ち上がると、怪訝《けげん》な顔をした一同の前を通り抜けて、露天風呂から外へと向かう。

「とにかく先に戻ってるわ〜」

角谷会長がそう言い残すと出て行ってしまったので、何となく大洗の全員もゆっくり入っている気分でも無くなり、三々五々風呂から上がり始める。

小山が、動こうとする他の学校の隊長に告げる。

「みなさんはこのままゆっくりして行って下さい。私は先に上がります」

「いや、私もそろそろ一旦上がろうかな」

西も後に続こうとすると、福田を先頭に、サウナから真っ赤になった知波単の面々が飛び出してきた。

「もう持たないであります！」

「おい、ちゃんと水風呂に入らないとダメだぞ」

「はっ、はい！」

西の指示に従って、福田を先頭に、続々と水風呂に飛び込む知波単の一同。

「冷たいであります！」

「冷たくても、ちゃんと入れ！」

「はい！」

その間に次々と風呂場を出ていく大洗の面々。

そんな様子を見て、ダージリンが静かに呟く。

「慌ただしいわね」

そんなダージリンにアッサムが静かに近寄ると、耳打ちをする。

「何かあったんでしょうか？」

ダージリンが小さく頷いて指示を出す。

「調べて貰《もら》える？」

「では、先に上がります」

「ええ、お願い」

アッサムが小さく一礼すると、そっと風呂から抜け出した。

その横で、平静な顔を装って、オレンジペコがダージリンに紅茶を勧める。

「ダージリン様、紅茶のお代りは？」

「ええ、頂くわ」

半眼で寛いでいるふりをしつつ、鋭く周辺の様子を確認するダージリン。

ダージリンの勘が、また何かろくでもない事が起こっていると告げていた。そして、聖グロリアーナ女学院の全調査能力を挙げて、誰よりも早くそれを調べ上げる必要があるとも。

一方、風呂から上がった大洗の面々は、取る物も取り敢《とあ》えず体を乾かすと持って来ていた替えの下着を身に着け、制服を着ると潮騒の湯を出た。

みほたちも、駐車場に止めてあったⅣ号戦車を走らせて、学園艦へと向かう。一緒に出て来た他の生徒たちも、戦車に乗り込むとその後に続く。

潮騒の湯から学園艦に向かう場合、途中で大駐車場の前を通る。通常、学園艦の横の駐車場は、夜にはほとんど車がいなくなる。

しかし、今日はやたらとトラックが大量に停《と》まっている。

華はそれを怪訝な顔で見つめる。

「みなさん、荷物をまとめてらっしゃるのでしょうか」

「断捨離《だんしゃり》ブームでも来たのかなぁ……」

「さぁ」

沙織も不思議そうに見つめるが、優花里はそれに気の無い返事をする。

だが、先ほどの放送と言い、嫌な胸騒ぎがした一同は戦車を急がせる。

「あれ、暗いね」

学園艦内に入ると、沙織が街並みがやたらと暗いのに気が付いた。

「本当ですね、まるで灯火管制《とうかかんせい》されているみたいな」

「もうみんな寝てしまったんでしょうか」

華の言う通り、まだ日が落ちてそれほど経《た》ってもいないのに、街灯はついているが、住宅の明かりがすべて消されている。

「コンビニの電気まで……」

通学途中に、みほが良く寄っていた24時間営業のコンビニも全ての明かりが落とされていた。

道の先にあるはずの学校の方を見ると、そちらの空も真っ暗だった。

「停電かなぁ？」

沙織が不安げに呟く。

「でも、街灯は灯《とも》っていますよ」

「………」

優花里の指摘に沈黙する一同。

嫌な胸騒ぎを覚えつつも、やや上り坂になっている道を過ぎて、校門の前に到着する。

「進めないぞ」

「何、あれ！」

麻子がⅣ号を校内に入れようとしたが、校門が閉められている。その上に黄色のテープが大量に張ってあるのを沙織が見つけて驚きの声を上げた。先頭のⅣ号が停車したので、後続の車輛《しゃりょう》も次々と停車する。

他の車輛の乗員も道中不安を抱えていたのか、停まると同時にわらわらと下りて来て、校門へと駆け寄って来る。

真っ先にやって来たそど子が、校門が封鎖されているのを見るなり激昂《げきこう》した。

「誰よ！　勝手にこんなことするなんて！」

横ではゴモヨが、不安そうな表情を浮かべている。

「まさか、落書きとかもしてないよね～？」

その後に、ウサギさんチームが駆け付けて来る。しかし、テープに書いてある「KEEP　OUT」という文字を見て、首を傾げた。

「あれ……？　キープアウトってどういう意味だっけ」

桂利奈《かりな》が体ごと首を傾げると、速攻であゆみがツッコんだ。

「体重をキープする」

「してないじゃん、アウトー！」

間髪を入れずに、あやがあゆみにツッコみ返すと、最近バストサイズが大きくなってきたような気がして喜んでいたあゆみが、バストだけではなく体重までも増えていたという指摘にショックを受ける。

「ひど～い」

「あはははは－」

それを聞いて大笑いする桂利奈。

バカな会話をしているウサギさんチームに、車長の梓《あずさ》がツッコみを入れた。

「そーゆーこと言ってる場合じゃないよ！」

「君たち、勝手に入っては困るよ」

そこに突然、慇懃《いんぎん》無礼《ぶれい》な口調の男性の声が静かに響く。

一同がはっとして声の方を見ると、止まっている戦車の前に、パリッとしたスーツを着て髪を七三に撫《な》で付《つ》けた男性が、眼鏡を光らせながら立っていた。

異様な迫力を漂わせつつ、顔を上げる男性。

その迫力に一瞬気圧《けお》されつつ、河嶋が口を開く。

「あの……わたしたちはここの生徒です！」

「もう君たちは生徒ではない」

男性が静かに言い放つと、そど子が噛《か》み付《つ》いた。

「どういう事ですか!?」

「君から説明しておきたまえ」

男性が振り返ると、今までその陰に隠れていた角谷会長が現れる。

「会長!?」

沈痛な顔をしている角谷会長に、河嶋と小山が困惑する。

「どうしたんですか、会長！」

「会長？」

だが、角谷会長はそれに沈黙で返す。

沈黙に困惑する一同。

角谷会長は諦めたように一つ大きく息を吐《つ》くと、意を決して顔を上げる。

「大洗女子学園は……8月31日付けで廃校が決定した」

「えっ!?」

「廃校に伴い、学園艦は解体される」

「戦車道大会で優勝したら、廃校は免れるって……」

沙織が尋ねると、角谷会長がちらっと、少し離れた所にいる男性を一瞥《いちべつ》して、すまなそうに答える。

「あれは確約ではなかったそうだ」

更に驚く一同。

「存続を検討してもよいという意味で、正式に取り決めたわけではないそうだ」

「そんな……」

アヒルさんチームのあけびが、普段の垂れ目を吊《つ》り上《あ》げるほど衝撃を受け、その横ではキャプテンの磯辺《いそべ》が会長に喰《く》ってかかる。

「それにしても急すぎます!」

「そうです! 廃校にしろ、もともとは3月末のはずじゃ」

やっと事態を理解した河嶋も会長を問い詰める。だが、静かに、そして沈痛な面持ちで言葉を続ける。

「3月末では遅いという結論に至ったそうだ」

「何で繰り上がるんですか――!」

それを聞いて、河嶋がへなへなと崩れ落ちると、大泣きする。はっとして、河嶋を見るレオポンさんチームの面々。みほも事態が把握できずに、呆然《ぼうぜん》と立ちつくすことしかできない。

「……じゃあ、あの戦いは何だったんですか!? 学園がなくならないためにがんばったのに……」

梓が絞り出すような悲痛な声で訴える。

同じ気持ちの一同を代表するかのように河嶋が叫ぶ。

「納得でき――ん！ 我々は抵抗する！」

「何をする気!?」

心配そうに慌てて近寄ろうとする小山を振り切って、河嶋は校門へと突撃し、両手で校門を殴りながら絶叫する。

「学園に立て籠る―――！」

それを見て、一同はチームごとに言い合いを始めた。

「戦艦バウンティ号の叛乱《はんらん》だな！」 ※29
冷静な口調で、エルヴィンが口を開くと、カエサルがいつものように乗っかった。

「ポチョムキン、ポチョムキン！」 ※30
「蟹工船《かにこうせん》……」 ※31
いや、それは違うと言いたげに左衛門佐がカエサルに食って掛かり、最後におりょうがこれだとばかりに口を開く。

「ケイン号の叛乱！」 ※32
因みに全員が上げた事例は全て映画ネタであり、極めて有名な作品ばかりである。

だが、おりょうの「ケイン号の叛乱」にカエサルがツッコミを入れる。

「それはフィクションだろ！」

「蟹工船も創作ぜよ？」

常日頃から、創作と史実の切り分けで論争となることが多かった歴女たちであったので、おりょうもすぐさまツッコミ返す。結局普段のようにカバさんチームの会話は、叛乱からあれこれと話が脱線して、更に声が大きくなっていくだけであった。

それを聞いてか聞かずか、周囲のチームでもだんだんと話が脱線していき、カバさんチームに負けないぐらいに声が大きくなっていく。

その喧騒《けんそう》を、角谷会長の冷静だが良く通る声が切り裂いた。

「残念だが、本当に廃校なんだ！」

会長の叫びに、まずは元凶のカバさんチームが沈黙する。

直後、他のチームも口を閉じ、すぐに全員が静かになって角谷会長に注目した。唯一、河嶋だけは涙を見せたくないのか、校門にしがみついたままであった。

表情をますます暗くさせた角谷会長は、静かに言葉を続けた。

「我々が抵抗すれば、艦内にいる一般の人たちの再就職先は斡旋《あっせん》しない。全員解雇《かいこ》にすると言われた」

それを聞いた河嶋が、校門に縋《すが》りついたまま、再び膝から崩れ落ちた。

「酷すぎる！」

「桃《もも》ちゃん」

心配して、河嶋に手を伸ばそうとする小山。そこにそど子の叫びが重なり、思わず手が止まる。

「じゃあ何？　学校がなくなるって事は、私たち風紀委員じゃなくなるワケ!?」

激しく胸を叩きながら激昂するそど子。

「そこか」

麻子がそど子に呆れてツッコミを入れる。

「大切な事じゃない！」

肩をがっくりと落とした磯辺が、ぽつりと呟いた。

「じゃあ部活もなくなるし……」

「バレー部、永久に復活できないです！」

バレー部の中でも短気な河西《かわにし》が叫ぶと、その横ではナカジマが冷や汗をかきつつ、天を仰いだ。

「自動車部解散!?」

ナカジマがショックのあまりにふらっと倒れそうになると、ホシノも悔しそうな表情を浮かべて肩を震わせる。

「くくっ……学園艦GPの夢が……」※33
ウサギさんチームも不安げに顔を見合わせ、あゆみが口を開く。

「わたしたちも一年生じゃなくなるの？」

あゆみが心配そうに梓を見つめ、優季《ゆうき》が続ける。

「一年じゃなくなったらどうなるの？」

ウサギさんチームの後ろにいたアリクイさんチームのねこにゃーが真暗な顔になって、妙な笑みを浮かべる。

「リアルニート……」

それを見て、思わずドン引きするももがーとぴよたん。

ぷるぷるしながら、左衛門佐も困惑する。

「素浪人《すろうにん》か？」

それを聞いて、おりょうが思わず絶叫する。

「藩がなくなる前に脱藩しよう！」

「もうなくなってるだろ！」

エルヴィンですら激しく動揺して、ネタに乗れずにツッコみ返した。

「みんな静かに！　今は落ち着いて、指示に従ってくれ！」

再び脱線しかけた一同だったが、角谷会長の言葉に黙ってしまう。

だが、沈黙の中、河嶋だけが声を上げた。

「会長はそれでいいんですか!?」

「…………」

河嶋の叫びに対して、普段は飄々《ひょうひょう》としているが、どんな時でも即断して明確な指示を出す角谷会長が何も答えられない。

そして苦悩しているように曲げられた眉を見て、小山は角谷会長の真意を察する。

「……わかりました」

小山は一瞬拳を強く握ると、角谷会長に代わって口を開いた。平然とした、むしろ冷酷とまで感じさせる表情を浮かべて、集まっている戦車道履修者《りしゅう》一同に指示を出す。

「みんな、聞こえたよね？　申し訳ないけど、寮の人は寮へ戻って。自宅の人も家族の方と引越しの準備をして下さい」

全員の視線が小山に集中する。その中でも普段から生徒会との連携が多いそど子は、指示の内容とその口調の冷たさに、小山の本気さを感じて衝撃を受けた。

「副会長……！」

思わず身を乗り出して、小山につかみかかろうとするそど子だが、意外にも麻子によって動きが封じられた。

「そど子。ここで騒ぎを起こしても仕方ないだろう」

「何であなたがわたしを説得してんのよ!?　エラそうにしていいのは私の方なんだからね！」

完全に１８０度ずれた方向に怒りをぶつけたことで、思わずそど子が小山への怒りを忘れて、麻子とのじゃれ合いに突入する。

そんなカオスの中、ずっと下を向いて考え込んでいたみほが、顔を上げて角谷会長を見た。

「……あの、戦車はどうなるんですか？」

それを聞いて、流石《さすが》の角谷会長も一瞬言いよどむが、何とか沈痛な声を絞り出す。

「すべて文科省の預かりになる」

「！」

再び衝撃を受ける一同。そしていち早く優花里が思わず大声を上げた。

「戦車まで取り上げられてしまうのでありますか!?」

「そんな……」

華までが崩れ落ちそうになり、多少ざわついていた一同が本当に沈黙した。

その中で、角谷会長が深々と頭を下げる。

「すまない……」

沈黙して固まってしまった一同に対し、小山がここが押し所と判断し、全員に対して一時戻って引っ越しの準備をするように告げて、解散させる。

一同も小山の人心誘導術に見事にはまり、不平を口に出しつつも指示に従ってチームごとにそれぞれの寮へと戻って行った。

彼女たちが校門の前から見えなくなるまで、角谷会長は頭を下げ続けた。

全員が見えなくなり、それを見届けた先ほどの男性も既にいないのを確認すると、小山が角谷会長に優しく声を掛ける。

「……会長、もういいですよ」

「すまない」

先ほどとは多少ニュアンスの違う、僅《わず》かに感謝のこもった言葉を出す角谷会長。

「いいんです、それが私の仕事ですから。それより、桃ちゃんもさっさと立って、私たちも準備をしましょう」

小山が立つように促すと、まだ校門に縋《すが》り付《つ》いていた河嶋が、涙をそっと拭いて立ち上がる。

角谷会長が静かに手のひらを見せると、そこには校門の鍵が乗っていた。河嶋が鍵を受け取ると、さっきまでのうっぷんを晴らすかのように勢いよく封鎖されていた校門を開き、横によけて角谷会長に中に入るように促す。

角谷会長も一瞬逡巡《しゅんじゅん》するが、意を決して頷くと顔を上げて門の中に入って行く。その後に続く小山、そして最後に河嶋が門を全開にしてから小走りで追い掛ける。

河嶋がそのまま角谷会長たちを追い越すと、校舎の正面入り口の鍵も開けて、電気をつける。玄関で靴を履き替えると、校舎の中をずんずんと進んで行く。進行に従って、真っ暗だった校内に次々と電気がついていく。連絡通路を通り学園艦艦橋へ移動、奥にあるエレベーターに乗り込む。

静かにエレベーターが停止し扉が開くと、そこは生徒会室前の廊下。エレベーター室内からの照明で僅かに廊下が照らされているのと、遠くに赤い非常灯がぽつんと灯っている以外は、漆黒の闇であった。

「ここも真っ暗だな」

「すぐに電気をつけます」

角谷会長の呟きに、エレベーターの扉が閉まる前に、河嶋が慌てて電気のスイッチを入れる。

「そういう意味じゃなかったんだが……」

学園艦運営のために、通常は24時間生徒会室に誰かが詰めている。普通科の生徒が授業に出ている時は、航海科から当直の生徒が来ているのが普通で、夏休みや冬休み、正月でも電気が消えることは無かった。

だが今、完全に電気が落とされたのを見て、角谷会長も本当に廃校になるのを実感した。

やや肩を落として廊下を抜け、生徒会室の扉を開けて中に入る。

そこは、エキシビションマッチの前は、静かな盛り上がりを見せ熱気に満ちていた生徒会室。今は、中には誰一人おらず、闇と静寂だけが支配していた。

角谷会長が足を止めて俯《うつむ》く。

「……会長」

その肩がわずかに震えているのを見て、小山が心配して声を掛けた。

河嶋が急いで電気をつけようとするのを、角谷会長が片手を上げて制止する。

その時、雲が切れたのか、月明かりが生徒会室を照らし、青白く室内を染める。角谷会長は手を強く握りしめると顔をきっと上げて前を見据え、生徒会室の中に力強く足を踏み入れた。

そのまま、勢いよく室内を進み、一番奥の会長室の扉を開け放ち、振り返る。

「諸君、我々の戦いはまだ終わっていない！」

入り口で俯いていた小山と河嶋が、はっとして顔を上げる。

「退艦までに艦内を隅々まで綺麗《きれい》にして、恥ずかしくない姿を文科省に見せつけてやろう！　小山、生徒会員を全員招集！」

「はいっ！」

「河嶋！」

「はっ！」

「全ての書類を整理、あらゆる備品の員数確認だ。ネジ一本見落とすな！」

「了解！」

角谷会長の指示で、小山と河嶋が再びきびきびと動き出した。

それを見て、角谷会長はぽつりと呟く。

「頼むぞ……これで終わってたまるものか」


次々と、生徒会室に緊急招集された生徒たちが駆け込んでくる。基本的に文科省の指示によって家族は退艦させられていたが、多くの生徒は情報不足で自主待機していたため、連絡網であっという間に情報が共有されると、急いで駆け付けたのであった。

生徒会メンバーたちは角谷会長の訓示を聞くと、ぴしっと背筋を伸ばし、それぞれが非常退艦要領に沿って粛々《しゆくしゆく》と荷物の整頓を開始する。

「まさか、本当に退艦要領使うことになるとはね～」

「読んでおいて良かった～」

そんな軽口を叩く余裕もあるほど落ち着いた気分で、メンバーたちは片付けを続けている。

情報が全くない状況で、ただ廃校だから退艦せよと言われても、困惑するだけであった。だが、生徒会長が毅然《きぜん》として指揮を執っている以上、何か方策はあると信じ、ならば今は粛々と作業を行うのが自分たちの任務とわきまえて。

それを見ながら、小山が会長室の扉を開け放ち、黙々と段ボールに書類を詰めている。

ふっと手を休めて、ぽつりと呟いた。

「……こんな形でこの学校と別れることになるなんて、思わなかったね」

小山も顔は笑っているが、眉は完全に下がっており、内心の不安を隠しきれていない。

会長室横のカウンターで、廃棄物書類の記入をしている河嶋が答えた。

「……ちゃんと卒業したかったな」

角谷会長が、ちょっとおどけたように続ける。

「泣ける答辞を考えてたんだけどな〜」

小山が手にした書類を見て、ふと動きを止めた。

「もう、決議案とか予算案の書類……いらないのかな？」

捨ててしまおうかと言い掛ける前に、河嶋が廃棄リストを書く手を速める。

「できるだけ持って行くぞ。これは我々の……歴史だからな」

それを聞くと、角谷会長もいつもの椅子に飛び乗ってふんぞり返った。

「この椅子も持っていくからな〜！」

変わらないみんなの様子を見て、小山もほっとしつつ苦笑を浮かべた。

家や寮に一度戻っていた生徒たちも、学校に入れるようになったとの連絡を受けて、生徒会の非常呼集に続いて、片付けや私物の回収のために三々五々集まって来た。生徒会同様、多くの生徒の家族は退艦済みだが、中にはエキシビションマッチの見学などで艦を離れていたり、寮住まいのために、準備が終わらずすぐには来られない生徒も少なくない中、それでも多数が駆け付けて来ている。

大洗女子学園校舎横のうさぎ小屋、さっきまで無人だったそこにも生徒の姿が見られた。生物の教師が顧問を担当している生き物部が管理している小屋の一つであり、他には亀や鶏、あひるなどの小屋があった。

うさぎ小屋以外は既に農業科の生徒が引き取って行ったが、うさぎだけは生き物係で梓たちが面倒を見ていたこともあり、そのままウサギさんチームの一年生が引き取ることになった。以前、この中でウサギさんチームが使うことになったM3リーが見つかったのも、引き取ろうと思う要因の一つだったのかもしれない。

「ほら入って」

うさぎをケージに入れようとする梓。子うさぎはその声に従って素直に入って行く。だが、どっしりと構えた安定感のあるうさぎたちは、何があっても動こうとしない。

それを見てあやが、不平そうに口を尖《とが》らせる。

「わたし、生き物係じゃないんだけどな～。生き物苦手だし」

あゆみが、動こうとしないうさぎを、その大きな胸の中に埋めて、気楽そうに言い放つ。

「慣れるよー」

優季は、あゆみを見上げる。

「やっぱ、置いてけないもんね、この子たち」

小屋から出るのが嫌なのか、奥の方に隠れていた大きなうさぎを持ち上げる桂利奈が、うさぎに向かってニカッと笑顔を見せる。そして、一人離れて空を見上げている丸山紗希《まるやまさき》。

意外な紗希の大活躍や、文句を言いつつもあやが頑張ったおかげで、優季が転んで背中にうさぎが入ったりしながらも、全てのうさぎをケージに入れて運び出すのに成功した。


以前Ⅳ号戦車の砲身が見つかった、老朽化によって立ち入り禁止になっている木造の旧部室棟ではなく、鉄筋コンクリート造りの現在活動中の部が使用している部室棟。その屋上に出る階段の横にある僅かなスペースが、黄色いテープで囲われていた。そこには、幾つかの道具が置いてあり、床に貼られた紙には「バレー部備品置き場」とあった。その上には「30日以内に撤去すること。風紀委員」と書かれた警告の赤紙が貼られていた。

「また貼られている」

風紀委員の赤紙を見て磯辺が一瞬顔をしかめるが、空気を読まないことに定評がある近藤妙子《こんどうたえこ》がさっさと剥《は》がすと、丸めて備品の段ボール箱の中に入れる。

「見てないから知りません」

ちょっと驚いた磯辺を尻目に近藤が備品の箱を持ち上げると、他のメンバーも次々と置いてあるバレー用のボールやネットといった道具を持ち出す。

そのまま黙って渡り廊下を通って階段を下り、教室棟の中央玄関から外へと向かう。

外に出ようとした所で、ぽつりと近藤が呟いた。

「バレー部、もう永遠に復活できないんだね……」

「うん……学校がなくなっちゃうんじゃ」

あけびの言葉でさらに空気が重くなったので、その雰囲気を吹き飛ばすように、磯辺が手にしていたボールを、元気よく右手で掲げた。

「最後にやろっか！　バレー」

「ハイッ！」


校門では、風紀委員のそど子、ゴモヨ、パゾ美の三人が、学校名が入った銘板を磨いていた。そど子が雑巾《ぞうきん》を手に、じっと銘板を見つめている。

「毎朝毎朝、学校のために遅刻を取り締まってきたのに……」

同じ気持ちになったのか、雑巾をバケツで洗っていたゴモヨが、雑巾を絞って立ち上がりじっと銘板を見つめた。

「私たち、これから何を生きがいにすればいいの？」

落ち込んでいる二人を見て、パゾ美が軽い調子で銘板を指さす。

「校門、持ってく？」

まずゴモヨが、思いも寄らぬ提案に驚きを浮かべる。

「えっ」

次の瞬間、そど子が満面の笑みを浮かべた。

「それ、いいわね！」

「本気じゃないから」

だが、パゾ美が冷静に喜びを切って捨て、そど子もゴモヨもしゅんとした。

直後、突然空から何かが降って来て、にぶい音を立ててそど子の頭に当たって跳ね返る。

「あっ」

一瞬、クラッとして気が遠くなったそど子は、すぐに気を取り直して怒鳴りつける。

「何してんのよー！」

そこには、のんきに校門から出てくるアヒルさんチームの姿があった。

先頭の磯辺が、全然誠意のこもっていない声で答える。

「あ、すいませーん」

他のバレー部メンバーは、磯辺の後ろに身を小さくして隠れようとしているが、背の高さから全然隠れられていない。その直後、悲鳴と共に校門から大量のうさぎが飛び出してきた。

「あーあ――あ――――、待って〜〜〜！」

うさぎたちの後に続くのは、梓を先頭にした一年生のウサギさんチームだった。そど子とバレー部はそれを呆然と見送る。

とても怒る気が無くなって、肩を落とすそど子。その間にちゃっかりとバレーボールを回収する磯辺であった。

街の建物の明かりが消える中、街灯だけが灯っている。一台の車も残っていない学園艦の道を走り抜ける、一台の白いボディの2ドアクーペを照らした。

3000ccのエンジンに電子制御式エアサスペンションを装備したそのボディも、古い車だと感じさせないほど綺麗にフルレストアされていた。

助手席のナカジマが窓の外の夜景に目をやる。

「ここを走るのも最後か――――！」

「しんみりするな！　飛ばすぞ！」

後部座席のホシノが発破をかけると、スズキが感慨を込めて呟く。

「走り納めだな！」

それを聞いて、運転席のツチヤがニコニコした表情をそのままに、シフトレバーに力を籠《こ》める。

「最後に思いっきりドリフトしてやる！」

「思う存分やんな」

ナカジマがそれに微笑んで許可を出すと、ツチヤがヒール＆トゥで、4速から3速へと素早くシフトダウンさせる。

猛烈なタイヤが鳴る音と共に、テールランプが学園艦の右に緩やかにカーブした覆道を流れていく。そのまま、車は夜の闇へと消え、遠ざかって行くエンジンの咆哮《ほうこう》だけが、いつまでも夜の大洗に響いていた。

遠くから響くエンジン音を聞いて、ふっと顔を上げるエルヴィン。

「総員退艦か……」

さっきまでカバさんチームの四人は共同生活をしている一戸建てで、膨大な資料を片っ端から段ボールに詰めていた。持ち上げようとして腰を痛めたり、箱の底が抜けたりもしつつ、何とか全部片付けが終わった。持ち物の8割以上が書籍で、それ以外の荷物がほとんどないため、比較的短時間で片付けられたのは幸いだった。

今、カバさんチームの四人はゆっくりと学園艦の舷側通路を歩いている。普段ならば街灯も多く、眺めの良さから人通りも多いのに、もう誰もいない。

エルヴィンの言葉に、反射的に左衛門佐がネタを返す。

「九度山《くどやま》への蟄居《ちっきょ》のようだ」

落ち込んでいる二人を元気付けるおりょう。

「この船に別れを告げるんじゃない。我々は新しい大海原へと漕《こ》ぎ出すんぜよ！」

それを聞いて、カエサルが小さく呟く。

「苦境は友を敵に変える」

「逆が良いなあ」

エルヴィンが敵と聞いて嫌そうな顔をしたので、おりょうが微笑みつつ返した。

「今日の敵は、明日の友ぜよ」

そう言いつつ向けた視線の先には、まだ各校の戦車が潮騒の湯の駐車場に並んでいるのが見えた。


真っ暗な部屋の中に、モニタの光とキーボードを叩く音だけが響く。静音ファンのお陰で、デュアルモニタの後ろに置いたPC本体からの音は、持ち主にはほとんど気にならない程度であった。

画面には大洗を模した地形が映っており、中央には四輛《りょう》のシャーマン戦車が並ぶ。その横に流れるのはチャットのメッセージ。

【ねこにゃー】「たとえばらばらになっても、いつでも会える」

【ぴよたん】「夜中でもね」

【ももがー】「だから寂しくないよね」

そのメッセージが終わるや否や、隣接ブロックから宣戦布告のファンファーレと共に、ぴよたんとももがーが指揮するIS－2とマチルダⅡが、ねこにゃーの陣地内に侵入する。

CPUの負荷が上昇したのか、瞬間的にファンの音が大きく響き、ねこにゃーは呆然とした。


昭和に大量に作られた、一階が店舗となっており、一階の奥と二階が住宅で、建物の正面が地面から垂直な平面となっている看板建築と呼ばれる建物が並んでいる一角。ほとんどの家は既に退去済みであったが、一軒の赤いテント庇《ひさし》の店だけに、煌々《こうこう》と電気が灯っていた。

店の前では、優花里の父親が絶望的な表情を浮かべて、床屋の特徴的な赤白青のサインポールを抱えていた。

「……もうだめだ、もうだめだ～。陸に上がったら、この店はあっという間に潰れてしまう」

その父親に対して、軽トラックに荷物を積み込んでいた母親が、荷台に仁王立ちして、腰に手を当てて毅然と言い放つ。

「大丈夫よ！」

二階の窓からは優花里が心配そうに顔を出している。悲嘆する父親の声が心配になったのだった。

だが、二階の窓を振り仰いで笑った母親の顔を見て、ほっとする。

「優花里もね」

「うん」

母が大丈夫と言うなら、どこに行っても大丈夫だと、今までの経験から安心して大きく頷く。

ならば、この大量の戦車グッズのコレクションをどうやって片付け、あの軽トラックに積み込むか、それが残された最大の問題であった。作ったプラモを壊れないように梱包《こんぽう》し、ちゃんと収納した箱の外側に中身が何であるかを書いて、更には箱に入れる前に写真を撮って表計算ソフトに中身を入力しないと、開封する時に大事な物がどこに行ったか分からなくなる。

特に、砲弾や転輪の入った箱をプラモの箱の上に置いて潰れるとかは問題外なので、トラックに積むときの重量配分は、まるで輸送機のロードマスターのように慎重に行う必要があった。※34

五十鈴《いすず》家。

あんこうチームの砲手である五十鈴華の実家であり、立体的でありながら可憐《かれん》で繊細な生け花を得意とする、華道流派の家元として有名である。

家で教室や個展を開き、多くの門弟が通うため、広大な敷地に風雅な和風建築が建っている。

表は客向けの施設となっているが、奥側は五十鈴家の居住空間であり、その中でも一番庭の眺めが良い場所に広大な和室があった。その中央に座卓を置いて、静寂の中で華の母親が見事な生け花をいけている。だが、突然その静寂を破って、大声が響いた。

華の母が、集中を乱されたことに形の良い眉を寄せて、開いたふすまから外の廊下に視線を投げかける。

「えっ、お嬢の学校が!?」

そこには、驚愕《きょうがく》の表情を浮かべた奉公人《ほうこうにん》の新三郎《しんざぶろう》が電話を持って立っており、慌てて電話機の口を押えたが、一旦出た声は戻すことはできない。

やや非難がこもった華の母の強い視線を受けて、新三郎が一瞬うろたえる。

新三郎にお嬢と呼ばれているのは、五十鈴家の跡取り娘でありつつも、自分の華道に行き詰まりを覚えて戦車道に身を投じた五十鈴華であった。

その本人は、大洗女子学園の校舎の横にある花壇の前に立っていた。花壇には、ひまわりや朝顔、パンジー、リナリア、チューリップなどが植えられ、一部は農業科の生徒が管理をしているが、部活動の一環として手入れがされている場所もある。

その一角で、華は自分が面倒を見ていた花に最後の手入れをしつつ、せめて種だけでも思い出に持って行こうとした最中に、実家に連絡をしていないのを思い出したのだった。

目の前には、ひまわりが盛りを過ぎて枯れ始めていた。

「転校先の振り分けが決まるまで、しばらく待機になるらしいの」

電話の向こうから、新三郎の心配そうな声が響く。

『でしたら、ぜひお戻りになって下さい』

ひまわりの種を一つ取ると、それをじっと見つめる。

「私だけ戻るわけにはいきません。それに……どこでも花は咲けるわ。心が萎《しお》れない限り」

『さすがお嬢！　ご立派です！』

「…………」

新三郎の感極まった声を最後に電話を切ると、華は小さくため息をつく。

「とは、言ったものの……」

もう一度ひまわりを見つめる。

その姿は萎れかけてうなだれており、まるで今の自分のようと思いかけ、慌てて首を振る。

学園艦の寮が並ぶ学生居住地域からはやや離れた、一般向け住宅地の中に建つ、古風な木造平屋建ての一室。

部屋の中は綺麗に片付けられ、木製の学習机の上に椅子が逆さに乗っていて、布団も綺麗に紐《ひも》でくくられている。

部屋の中では沙織が忙しそうに動き回り、ようやく最後の荷物を片付けると、ぽんぽんと布団を叩く。

「いい？　寝具はここにまとめといたからね」

しかし、布団の前に座り込んでいた麻子が、挟まっていた枕を引っ張り出して抱きしめた。

「せっかくまとめたのに！」

「枕変わると眠れないんだ」

そう言うと、麻子は枕に顔を埋めた。

こんな時でも平常運航で寝ることが優先の麻子に、沙織が呆れたように言い放つ。

「どこでも寝てるじゃん」

「眠りの質が違う」


学生居住地域にある二階建ての集合住宅、その中の真新しい部屋。

その中では、みほが引っ越しの準備をしている最中だった。ぬいぐるみのボコを段ボール箱に入れて、ガムテープで閉じて箱にボコと書く。

「これで全部」

元々転校してきて半年も経っていないので、部屋の中には必要最小限の荷物しかなく、片付けはすぐに終わった。着替えと日用品、授業に必要な物以外は、大部分がみほの大好きな「ボコられグマのボコ」関連グッズだけであった。

大洗女子学園は学食も充実し、栄養バランスに優れ美味《おい》しい食事が安価で食べられる。学園艦内の店舗も、学園艦で養殖した魚介類などをふんだんに使用し、安くて美味しいと評判である。

更にコンビニが大好きなみほとしては、登校途中にあるコンビニで新製品を買って食事にすることも珍しくなかった。そのため、調理用具も最小限しかなく、家電も寮に備え付けの物が大部分であった。しかも趣味らしい趣味もないので、本当に物が少ない。

物が片付くと一層がらんとした部屋の中を見回して、小さくため息をつく。

「明日の朝には、荷物を残して退艦……」

みほはじっと段ボールを見つめる。

「残して……」

その瞬間、何かに気が付いたような表情を浮かべると、すっと立ち上がった。

そのまま部屋の電気を消し、ドアを戸締りして街灯以外の明かりが消えて暗い通学路を駆けて行く。

転校初日に見て気になったパン屋も、お気に入りのコンビニも、沙織たちと一緒に行った74アイスクリームの店も、全ての電気が消され、中の物も全て運び出されてがらんとしている。

それらの店を見るに従って、徐々に表情が硬くなっていくみほ。

通学路を抜け、さっきまで戦車が並び、閉鎖されていた校門を急いで通り抜ける。

そこにはバールのような物が塀に立てかけてあり、その上にあったはずの学校の銘板が無くなっているが、みほは気が付かなかった。更には、戦車の姿が無いのにも。

みほは校舎の前を抜けると、そのまま暗い戦車道練習場へと走り込んでいった。

直後、目の前に広がっていた光景を見て、思わず足が止まる。

「あ――――」

「やっぱり隊長も」

「みんな来てますよ」

そこにはウサギさんチームの一年生たちが満面の笑みを浮かべて、M3リーの前でみほを迎えたのだった。ウサギさんチームだけではなく、その横にはカモさんチームの風紀委員が、B1bisで何事かを作業している。

その隣のヘッツァーは無人であったが、ポルシェティーガーには自動車部が群がり、八九式には当然バレー部、三式にはネトゲチーム、Ⅲ突には歴女たちの姿があった。

そして最後尾には、あんこうチームのⅣ号戦車が置かれていた。

みほは安堵《あんど》と困惑の表情を浮かべて、ゆっくりと戦車の前を歩いていく。

そど子の横に、何故《なぜ》か学校の銘板が立て掛けられているのに気が付いて、首を傾げる。その視線を感じたのか、普段は自信満々なそど子は、らしくもなく悪いことが見つかった子供のように顔をそらす。

続いて、元バレー部、アヒルさんチームの四人が八九式の前に綺麗に並んで、感慨深く見つめている後ろを通って行くと、その会話が耳に入って来た。

車長の磯辺が、しみじみと呟く。

「……ちっちゃい体でがんばったよな」

「短い間だったけど本当にありがとう」

隣の河西がお礼を言うと、全員が八九式に向かって頭を下げる。

隣には、ごちゃっと固まったカバさんチームの四人。リーダーのカエサルが、良く通る声でⅢ突へと語り掛ける。

「お前のサンダース戦での一撃はすごかった」

それにおりょう、カエサルが納得したように頷く。

「プラウダ戦もよかったぞ」

その後も口々にあの時が良かった、いやあっちの方がと言い合い、最後にはいつものセリフ。

「「「それだ！」」」

みほは、何でいつもああなんだろうと思った。でもその仲の良さに、くすっと微笑みを浮かべる。

そして誰もいないⅣ号戦車の前に来て、車体に手を触れようとした瞬間、

「みぽりん、いた――――！」

突然聞こえてきた声の方向へと振り返ると、そこにはあんこうチームの面々が並んでいた。優花里が安堵の表情を浮かべつつ、口を開く。その横では沙織が手を振っている。

「お部屋まで行ったんですが、こちらに向かわれた後だったんですね」

「皆さんもお揃《そろ》いみたいで……」

華の手にはビニール袋があり、あれは何だろうとみほは少し疑問に思ったが、それよりもみんなが来てくれたのが嬉しくて、少し頬《ほお》が紅潮する。あんこうチームの全員を見回すと、枕をぎゅっと抱いている麻子に気が付く。

「麻子さん……ここで寝るつもりなの？」

「ああ……もう、お別れかもしれないからな……」

立ち止まって枕を見つめる麻子。全員がそこで足を止める。

それを聞いて、胸がつまるみほ。

胸の前で切なそうに手を握ると、僅かに肩を震わせつつ、振り返ってⅣ号を見つめた。

「…………」

やはり、言葉が詰まって出てこない。

しばらくそのままで見つめていると、どこからか遠雷《えんらい》のような音が響いてきた。

「雷……でしょうか？」

華が自信なさげに呟くが、音は次第に大きくなってくる。

「違います、あの音は！」

優花里には音に心当たりがあったようで、顔を左右に振って音の方向を確かめると、音源の方を指差す。

「えっ、何、どこどこ？」

優花里の指先を見るが、何も見えなくて沙織がわたわたする。

麻子が、赤と青の灯が近付いて来るのに気が付く。

その灯に対して、数条の探照灯が空を切り裂き、闇の中から巨大な影が照らし出され、急接近して来るのが見えて来た。

いつの間にか、戦車道練習場にも点々と明かりが灯っているのに、みほは驚く。

「!?」

「風紀委員のくろがねのヘッドライトです！　野戦飛行場とか、非常時にはああやって照らすんですよ！」※35
優花里が嬉しそうに説明をする間にも、巨大な影はその光に導かれるように接近して来る。

真《ま》っ直《す》ぐに影は練習場へと降下してきて、着地するとすぐに、翼の下にぶら下がっている四発のエンジンを逆噴射して急制動をかけていく。

「あれは……」

「サンダース大付属の……C‐5Mスーパーギャラクシーです!!」※36
濛々《もうもう》と土埃《つちぼこり》を巻き起こして通り過ぎていく巨大な機体の胴体には、サンダース大学航空輸送科の文字。予想外の存在に、呆然と見つめているみほの後ろで、優花里が猛烈に興奮している。

まだ収まらない土煙の中から、突然声が響いた。

「サンダースでうちの戦車を預かってくれるそうだ」

土埃がおさまると、そこには、得意げな表情で仁王立ちの角谷会長を中心に、書類挟みを持った小山と、ハーネスで通信機を背負った河嶋の姿があった。

「えっ!?」

みほも、それ以外の全員も、予想外の展開に驚きを隠せない。

「大丈夫なんですか!?」

華の問いに、小山が得意そうに書類挟みを左右に振って見せる。

「紛失したという書類を作ったわ！」

「これでみんな処分されずにすむね〜」

あっけらかんと言う角谷会長。

エンジンの音も止まり、静寂の中、突然タラップが下りる金属音が響く。

「お待たせ〜」

タラップからは、サンダース大学付属高校の戦車道隊長ケイが、中指と人差し指のみを二指の礼のように伸ばして、頭の横で振って挨拶をしながら降りてきた。

「まったく世話かけさせるわね」

その後に同校副隊長のアリサが、不満そうな表情で続いて来るが、それに気も止めずに角谷会長が、ぴょんぴょんとジャンプしながら両手を大きく振る。

「サンキューサンキュー」

「こんなのお安い御用よ！」

ケイが会長に嬉しそうに右手を振り返し、集まって来た大洗の生徒たちに向き直ると、鋭く指示を出す。

「さぁ、みんなハリー・アップ！」

「はい！」

一斉に答える大洗の生徒たち。

小山が続いて指示を出す。

「戦車の燃料は最小限、弾薬は全部降ろして」

「はい！」

弾薬はエキシビションの後に全て降ろしていたので、車内に残っていないか確認をした後、燃料も抜けるだけ抜いてから次々とエンジンを始動させ、小山が配った順番表に従って戦車を動かしていく。

そんな中、機体の横では優花里がアリサに疑問をぶつけていた。

「え、でも重量的に載るんですか？　大洗全部の車輌は、えーっと大体209トンですが、積載量は160トンですよね？　幾ら軽くしても」

「そこは私がしっかり計算したわ！」

アリサがドヤ顔で薄い胸を張る。

「通常のC‐5Mの最大離陸重量は、84万ポンド、機体の作戦重量が40万ポンド」

「アリサ、ポンドじゃ分からないわ」

だが、ケイにたしなめられ、慌てて言い直す。

「はい、最大離陸重量は381トン、作戦重量が定格で181トンです」

それを聞いて、優花里がやっぱり首を傾げた。

「だったら、200トンまでしか乗せられないんじゃ」

それを聞いて、ケイが指を左右に振って否定する。

「チッチッチ、うちの機体はスペシャルなのよ」

「はい、一機で試合用機材を運べるように、複合素材の多用で機体の軽量化と主翼の強化をして、機体全体の重量を軽減。更には燃料を最小限にして、不要な物も全部下ろせばぎりぎりなんとかなります」

「燃料最小限って」

「ほら」

アリサが空を指差すと、上空を旋回している機体が目に入る。

「あれはKC－10エクステンダー!?」※37
「飛び上がりさえすれば、後は何とでもなるのよ」

ますます自慢げに胸を張るアリサ。

「さすが、噂《うわさ》に聞いたサンダース大学付属高校の財力、以前お伺いした時は航空機はほとんど見られませんでしたからねぇ」

「ふふん、我が校の航空機はこんなもんじゃないわよ」

「ええっ、後はC－130やL－1011と」※38・39

「驚きなさい、オスプレイも購入したのよ！」※40

アリサの自慢に、ますます優花里も目をキラキラ輝かせる。

その間にも、サンダース大学付属高校のナオミがロードマスターとなってアリサの事前計算に従って大洗の戦車を誘導していた。先ほどまでくろがね四起で着陸用のライトをつけていた風紀委員たちが集まって来て、その指示に従い、戦車をＣ－５Ｍの巨大な輸送室内へと送り込んで行く。

ウサギさんチームの一年生たちも指示に従い、誘導棒を振っている。アヒルさんチームの近藤と河西が、ペンライトで行程表を確認、その後ろではカエサルが車輌に載せた行程表を見ながら、車内と無線で交信を行っていた。

各車輌で同じような光景が繰り広げられ、手早く戦車の搬入準備がなされて行く。

機体の重心と重量バランスを考慮しつつ、最も燃料効率に優れた配置に戦車を搬入して行く。この位置を十分に検討していないと、真っ直ぐ飛べないどころか事故にも繋《つな》がりかねない。

みほがⅣ号の誘導のために機内に入り、その反対側ではアリサのリストを見ながら小山と河嶋が戦車の移動順番を指示していた。

「まずはⅣ号戦車、バックでゆっくり入れて下さい」

みほの指示に従って、麻子がゆっくりと機内にⅣ号を入れていく。

「オーライ、オーライ、オーライ、はいストップ」

機体の一番奥では、風紀委員の一人が誘導棒を持って指示をする。その間にみほは次の車輌の車長に場所を譲り、自分はその横でサポートの準備をする。

「車輛の固定は確実に、絶対に外れないように」

「車輛同士の鎖、長さを確認して」

静止した車輛を動かないように鎖で固定する風紀委員。その間にも次々と入って来る車輛。

「Ⅲ突とＭ３の間の距離、ぎりぎりまで詰めて」

幾ら広いＣ－５Ｍの貨物室とは言え、これだけの戦車を入れるとほとんど余裕がない。事前に決めてあった位置にしっかりと収まるように、少しずつ車輛を動かしていく。

「全部入りました！」

その苦労の甲斐《かい》もあり、意外と素早く終了報告が上がった。それを聞くと、ナオミが機内に入って全車輛の固定を自分で確認する。

「固定確認！」

ナオミの報告を聞いて、小山が人員確認を行う。

「中に残っている人はいない？」

「各チームは人員点呼！」

河嶋の声に従って、次々と各チームが報告する。

「カバさんチーム全員確認！」

「バレー部全員います！」

「ウサギさんチームは？」

「はい、全員揃っています！」

「良し、風紀委員も全員よし、大洗全員確認終了！」

そど子の報告で、アリサがナオミに報告する。

「了解、ハッチ閉じます」

「ハッチ閉じる」

重々しい音と共に、機首ハッチが閉まって行く。

整列して、ハラハラした様子で見送る大洗の一同。そこにケイの無線が飛び込んでくる。

『確かに預かったわ』

アリサがハッチがロックしたのを確認し、ナオミが操縦席で飛行前の事前チェックを行う。

『移動先がわかったら連絡を頂戴！』

ケイの無線に、みほが嬉しそうに答える。

「はい！　ありがとうございます！」

『届けてあげるわ』

ナオミが操縦席から僅かに笑みを浮かべて、一瞬みほとアイコンタクトを交わし、僅かに口元の笑みを大きくするが、すぐに真剣な表情で正面に向き直る。

低い音で回転していたエンジンが轟音《ごうおん》を立てると、ゆっくりと機体が旋回して方向を変えていく。

一旦停止すると、ナオミが離陸の最終準備を確認する。

直後、そど子から周辺状況の連絡と離陸許可が下りる。

先ほどとは比べ物にならないほどの猛烈な轟音が、四発のエンジンから響いた。

轟音が最高潮に達した時、重い機体が動き出し徐々に加速していく。

燃料を軽減していても、離陸可能なギリギリな重量のために、C－5Mはなかなか離陸できない。

心配そうに見守る大洗一同。華が不安そうに呟く。

「大丈夫でしょうか」

「重そうだが飛べるのか？」

長い滑走距離にハラハラする麻子。

沙織が両手を組んで応援する。

「がんばって〜〜」

帽子を脱いで、それを左右に振るエルヴィン。

「ぬ――――」

後ろの方では、妙な念を込めているねこにゃーとももがー。

どんどん加速していく機体。

「V1」

離陸決心速度に達したと伝えるケイ。

「VR」

機首上げ速度に達したために、操縦桿《そうじゅうかん》を引いて機首の引き起こしを行うナオミ。

前輪がグラウンドから離れ、ふわっと機首が浮く。

そのまま機体全体がゆっくりと浮き上がり、中の戦車を固定している鎖がピンと張り詰める。

機体がきしむが、固定がしっかりしているために戦車が動くこともなく、そのまま上昇するC－5M。校舎をかすめるように上昇していきつつ、車輪を格納する。

それを見て、ほっとする一同。優花里がぽつりと呟く。

「良かった……。学校は守れなかったけど、戦車は守ることができました」

「うん……」

静かに答えるみほ。視線の先には星空の中に消えていくC－5Mのライト。

そのライトは、徐々に満天の星の中に消えて行って見えなくなった。

幕間　聖グロリアーナ女学院・紅茶の園《その》

椅子に座り、優雅に紅茶を飲むダージリン。

その前で書類を抱えたアッサムが、報告を行っていた。

「大洗《おおあらい》が廃校？　それは撤回されたのではなくて？」

アッサムの報告で、ダージリンが片方の眉だけを顰《ひそ》めた。

「いえ、文科省が廃校を早めたそうです」

「根拠は？」

「サンダースが大洗の戦車を預かったのと」

「何ですって？」

「先ほどアリサから連絡を貰《もら》いました。大洗の生徒会長から緊急連絡が入って、今日中に全部の戦車を預かって欲しい、と」

ダージリンがもう一方の眉も顰める。

「それは深刻ね。他には？」

「既に大洗港では、学園艦から生徒と関係者の退艦がほぼ終了しています」

「じゃあ、明日明後日にも？」

「恐らく。後は大洗の町で、制服の投げ売りが始まっています」

「制服……アッサム、それを出来るだけ買い集めなさい」

予想外の指示に、流石《さすが》のアッサムも一瞬顔に驚きを浮かべるが、すぐに真顔に戻る。

「それは一体？」

アッサムの反応を見て、ダージリンも内心僅《わず》かにほくそ笑む。

「戦車を預けたという事は、大洗は簡単に廃校にされるつもりはないという事よ。だとしたら、きっともう一波乱《ひとはらん》あるわ」

「一波乱ですか」

「ええ、あの生徒会長が簡単に諦めるとは思わないわ。そしてみほさんも」

一度言葉を切ると、ダージリンは静かに紅茶を口に含み、そして笑みを浮かべた。

「このままだと、大洗に勝利したのは我が校だけになるわね」

「ダージリン様!?」

ダージリンの物言いに、思わず驚くアッサム。

「でも、あれは練習試合。公式試合で勝利してこそ、我が校の強さは本物だと証明されるわ。ペコ、電話を」

「はい」

静かに控えていたオレンジペコが、ダージリンに電話機を渡す。

第三章　別れ

朝日に照らされる大洗《おおあらい》港、その中にいつもと変わらないように浮かぶ学園艦。だが、よく見ると喫水線《きっすいせん》が通常位置よりもはるかに下がっており、艦底部の赤い塗装がはっきりと見えていた。

それは、三万人からの住人と、生活のための物資を降ろしたためであった。

無人の甲板には猫の子一匹いない。

普段は９０００人もの生徒がいる大洗女子学園の校舎も無人で、その横にある戦車道倉庫には既に一輛《りょう》の戦車もなく、備品も綺麗《きれい》に片付けられていた。

倉庫の片隅に置かれた黒板を、天窓から入って来た陽の光が照らし、昨夜のうちに書かれた各チームのメンバーの別れの言葉が詰まった寄せ書きを浮かび上がらせる。

中央に大きく書かれた「ありがとう！　大洗女子学園戦車道チーム一同」の文字を囲むように、チームごとのメッセージが書かれ、例えばみほの「感謝」、優花里《ゆかり》の「合言葉は自由」、名言をもじったいつもの調子のカバさんチーム、中には小山《こやま》のように「書類は自宅で保管しています」という連絡事項まで実に多彩で個性的であった。

だが、そのメンバーもすでに艦の上にはなく、既に学園艦下の岸壁に手荷物と共に並んで、言葉もなく悄然《しょうぜん》とした様子で立っていた。その上空を、文科省の監視員の乗ったヘリが通過していく。

一瞬、角谷《かどたに》会長がヘリを忌々《いまいま》しそうに見つめるが、すぐに視線を戻して一同を見渡す。

「全員、揃《そろ》ってるな」

「はい……」

小山がリストを確認すると、船から物悲しい汽笛が発せられる。

汽笛を聞いてざわつく一同。華《はな》が悲しそうに学園艦を見つめる。

「出航してしまうんですね」

「これでお別れなんですか……」

あわあわした様子の優花里の横で、厳しい表情の麻子《まこ》が別れを告げる。

「さらば」

「こんなの、彼氏と別れるより辛いよ〜」

「別れたこともないのに？」

悲しそうな沙織《さおり》だが、いつも通りの内容に冷静だが容赦ない華のツッコミが炸裂《さくれつ》する。

その間にも、学園艦が巨大さを感じさせないぐらい静かに動き出していた。

居ても立っても居られなくなって、思わず一年生たちが学園艦を追って駆け出す。

先頭には涙を流して走る桂利奈《かりな》。その後に優季《ゆうき》がぼろぼろ涙をこぼしながら続いて行く。

「行かないで〜〜」

「笑って見送ろうよ〜〜」

だが、徐々に速度を上げる学園艦に引き離されて行く。

梓《あずさ》が勝手に走って行った桂利奈たちを止めようとしていたが、あゆみが猛ダッシュで追い抜いて一気に先頭に立つ。

「ありがとう〜」

「元気でね〜」

あやが先頭グループの速度について行けなくて息を切らしつつも、後ろから別れの言葉を告げた。

そんな中、紗希《さき》だけが一人マイペースで、「皆は何で走っているんだろう」という顔をしながら、最後尾から追い掛けていた。

だが、そんな一年生たちも、埠頭《ふとう》の立ち入り制限ラインを示すパイロンの所まで来てしまっては、全員足を止めるしかなかった。

「さようなら〜」

一列に並ぶと、泣きながら、もう一度大きく叫ぶ。

「さようなら――――!」

学園艦が上げた水しぶきが、まるで涙雨のように一年生に降り注ぐ。

その後ろの方では、バレー部が手を繋《つな》いで毅然《きぜん》としつつも、悲しみをかみ殺している。

更に後ろでは、自動車部が流れる涙を隠さない。

崩れ落ちて涙するそど子、それを支えるゴモヨ、ぐっと胸元で悲しさを握り締めるパゾ美。

カエサルとエルヴィンは、国賓《こくひん》に対するかのように深々と頭を下げていた。

その横では、別れを叫びながら旗を振るおりょう。涙をこらえた左衛門佐《さえもんざ》が六文銭の旗を持って、大阪の三光《さんこう》神社に立つ真田信繁《さなだのぶしげ》の像のように仁王立ちをしていた。

うなだれているねこにゃーの手を、両側からももがーとぴよたんが握っている。

悲しげに学園艦を見つめるみほ。華、麻子、優花里、そして沙織がみほを支えていた。

その様子を見ていることが出来ずに、河嶋《かわしま》が顔をそらすと、小山がそっとその腕を掴《つか》む。

そして、その中で角谷会長が、身じろぎもせず艦を見つめている。

朝日の中へと遠ざかっていく学園艦。

いつまでもいつまでも、一同は、その姿が見えなくなるまで見守り続けていた。


水平線の彼方《かなた》へと学園艦が消えると、誰かが大きなため息をついた。

それを聞いて、角谷会長がはっとする。

周囲を見回すと、事前に告知した集合時間よりも前であったのに、戦車道以外の生徒も学園艦に別れを告げるためなのか集まっていた。時計を見て、小山が風紀委員に指示を出す。

指示を受けて、風紀委員が、バスの前のそれぞれの集合場所に、生徒を整列させていく。

角谷会長も、戦車道履修者《りしゅう》全員に声を掛ける。

「よし、全員バスに乗車！」

角谷会長の後ろで待機していた茨城交通のバスに、みほを先頭に生徒たちが乗り込んでいった。

茨城交通のバスは、方向指示幕を貸切の表示にして、埠頭の駐車場から次々と出ていく。そのまま道を進んで、文化センター前の信号で、列ごとに左右に分かれていった。

信号を右折して、サンビーチ通りを磯前《いそさき》神社方面に進む先頭のバスのフロントガラスには、『大洗女子学園戦車道履修者1号車』と書かれた紙が貼られていた。

昨日のエキシビションマッチでスタートと同時に大洗・知波単《ちはたん》連合が爆走した道、それを今はバスの車列が通り過ぎていく。希望に満ちた昨日とは対極的に、バスの中は絶望に支配されていた。

見慣れた風景の中をバスは進み、サンビーチ通りを大きく左にカーブしてから、大洗鳥居下交差点を右折する。そのままみほたちが乗った先頭のバスは、大洗ホテルの前で、昨日カチューシャに追撃されていた時にフェイントを入れた磯前神社への側道へと入る。その後に続くバスはそのまま直進、その次のバスがまた側道に入った。後方には、鳥居下交差点を曲がらず、そのまままさくら坂通りを上がって行く車列も見えている。

一番後ろのロングシートには華と沙織、麻子が座っていたが、麻子は朝が早かったため、椅子に着くなり横になって眠りに落ちていた。

その前のシートでは、みほと優花里が心ここにあらずといった風情で外を見つめている。

磯前神社への坂を上って行くと、昨日KV－2の152ミリ砲弾を受けて損傷した大洗ホテルの壁に、ブルーシートが掛けられているのが見える。

その前のホテル通りを通過していくバスの姿も見えた。その先の大洗シーサイドホテルにも、同じようにブルーシートが掛けられていた。それを見て、みほがぽつりと呟《つぶや》いた。

「だんだんバスが別れていくね」

「生徒の人数が多いから、みんな学科ごとに分かれて、宿泊するそうです。戦車道をとってる人はみな、かたまってるみたいですけど……」

優花里が一瞬、後ろの「戦車道履修者2号車」と書かれたバスを見る。

だんだん気持ちが沈んで来る二人、その間に突然ポテトチップスの袋が付き出された。びっくりして振り返ると、そこには暗い雰囲気を吹き飛ばそうと、あえて明るくふるまっている沙織の姿があった。

「とりあえずお菓子食べよ！」

「みんなで頂きましょう！」

華も、後部座席から身を乗り出してくる。

「うん……」

二人の気持ちは嬉《うれ》しいが、当然ながらみほの気分は沈んだままだった。

その間にもバスは進み、沙織のお菓子を華が食べ終わるころには、磯前神社の裏山を上って、その中腹にある廃校になった学校跡に到着した。

廃校になったとはいえ、明治時代に作られた年代物の木造校舎がそのままの姿で残っており、中の設備もいつでも使えるように維持管理されている。磯前神社の御神域《おしんいき》であるのか、背後には木に囲まれた山が控え、周囲は深い森に包まれている。バスが学校の正門前に停止すると、次々と生徒たちが手荷物を持って下車、学校の敷地へと入って行った。

小山と河嶋が校舎の玄関で拡声器を持って、ぞろぞろと入って来る生徒を誘導している。

「転校の振り分けが完了するまで、ひとまずここで待機となりまーす」

「クラス別に教室が割り当ててある。すみやかに移動しろー！」

「は――――い」

返事をすると、校舎の中へと入って行く生徒たち。

きりっとして指示を出す河嶋を見て、微笑《ほほえ》む小山。

「ふふっ、桃《もも》ちゃん、大丈夫？」

「………」

河嶋が一瞬沈黙して、ふっと遠くを見る。

「こういう時こそ、我々がしっかりしなければ。それにきっと会長が何とかしてくれる……はずだ」

そんな河嶋の想《おも》いを知ってか知らずか、角谷会長は生徒会メンバーに自分の愛用の椅子を運ばせて、いち早く校長室に入っていった。そこで椅子に座ると、両足をぶらぶらさせながら、皿に乗せた干芋をもぐもぐと食べつつ、お茶をすすってだらだらしているだけだった。


生徒たちが誘導に従って、玄関で靴を上履きに履き替えると、次々と校内に入り、興味深げに中の様子を見ている。

戦車道履修者と風紀委員、生徒会メンバー以外にも、普通科の一部クラスの子たちがこの校舎に割り当てられており、特に仕事もない子たちは、配られた部屋割り表を手にそれぞれの居所となる教室を覗《のぞ》いたり、仲のいい友人同士で学校内を見学したりと、あちこち歩き回っている。

戦車道履修者も、本来は教室が割り当てられているのだが、優花里が楽しそうにドイツ軍のツェルトバーンを取り出した所で、まずはカバさんチームが張り合おうと思ったのか、どこからか取り出した幔幕《まんまく》を展開し、野営を選択した。

続いてバレー部が練習のために体育館を使いたいと言い出したが、残念ながら体育館は共同使用と決まっているので、河嶋に空いている時に練習は良いが、そこで生活するのはダメだと却下された。他のチーム、特に一年生のウサギさんチームも連れて来たうさぎと一緒に暮らせるからと、野営に強く興味を持っていたが、道具がないので諦めて、ひとまず割り当てられた教室に入ることになった。

不満そうに、奥の教室へと向かうウサギさんチーム。

「ねーねー、戦車いつ戻ってくるの？」

「行き先が決まったら送ってくれるんだっけ？」

「本当に来るのかなあ」

「サンダースが、これ貰《もら》ったーとか言わないよね」

「サンダースってお金持ちなんでしょ？　うちの戦車なんていらなくない？」

「あ、でもほら私たちの戦車アメリカ製だから」

「うちのだけ帰って来なかったら困るー」

「困るー」

「また、あの飛行機で持ってくるの？」

「でも、ここって下りられないよね、どうするのかな」

チームメイトの会話をよそに窓の外を見ている紗希。そこには白いちょうちょの姿があった。

しばらくしてから、優花里の父親が運転する軽トラックが学校前に到着した。優花里のコレクションの飲料水のタンク、鍋、各種レーション、水の入ったワイン輸送用の大びんなどを次々と運び込む。それらを手分けして校舎裏の空地に運び込むと、優花里が再びツェルトバーンを取り出した。

それを見て、麻子が首を傾《かし》げる。

「何だ、その三角布？」

優花里が、喜々として説明を開始する。

「これはツェルトバーンと言って、ドイツ軍のポンチョ兼テントなんですよ」

「登山用のコンパクトに畳めるビバークテントをツェルトと言うけど、あれと同じなのか？」

「あ、どうでしょう。多分そうだと思いますが、ドイツ以外でも使っていたり、今でも同じようなのが売られているのは知ってます」

説明をしながら、優花里が手早く数枚のツェルトバーンを組み合わせて、五人でも余裕で寝られるような大テントを作り上げて行く。

「凄《すご》いですね、こんな大きなテントが直ぐにできるなんて」

「私も作れるようになったら、モテモテになれるかな？」

下手に手を出すと混乱しそうなので、華と沙織が横で眺めながら感心している。

こうした軍用テントを扱ったことがあるみほが、テント用の柱を立てるのを手伝うと、あっという間に完成した。

「レーションも各種ありますから！　ちょっと待ってて下さい！」

今度はコレクションの缶詰を並べ、その横で優花里がとてもうれしそうに、そして手際よく野菜を切って行く。料理ならば得意分野と思った沙織だが、その楽しそうな姿に手を出しかねて、呆《あき》れて見ていることしか出来なかった。

「何か生き生きしてるよ……」

「逞《たくま》しい……」

「見習いたいです……」

麻子と華も、呆然《ぼうぜん》と見守るのみであった。

優花里はあっという間にスープの準備をして、切った野菜を鍋のお湯の中へと投入する。続いて繋がったソーセージを取り出し、調理の準備をする。

「あれ、五人分にしては多すぎるよね」

「でも全員が食べるには少ないです」

「布団が欲しい」

沙織と華が正反対の感想を述べる中、退屈した麻子がうつらうつらし始めた。

楽しそうな優花里を見て、みほもやっと笑みを浮かべる。それまで気が張っていたためか、ちゃんと景色を見る余裕も無かったのだが、ふっと息をつくと、山から下を見つめる。

大洗の町越しに海が見えているが、そこまでの距離は相当あり、周囲に見えるのは山と森ばかり。

いつもは無意識に足元から感じていたエンジンの振動もない。

それに気が付いて、ぽつりと呟く。

「……もう海の上じゃないんだね」

みほの視線の先を見て、一同も思わず押し黙る。

手にソーセージの束を持ったまま、優花里が静かに後ろに忍び寄ってくる。

「波の音も聞こえないし……」

「潮の香りもしません……」

沈んだ感じの華に対して、沙織がさもお気楽そうに答える。

「え〜いいじゃん、山も。緑がいっぱいあって」

「まぁ、たしかにそうだが……」

苦笑する麻子。

みほたちは、徐々に夕焼けの色が濃くなっていく空、そして学園艦の姿が無い海を見つめていた。


どれぐらいの時間が経《た》ったのか、みほが突如として後ろから響いてきた轟音《ごうおん》にはっとする。急いで振り返ると、そこには昨夜見たサンダースのC－5Mスーパーギャラクシーの姿があった。山側で大きく旋回し、そのまま機体を見せつけるように学校の木をかすめて、磯前神社の裏山をなぞるように低空で大洗の町へと進入していく。思わず戦車道関係者の全員が立ち上がり、通り過ぎたC－5Mを追って学校前の坂を駆け下りていく。

C－5Mはまっすぐ一度太平洋まで出て、沖合で大きく旋回し、大洗岬の灯台を目印に降下しつつギアダウンする。

エンジン音を聞いたウサギさんチームは、音楽室の窓に張り付いて外を見るとC－5Mの姿を確認、梓を先頭に慌てて音楽室から飛び出していった。バレー部もすぐに合流し、同じように音を聞いた他のチームも、自分たちに割り当てられた教室から次々と飛び出し、われ先に廊下を抜けて、校門へと駆け出していく。校庭の横で野営の準備をしていたカバさんチームも、梓とほとんど並んで先頭を走って行く。校門でへばったように座り込んでいるそど子たち風紀委員が、その様子を何事かと見つめている。

河嶋が無線機を背負って、職員室から飛び出してくる。小山がその無線機で、どこかと何事かをやりとりしながら走って行く。

「西住《にしずみ》、さくら坂通りだ！」

河嶋が裏道を抜けて坂を下っているみほに気が付き、拡声器で叫んだ。

「分かりました！」

みほが河嶋の指示を聞いて進路を変えると、急いで華がその後を追う。

「急ぎましょう！」

「待ってよ～」

沙織が眠そうな麻子の手を引きつつ、追い掛けてくる。他のチームのメンバーも、河嶋の声を聴いたのか、その後に続く。みほを先頭に一同は、坂を駆け下りると磯前神社の裏道を抜けて、さくら坂通りをまたぐ陸橋へと向かった。

陸橋に到着すると、ちょうどそこに海側からＣ－５Ｍが大洗ホテルの横を、超低空進入して来るところだった。

既に後部ハッチは開かれていて、そこからドラッグシュートが開いて出てくるのが見える。ドラッグシュートは戦車を乗せたパレットに繋がっており、それが機体の後方へとパレットごと戦車を引っ張り出して投下していく。まずは三式と八九式の日本戦車コンビ。続いて、ヘッツァーとＢ１ｂｉｓ、Ｍ３リーとⅢ突、最後にⅣ号とポルシェティーガーが投下された。

「低高度パラシュート抽出システム、略してＬＡＰＥＳ《ラペス》ですよ！　主に戦車とかの重量物を、投下するとき、位置の誤差を少なくしたい時に使います」※41
投下の様子を見て、優花里が興奮してまくしたてるが、誰も聞いていない。

その間にも、次々とさくら坂通りの緩やかな上り坂に降着する戦車はその斜面によって、降着した後の勢いが一挙に減って、横滑りをしつつ停止する。

荷物が無くなって軽くなったＣ－５Ｍが、ふわりと浮き上がり、ハッチを閉めながら陸橋の上を通り過ぎていく。

それに向かって、大洗チームの面々が歓声を上げる。

「約束通り運んで来てくれました！」

興奮冷めやらず、優花里が両手を振りつつ全身で喜びを表現している。その興奮は、戦車が届いたためなのか、ＬＡＰＥＳを見たためなのかは不明だが。

「良かった……」

「戦車を見ると、ほっとする……」

さっきまで心配していた梓と優季が、心の底からほっとした表情を浮かべた。

遅れてやってきた河嶋が、無線の送受信機をみほに渡す。それをみほが目を輝かせて受け取り、
その間に、優花里が無線機自体を受け取る。

『ちゃんと届けたわよ！』

ちょうどそこに、ケイからの無線が飛び込んで来た。

みほが、旋回して進路を変えていくＣ－５Ｍを嬉しそうに見上げる。

「ありがとうございます！」

『この貸しは高くつくわよ！』

「えっ？」

続いて入って来たアリサの声に驚くみほ。だが、その後の内容は、もっと驚くべきものだった。

『この借りを返すために、戦車道を続けなさい！　今度はあたしたちがコテンパンにするんだから』

「はいっ！」

ツンデレ成分たっぷり目のアリサの声に、みほが勢いよく返事をする。

それに対してサンダースのＣ－５Ｍは、別れを告げる様に一回主翼を振ると、そのまま飛び去って行った。

みほたちは、機体が見えなくなるまで手を振って見送る。

姿どころか、エンジン音も聞こえなくなった頃、ようやく陸橋を下りて戦車へと駆け寄って行く。

それぞれ自分の戦車に駆け寄ると、急いで点検を開始する。

「異常なし」

「すっごーい、ピッカピカに磨いてある！」

「見て見て、ここ新品だよー」

角谷会長が手配した燃料車が到着し、次々に補給を済ませると、暗くなりかけた道をみほのⅣ号戦車を先頭に、仮待機所へ移動を開始した。


仮待機所に着くなり、優花里が慌ててⅣ号戦車を飛び降りる。

「どうしたの？」

「スープ火にかけっぱなしです！」

沙織がその背中に声を掛けると、優花里は声だけを残して走り去って行った。

足りない物は色々あるが、戦車と日常が戻って来た安心感に微笑むみほがふと気が付くと、すっかり辺りは暗くなっていた。

空を見上げると、そこには満天の星が広がっていた。

第四章　再起

仮待機所の元校長室から外を見る角谷《かどたに》会長。その視線の先には、校庭に並ぶ綺麗《きれい》に磨かれた大洗《おおあらい》女子学園の戦車があった。何とか最初の布石には成功したが、学園艦の解体入札が始まる前に次の手を打つため、決意を新たにする。

「食事の状況はどうだ？」

角谷会長の質問に、小山《こやま》がリストをめくって確認する。

「栄養科の生徒を中心に、炊事の上手《うま》い者を選抜してあります」

「他の待機所の様子は？」

「それぞれに配置した生徒会メンバーと風紀委員によって、同じように運営されています」

「清掃や管理の準備も大丈夫か？」

「はい、事前の調査通り、各班均等に経験者を配置してあります」

「後は物資調達だな」

「それも水産科と農業科の生徒が持ち出した物資で、暫《しばら》くは大丈夫です」

全て満点の回答を返す小山に、角谷会長が嬉《うれ》しそうにうんうんと頷《うなず》く。

報告が終わってソファーに座った小山に代わって、角谷会長の横に河嶋《かわしま》が立った。

河嶋をちらっと見て、角谷会長がお気に入りの椅子を回転させると、開け放った元校長室の窓から入ってくる朝の風を、右手に持った団扇《うちわ》で扇《あお》ぎながら戦車の様子を見つめる。

「とりあえず当面は、ここで何とか生活できそうだな」

「いいんですか。このままここにいて？」

不安そうに質問する河嶋には向かず、ふっと窓の上を見た角谷会長は、そこに飾ってあるお面を何となく眺めると、鋭く指示を出す。

「こんな場所だが、学園艦にいるときと同じように、朝は出席を取って、全員無事なのを確認するように」

「わかりました」

向き直った角谷会長に団扇を突き付けられて、河嶋が背筋をぴしっと伸ばすと、元校長室から職員室へと出て行く。

職員室に入るなり、近くのコンビニのおにぎりを朝食として食べながら待機していた、当番の生徒会メンバーに質問する。

「そういえば風紀委員はどうした」

無言で職員室隣の放送室を指差す当番生徒。河嶋が、肩を怒らせて放送室へ駆け寄った。

河嶋が放送室の窓から中を覗《のぞ》いて、思わずぎょっとする。そこには、そど子、ゴモヨ、パゾ美の三人が、狭い放送室の床に敷いた一つの布団に、みっしりと詰まって苦悶《くもん》の表情を浮かべながら寝ていたのだった。河嶋が、窓に手を付いて中に向かって叫ぶ。

「おい！　風紀委員のくせにだらしないぞ。きちんとしろ！」

そど子が、死んだ魚の目のような、気だるげな目付きで河嶋を見る。

「もう学校もないのに、きちんとしたからって、どうなるっていうんですか」

そう言いつつ、ぼさぼさの髪の毛のまま、むっくりと起き上がる。

「意味ないじゃないですか、私たちがいる意味すら」

「いいから全員の転校手続きが終わるまでは、きちんとやれ！」

河嶋が怒鳴りつけると、そど子が嫌々マイクに向かって校内放送の電源を入れる。

「ぜ――んいんしゅ――――ごぉ――――」

猛烈にやる気のない放送に、河嶋はますますイラッとした。


集合の放送に従い、校庭に並んでいる生徒たち。

最前列には、麻子《まこ》が死んだ目をして嫌そうな顔で立っている。

「学校なくなったんだから、朝、起きなくてもいいんじゃないか」

「出席は毎日取るんだって」

隣の沙織《さおり》がたしなめると、その前をそど子たち風紀委員が見るからに気だるげな様子で、ダラダラと通って行く。顔には目やにが付いて、風紀委員の特徴的なおかっぱはボサボサのままで、とても普段の彼女たちからは想像も出来ない。

それを見て、流石《さすが》の麻子も呆《あき》れて思わずツッコミを入れた。

「顔くらい洗え、そど子」

「はいはい、どーせ私はそど子ですよ――」

普段はそど子と言われると、烈火のごとく怒って訂正してくるのだが、麻子をちらっと見て、全くやる気のない様子で歩いていく。後には同じようなゴモヨとパゾ美が続く。

朝礼台に立つ角谷会長の横まで、だらだらと歩いて来る。

「出欠を取りまーす。全員いるわねーはい、終了――――」

「何てアバウトな出席の取り方なんでしょう……」

そのまま帰って行くそど子に、華《はな》も開いた口が塞がらない。

角谷会長の横の小山も苦笑しつつ、これ以上まじめにやろうとしても意味がないと判断し、連絡事項を簡単に伝えて解散させる。


解散後、角谷会長の指示で戦車道各チームはそれぞれの戦車に集まり、自動車部を中心に異常がないかの確認を行った。一応、細心の注意を払ってサンダース側が運んできてくれたとは言え、空中から投下したのだ。サスペンションや照準器、電装系などにトラブルがあってもおかしくない。

特に光学系は精密部品のため、一部は昨日C－5Mに搭載する前に取り外してあったので、改めて取り付け、再び実際に砲撃をしながら調整をする必要がある。

またサンダース側の好意で、M3リーの傷んでいた部品は交換してくれていたので、こちらも実際に動かしてみて、前との違いを確認しておくのも必要だった。

「借りが増えたなあ」

修理箇所を見て角谷会長がぼやくと、小山にお礼状を出しておくように伝える。

輸送機を出して貰《もら》っただけでも借りが大きいのに、この補修である。サンダース側で使わない部品とは言え、借りは借りに違いない。返せる時に返しておかないと、今後色々とトラブルの種になりかねない。

「再戦が条件とは言っても、そうは思わない人間だって出かねないし」

結局対応は小山に丸投げして、その間にメンテナンス状況を確認する。

各チームのメンバーは、それぞれの車輛《しやりよう》を自動車部と一緒に点検、その後は校庭で実際に動かして確認という作業が、ほぼ午前中いっぱいを費やした。

それが終わると、外で野営しているチームは戦車を自分たちの野営地の近くへと移動させ、教室が割り振られていたチームも野営をすることに決めて、学校内や周辺の空地へと移動して行く。

「おーい、あんまり遠くまで行くなよ〜」

「はーい」

校門を出て行くウサギさんチームに、ナカジマが呼び掛ける。梓《あずさ》の良い返事が返ってきたが、本当に大丈夫だろうかと、ナカジマはやや不安そうにM３の後ろ姿を見つめていた。

午前中の点検で履帯《りたい》によって掘り起こされた校庭も、バレー部の面々がいつの間にか平らに均《なら》していた。

他のチームのメンバーも手伝おうとしたのだが、良い訓練になるからと断られたのだった。

アリクイさんチームがその様子を見て、校庭を均すのに使用したローラーを引っ張ろうとしたが、一人ではびくともしない。三人がかりになって、ようやく少し動かせた程度であった。バレー部で一番体が小さいキャプテンの磯辺《いそべ》ですらローラーをダッシュで引っ張るのに、体格的に遥《はる》かに上のねこにゃーですら一ミリも動かなかったのは、彼女たちには相当のショックであった。

アリクイさんチームは自分たちの非力を悟って、呆然《ぼうぜん》とローラーを見つめていた。

その横では、バレー部が疲れた様子も見せず、整備が終わったばかりの校庭にネットを張っている。あっという間に準備が終わると、良い音と共に、ボールが天高く舞い上がった。

佐々木《ささき》が、落ちて来たボールをレシーブする。

「暑いけどがんばろう！」

「声出して行くぞー！」

磯辺がネットの向こうから掛け声をかけると、全員が揃《そろ》って返事をする。

「「「はい！」」」

磯辺がボールを投げて、河西《かわにし》がアンダーハンドトスで近藤《こんどう》に回す。近藤はそれをネットの反対側にいる佐々木に向けて、オーバーハンドパス。飛んできたボールに向けて佐々木が体をぐっと屈《かが》ませると、天高くジャンプした。

その瞬間に全員が掛け声。

「そ――――れっ！」

スパイクが見事に決まる。

ローラーが動かせなかったことにショックを受けたアリクイさんチームは、近くの林の中へと決意の表情で移動する。

真剣な表情で右腕に力を入れて曲げるねこにゃー。一瞬力こぶが出来るが、すぐに重力に負けてたるんでしまう。

「この機会に体を鍛えなおそう……」

必死で腕立て伏せをするねこにゃー。

「そうだね」

三式中戦車の主砲を使って懸垂運動をするももがー。

「ええ」

必死で腹筋をするぴよたん、しかしあっという間にお腹《なか》がつって妙な顔で悶絶《もんぜつ》する。

「うへっ！」

同時に落下するももがー、潰れるねこにゃー。

「ふー、がんばらなきゃー」

マウス、当然１８０トンの戦車ではなくＰＣ用のよりも重い物を持つことなんて、アリクイさんチームにはめったにない。体は鈍りに鈍っていて、筋肉など最低限しかついていなかった。


一方、林の別な場所では、Ⅲ突の上に日よけのタープが張られていた。タープとは帆布で作った頑丈な防水シートで、ジープやトラックの幌《ほろ》などに使われており、やや重いが丈夫で風でも簡単にめくれないというメリットがあり、支柱を立てて屋根代わりにしている。

その下で、エルヴィンと左衛門佐《さえもんざ》が、シミュレーションボードゲームの対戦中であった。横からは、カエサルとおりょうが真剣な顔で覗いている。

エルヴィンが暑い中だと言うのに冷や汗を垂らし、盤面を見つめている。

ベルリン周辺を模したボードに、ドイツ軍を示す僅《わず》かな黄色いコマと、周辺を十重二十重にも取り囲む赤軍を表す赤いコマが展開していた。圧倒的な赤軍優勢であり、ここから黄色が逆転するのはほぼ不可能という状況である。

長考を諦めると、うなだれるエルヴィン。

「……参りました」

「だろうな……」

エルヴィンの降参にニヤッと笑う左衛門佐。その横では、自分が助言をしていた側が勝ったのでおりょうがへにゃっと微笑《ほほえ》んだ。

「次は何する？」

勝負に負けたエルヴィンがコマを片付けながら言った。その横では、エルヴィンに助言をしていたカエサルも手伝っている。

「戦車戦を考えるなら、作戦級よりも戦術級の方がいいだろうな」

「カードゲームもいいんじゃないか？」

それを聞いて、エルヴィンが戦車のカードゲームを出してくると、左衛門佐が対抗して、大きな将棋盤を出した。

「ここは七国象棋《しちこくしょうぎ》でだな」

「それより戦車訓練を」

今はそれじゃないだろうと、おりょうが少し呆れて当たり前の提案をすると、全員が指差した。

「「「それだ！」」」


大洗の南西に位置する涸沼《ひぬま》。そこからほぼ大洗と水戸《みと》市の境になる形で、那珂《なか》川に向かって北東に流れているのが涸沼川である。

涸沼川に面した小さな桜道公園にウサギさんチームのＭ３リーが止まっていた。

公園の奥の方、紗希《さき》がぼーっと座っているジャングルジムの隣に、赤い大型テントが建てられている。このテントを学校の備品の中で見つけたので、野営に興味があったウサギさんチームはわざわざここまで移動してきた。ただ野営をするだけなら他のチームのように学校周辺でも良かったのだが、桂利奈《かりな》が釣りをしたいと言い出したので、釣りの名所でもある涸沼川沿いまでやって来て、ちょうどキャンプに良さそうな場所を見つけたのだった。

弓切り式火おこし器で、梓が火を点《つ》けようとしている。その隣ではあやがスマホを見ながら、火おこしのコツをあれこれ指示している。優季《ゆうき》も、それを興味深げに眺めている。

「ねー、こんなので本当に火が点くの？」

「スマホでは、結構難しいって出て来たよ～」

姦《かしま》しい後ろを尻目に、桂利奈は砲塔に葉の付いたままの長い竹の片方をツッコみ、それを簡単な竿《さお》にして釣りの真っ最中だ。

最初はワクワクして糸を投げたが、全然釣れないのでいい加減だれてきている。

その横で、あゆみが涸沼川をぼーっと眺めていた。

「何釣ってるの？」

あゆみの質問に桂利奈がだるそうに答える。

「あんこう」

「無理だと思うよ」

「じゃ、岩ガキ」

「もっと無理だと思うよ」

「じゃ、ハゼ」

風だけが、夕日に染まった涸沼川を静かに通り過ぎて行った。


元々照明が少なく、ほぼ真っ暗になった大洗磯前《いそさき》神社の裏道を、ポルシェティーガーが爆走していた。コーナーをぎりぎりまで攻める操縦席のツチヤが、ヘアピンカーブをノリノリでドリフトで通過させる。

「いい練習になるなぁ！」

車長席から頭を半分だけ出したナカジマが、木の枝が近付いてきたので、頭を引っ込める。

「ほどほどにね」

爆音を立てて、ポルシェティーガーが走り去って行く。その後も同じコースを何度も走って、問題点を洗い出し、よりセッティングを詰めて行く。試合があるかどうかは分からなくても、会長がわざわざ戦車を用意した以上、常に全力を、いや発揮しきれていないポルシェティーガーのポテンシャルを全て絞り出せるようにするのが、今自分たちの求められていることだと思いつつ。

恐らく、今一番仕事をしているのが、彼女たち自動車部であっただろう。


海岸沿いにあるコンビニ。

その駐車場に、カモさんチームのＢ１ｂｉｓが停《と》まっている。

戦車の上でだるそうにヤンキー座りしているそど子が、ソーダアイスを思いっ切り齧《かじ》る。エンジンルームの上にはゴモヨが正座をして、ぼーっと夜空を見上げている。パゾ美は、コンビニの焼き鳥をもそもそと食べている。

本人たちは、精一杯不良ぶった行為をしているつもりだろうが、残念ながら、どう見ても近所の中学生が塾帰りに買い食いをしている姿にしか見えなかった。


校舎横の空地。

優花里《ゆかり》のテントの中で、あんこうチームの面々が静かに寝ている。枕元には各人の私物が置かれ、あんこう型の蚊取り線香が静かに煙をたなびかせていた。

テントの中にいるのは四人。五人分の寝具が置かれてはいるが、優花里の隣は枕が置かれているだけであった。

テントの外では、みほがパジャマ姿のままボコのぬいぐるみを抱いて、星空を見上げていた。

戦車が戻ってきたとはいえ、全く打開策が思い付かない状況であり、突然みんながバラバラになるかもしれない不安に襲われ、眼が冴《さ》えて眠れなくなっていたのだった。

「みんな、どうなるんだろう……」

第五章　ボコ・ミュージアム

朝日に照らされた林の中の道を、あんこうチームのⅣ号戦車が走り抜ける。操縦席の麻子《まこ》以外の全員が、のんびりとハッチから体を出して外を眺めていた。

沙織《さおり》が砲塔に腰掛けて、ぼやく。

「まさか戦車でコンビニ行くことになるなんて～」

「戦車の免許が役に立ったな」

麻子が運転をしながら、操縦席の覗《のぞ》き窓横に置いた免許証を見る。

眠そうな目の麻子の写真が貼られているのは、戦車道連盟が認可した、戦車なら公道でも走行可能となる免許であった。

「免許の写真くらい、目パッチリ開けて撮りなよ。私のなんてお見合い写真にも使えるよ！」

沙織が胸元から取り出した自分の免許を見せると、そこにはばっちりとキメたすまし顔の沙織の写真が貼られていて、華《はな》が苦笑する。

「……ムダに気合い入ってますね」

「あ、コンビニ前から茨城町方面のバスが出てましたよね。時間調べとかないと」

優花里《ゆかり》がポケットからスマホを取り出して、時間を確認する。

それを聞いて、沙織が首を傾《かし》げた。

「何で～？」

「一度、親の所に戻るんです。転校手続きの書類に、親のハンコがいるみたいで」

「保護者……」

それを聞いて、みほが一瞬俯《うつむ》いた。

沙織が、身軽な動きで砲塔から飛び降りると、自分のハッチに半分体を沈め、車体前面に肘をかけて左側の操縦席を優しい目で見つめる。

「おばあのとこに行かなきゃね」

それを聞いて、麻子がハッチから半分顔を出して、

「面倒だな……。また説教されるだろうし」

また引っ込んでいく。

「私もうちに戻んなきゃ」

沙織の言葉を聞いて、みほがますます沈黙したので、華が心配そうな表情を浮かべた。

「みほさんは？」

「一緒に行こうか？」

沙織が心配そうに振り返り、優花里も興味津々で話しかけてきた。

「西住《にしずみ》流家元も見てみたいですし」

沙織や優花里の言葉を聞いて、みほが少し考え込む。

だが、すぐに左右に首を振った。

「……ううん、大丈夫。一人で帰れる」

「そうですか……」

本気でみほの家と西住流家元を見たかった優花里が、ちょっとがっかりして項垂《うなだ》れる。

「また今度、遊びに来てね」

それを見てみほが優しく微笑《ほほえ》むと、優花里が元気に顔を上げる。

「はいっ！」

楽しそうなやり取りを見て、華も晴れ晴れとした顔で微笑んだ。

「私は明日、家に戻ります」

「わたしもそうしようかな〜」

沙織が華に続く。

「私も……あっ！」

みほもみんなと一緒の日にしようと思った瞬間、華の後ろの道路脇に建てられている数枚の看板が目に飛び込んで来た。

「止まって下さい。そのままバックして」

みほの指示で急停止するⅣ号。

「どうしたんですか？」

優花里が驚く中をバックするⅣ号は、みほが驚いた位置まで戻ると静かに停止する。

みほが看板を見て目をキラキラさせていた。

「ボコミュージアム？」

「500メートル先、左折」

「看板、ぼろぼろですね」

看板に従って進むと、そこには本当に営業しているのかどうかも分からないほど老朽化した洋風建築の建物があった。上に突き出した塔の一つは屋根が崩れたままで、あちこちにあるボコのオブジェもぼろぼろ、壁も長らく修理どころか清掃もしていないような状況で、二階の手すりも壊れている。

そんな状況だが、みほは駐車場にⅣ号が着く前から目をキラキラさせて、停《と》まると同時に車長席から駆け下りていく。

建物の前で、まるで小さな子供のように大興奮している姿は、今まであんこうチームの誰も見たことが無いものであった。

「知らなかった！　こんなミュージアムがあるなんて！」

大興奮のみほに、呆《あき》れている沙織たち。

「今までで一番テンション上がってるよ、みぽりん……」

「あっちが入り口ですね」

「行ってみましょうか」

入り口を見つけたので、優花里と共に華が進もうとすると、みほが慌てて追い掛けてきた。

「あっ、待って待って」

ミュージアム正面から側面の入り口に向かう途中には、大きなボコ人形が置かれていた。

「あれも大きいですね〜」

優花里がその前を通過しようとすると、突然声が響いた。

「おう、よく来やがったな、お前達！」

ボコ人形が手を振っているのに、みほが大興奮。

「ボコが喋《しゃべ》った！　しかも動いてる！」

「おいらが相手してやろう。ボコボコにしてやるぜ！」

「生ボコだ〜可愛《かわい》い〜」

「えー」

みほが食い入るように見つめているのに、流石《さすが》に沙織が引き気味になっている。

「これ、アニマトロニクスですかね〜」

「結構良く出来ていますね」

優花里と華がしげしげと見つめていると、ボコが突然殴られたように仰《の》け反《ぞ》った。

「うおっ、何をする、やめろ〜！」

「何もしてないわよ」

沙織が呆れてツッコむが、ボコは後ろに倒れ込んでしまう。

「やられた〜」

そのまま暫《しばら》く後ろにダウンしているが、再びむっくりと起き上がって来て捨《す》て台詞《ぜりふ》を吐く。

「覚えてろよ！」

「だから何もしてないって」

もう完全に呆れかえっている沙織の横で、冷静に判断を下す麻子。

「イキがる割に弱い」

「それがボコだから」

二人の反応を見て、みほが心からにっこり微笑んだ。

ダウン中のボコを見て、優花里がふむふむと感心している。

「イタリア軍の第10軍みたいですね」※42
「何か、私たちの他にお客さんいないみたいなんですけど……」

華が入り口がある二階を見上げて、横の階段に向かって歩き出す。

だが、みほはまだボコに夢中でその前を動こうとしない。

「おう、よく来やがったな」

すると、ボコが再び最初から動き出した。

優花里がまだ入り口のボコに見とれているみほを引っ張って、館内へと入って行く。

これで採算が取れるのかと不思議なほど安い料金を払い、一同は近くにあった乗り物に向かった。

「イッツ・ア・ボコワールド……ですか」

優花里が見ているパンフレットによれば、それはボートに乗って世界中を旅するという、どこかで聞いたようなコンセプトの乗り物で、音楽に合わせて、世界各国の衣装を来た多数のアニマトロニクスのボコが踊っていた。

「凄《すご》いよ、世界中のボコがいるんだよ――」

「全部同じにしか見えない」

大興奮のみほだが、隣の沙織にはボコの違いが分からない。

「ボコによるボコのためのボコボコの世界がコンセプトなんだって」

「全然分かんないよ」

みほの説明に沙織が投げやりに答える。


次のアトラクションへとみほは急ぐ。

「ボコーテッドマンション……」

優花里がパンフレットを見て名前を読み上げると、安っぽいミラーハウスの中で麻子が怖がる。

「お化けは苦手なんだ――」

一同がボコバギーと書かれた車輌《しゃりょう》に乗り込むと、バギーは闇の中をごとごとと動き出した。

周囲では、棺桶《かんおけ》に入ったボコや、墓石や卒塔婆《そとば》の間から顔を出した古風な白装束のボコが動いている。思わず左右の沙織と華に麻子がしっかりとしがみ付くが、二人の呆れ顔が大きくなるだけであった。

「いや、全然怖くないよね」

「ボコさんですから」

最新型の宇宙船で宇宙ボコに会いに行くと書かれたゲートをくぐり、とても宇宙船には見えない6人乗りのライドに乗り込む一同。ライドとは言いつつも、今までの全てが歩くより少し早いぐらいの速度で動き、上下の高低差はほとんどない。ジェットコースターのように加速したり、急こう配を駆け抜けるようなこともない。

今まで通り、優花里がパンフレットを読み上げる。

「スペース・ボコンテン……」

動き出したライドが光の中を抜けると、そこは暗幕が張られた空間で、天井から沢山のボコと、クリスマスの飾りのようなボールがつり下がっていた。

すぐ隣にいるボコを、沙織がまじまじと見つめる。

「これ、金魚鉢《きんぎょばち》被《かぶ》ってるのかなあ」

「一応宇宙服じゃないでしょうか」

空中のボコを見つめた華が、フォローする。確かに、どのボコも普段のボコに金魚鉢をかぶせただけにしか見えなかったのだ。麻子は、お化けも出ないし暗くなったので、安心して眠りについている。

「ZZZZZZ……」

そんな中でも、みほは目をキラキラさせて楽しんでいた。

ライドの出口から見える乗り物は一通り乗ってしまったので、次はどうしようかと、華が左右を見回す。

「次はどこに行きます？」

「あっちにボコショーがありますよ？」

「ボコショー!?」

優花里が奥の扉を指差すと、みほが猛烈に食い付いて足早に進んで行く。


ショーの会場は、古ぼけた木のベンチが並んでいるだけで、まともに清掃もされていないのか、あちこちにベンチの破片やパンフレットが散らばっていた。華はがらんとした会場を見回す。

「誰もいませんね」

けれどみほはステージ最前列のベンチ中央に座り、緞帳《どんちょう》が降りたステージを見つめて、小学生のようにワクワクしている。麻子はまだ半分寝ている状態だが、華はだんだんと楽しくなってきたのかニコニコしている。沙織はもう考えるのを諦めたのか、心ここにあらずと言う状態で、優花里はみほとの会話のネタが出来たと別な意味で喜んでいた。

今日一日散々聞いた音楽が流れると、ゆっくりと引き割り緞帳が左右に開く。

ステージの下手からボコが現れると、不審な動きで上手《かみて》へと向かう。上手側からは、白猫と青猫、そしてネズミが横一列になって歩いてきた。

猫たちは避けようとするが、ボコがあいだを無理やり通り抜けようとしたために、肩がぶつかった。瞬間、振り返ると叫ぶボコ。

「おい、今、ぶつかったぞ！　気をつけろ！」

それを聞いて、猫たちが振り返って、ボコにガンをくれる。

「あぁ？」

白猫がボコを確認すると、軽く肩をすくめた。

「生意気だ、やっちまえ」

「「おお」」

親分格の白猫に同意する青猫とネズミ。

それを聞いて、ボコが腕まくりをするように右手を左手の上に滑らせて啖呵《たんか》を切った。

「面白れぇ、返り討ちにしてやらー」

それを見て、みほが両手を握り締め、大興奮。

舞台では殴り掛かったボコが軽く足払いをされてうつ伏せに倒れ、予想通り三匹にボコボコに蹴りを入れられていた。

「口ほどにもない奴《やつ》め！」

「「おらおらおら」」

「くそっ、このっ」

抵抗をしようとするボコだが、起き上がる事すら出来ない。

何とか顔を上げて、観客席に救いを求める。

「みんな、おいらに力をくれ――――!」

それを受けて、みほが小さく呟《つぶや》いた。

「ボコ、がんばれ……」

「もっと力を!」

だが、ボコから声が飛ぶ。

「がんばれ!」

「もっとだ!」

一瞬逡巡《しゅんじゅん》して、大きく息を吸う。

「がんばれ、ボコー!」

その瞬間、隣から誰かが立ち上がる音と、大きな叫び声がした。

「えっ」

びっくりしてそちらを見ると、小学生ぐらいの少女が一生懸命ボコに向かって叫んでいる。

「がんばれ、ボコ――――!」

みほも負けじと声を出す。

「ボコ、がんばれ――――!!」

つられて一同も思わず叫ぶ。

「ボコさん、頑張って」

「ボコ、いけ―――」

「ファイトー」

「来た来た来た～～～！」

震えながら力を溜《た》めているボコの様子を見て、思わず猫たちも動きを止める。

直後、ボコがガバっと立ち上がる。

その勢いに思わず後ずさりをする猫たち。

「みんなの応援がおいらのパワーになったぜ、ありがとよ！」

いかにもパワーが漲《みなぎ》っているかのように、ボコが舞台中央でガッツポーズをする。その間に、猫たちはやや怯《おび》えた感じでこそこそと舞台下手《しもて》へと移動する。

「お前ら、まとめてやってやらぁ！」

ボコが左腕をぶんぶんと振り回すと、そのまま三匹に向かってツッコんでいく。

「おお――っ、幻の左！」

優花里が感心したように声を上げるほどの綺麗《きれい》な左ストレートが繰り出され……そのまま、白猫が華麗にかわす。

「空振りだね」

予想通りの展開に呆れかえる沙織。

舞台では、勢い余ってボコが転倒している。

「『オラオラオラ』」

そして、先ほどと同じようにぼこぼこに蹴られるボコの姿。

さっきから呆れている沙織と優花里が、何かを悟った表情を浮かべていた。

「何これ」

「結局はボコボコにされるんですか」

「それがボコだから」

二人の声に、みほはそれが世界の真理であるかのように答える。

「また、負けた……」

ステージが暗転し、スポットライトの中、倒れているボコだけが照らされている。猫たちは、やってられないという雰囲気で左右に去って行く。

猫たちが消えると同時に、ボコががばっと起き上がってこぶしを握る。

「次は頑張るぞ！」

だがそのボコの決意を断ち切るかのように、猛烈な勢いで引き割り緞帳が閉じた。

呆然《ぼうぜん》とそれを見送った一同だが、みほと隣の席の小学生ぐらいの少女の猛烈な拍手だけが、観客席に響いていた。


「あー、楽しかった」

みほが満面の笑みを浮かべて、観客席から外に出ると、そこには売店が広がっていた。

棚には色々なボコグッズが並んでいるが、どれも埃《ほこり》をかぶっていたり、箱が変色していたりと、まともな商品とは思えないような状況であった。

すっと棚の一つに華が指を滑らせて、まじまじと指を見つめる。

「これ、いつから掃除していないんでしょう？」

「こっち、消費税表示がないですよ」

「店員、お化けじゃないよね？」

値札を見つめて驚く優花里。沙織も周囲を見回しても誰もいないのに不審気な顔をする。

幸い、お化けが怖い麻子は再びうつらうつらしていたので、それには気が付かなかったが。

だが、みほだけは興奮したままグッズを物色している。

「すごくがんばってたね、ボコ」

「そう？」

みほの言葉に疑問符で返す沙織。

沙織の様子をよそに、展示台を見ていたみほは、籠に入った小さなボコに『残り一つ激レアボコ』と書かれた札が貼られているのに気が付き、またも目をキラキラさせる。

「あ、残り一つだって！」

「そういう手だから」

「でも、かわいいし！」

みほが夢中で激レアボコに手を伸ばすと、横からも小さな手が伸びてくる。

ボコの上で手が重なり合って、お互い顔を見合わせた。

「!!」

驚いて手を引っ込めたのは、先ほどボコショーの会場にいた少女であった。

「あっ、いいのいいの」

それに対してみほは、少女の手のひらにボコを乗せてあげると、にっこりと微笑む。

「私はまた来るから」

ちょっと頰《ほお》を紅潮させて、みほを見上げる少女。

何か言おうと口をパクパクさせるが、言葉にならないで真っ赤になってレジに駆け出して行く。

「せっかくみぽりんが譲ってあげたのに、お礼も言わないなんて」

その後ろ姿を見て沙織がちょっと口を尖《とが》らせるが、みほは仲間を見つけたのが嬉《うれ》しくて、にっこりと微笑む。

「きっと恥ずかしいだけだよ」

会計を終えて小走りに去って行く少女を、みほはじっと見つめていた。

第六章　リベンジ

霞ヶ関《かすみがせき》の官公庁街。

建ち並ぶビル。文科省が入っているビルもある。

制服姿でリュックを背負った角谷《かどたに》会長が、地下鉄の出口から上がって来る。

「えーっと、Aの13を出たら、財務省の前をそのまま真っ直《ま　す》ぐ……あ、虎ノ門《とらのもん》駅の方が近かったのか。でもなあ、常磐《じようばん》線経由の方が安いし……」

階段を上がり切って前を見ると、前の方に文科省の建物が聳《そび》えている。

「久しぶりの都会だなぁ〜」

正面の保存棟に入ろうとして、フロア表示を見て角谷会長が驚く。

「え、中央合同庁舎第7号館？」

保存棟の後ろに立つ高層ビルを見上げて、再び驚きを浮かべる。


エレベーターを降りると、『文部科学省学園艦教育部』と書かれた扉の前に立って、一つ深呼吸をするとノックをする。

「どうぞ」

角谷会長が部屋に通されるが、部屋の主は窓際の執務机に座ったままで、座るようにも促さない。

仕方なく、無言でその前に立つ。

「私も忙しいんでね」

部屋の主。わざわざ大洗《おおあらい》まで廃校を伝えに来た、きっちりと七三分けにした慇懃《いんぎん》無礼《ぶれい》なスーツ姿の男性。

文部科学省学園艦教育局の辻廉太《つじれんた》局長が、わざとらしく書類をめくる。

「え――っと、どこの学校でしたか」

それを聞いて、角谷会長の声に僅《わず》かに棘《とげ》が混ざる。

「県立大洗女子学園です」

「ああ、廃校になった」

辻局長が平然と答える。

「まだ廃校になっていません！　本日は」

「廃校の件は、既に稟議《りんぎ》も予算も通過して決定しているんです。変更はあり得ません」

「ですが、戦車道全国高校大会に優勝すれば、廃校は免《まぬが》れるという約束をしたはずです」

それを聞いて、辻が口の端をニヤッと持ち上げた。

「口約束は約束ではないでしょう」

「判例では、口約束も約束に認められています。民法91条、97条などに記されています」

一瞬、予想外の理論武装に言葉に詰まる辻だが、その程度の回答は証拠がない以上何とでもなると判断すると、アルカイックスマイルで返す。

「可能な限り善処したんです。ご理解ください」

暖簾《のれん》に腕押しと悟って、無表情になる角谷会長。

「……分かりました」

「分かって下さればいいんです。さ、時間も無いのでお帰り下さい」

辻がドアを示すと、角谷会長も無言で一礼して出て行く。

分厚いドアを閉める前に、一瞬椅子のきしむ音が聞こえる。

ドアが閉まると、俯《うつむ》いていた角谷会長が毅然《きぜん》とした表情で顔を上げるが、ドアノブを握っていた右手は怒りのあまりか、静かに震えていた。


仮待機所の職員室の札の下に『臨時生徒会室』と書かれた紙が貼ってある。

河嶋《かわしま》と小山《こやま》に、生徒会や各担当班の腕章を付けた生徒たちが押し掛け、報告と陳情を行っていた。

「河嶋先輩、虫刺されの薬がなくなりました！」

「保健班か、わかった。すぐに薬を手配する」

「糧食班《りようしよく》です、給食用の米が足りません！」

「わかった、米も手配する。調達班、事前の通達通り、預けてある倉庫から必要量受け取って来てくれ」

「わかりました。運搬は」

「風紀委員に車を出して貰《もら》え」

てきぱきと指示を出す河嶋に向かって、係の腕章を付けていない一人の生徒が、おずおずと口を開いた。

「あの……」

「ん、どうした？」

「風紀委員の園《その》さん、後藤《ごとう》さん、金春《こんぱる》さんが地元の生徒とケンカしてます」

「何だと、場所を教えてくれ」

「はい、海岸沿いのコンビニ駐車場で」

「あそこか、分かった。調達班、車は自動車部に頼んでくれ」

河嶋が椅子に座っている小山に後を頼んで、出かけようとする。

「ちょっとケンカの仲裁に行ってくる」

すると小山が、そんな河嶋を見て微笑《ほほえ》んだ。

「桃《もも》ちゃん、がんばってるなぁ……って。もっと泣き叫ぶかと思ったのに」

「何だ」

小山が河嶋の真似《まね》をする。

「廃校だぁ〜！　もうおしまいだよ〜柚子《ゆず》ちゃ〜ん！」

中途半端に上手《うま》い物真似を聞いて、河嶋がぷぅっと膨れつつ赤くなった。

「そんなヒマはないっ。それに今がんばらねば、いつがんばるというのだ！」

「……そうだね」

周囲を見回すと、周囲の生徒に聞こえないように小山が小声で呟《つぶや》く。

「会長はどこ行っちゃったんだろうね」

「会長には会長の考えがある……はずだ」

河嶋が、窓から外を見つめる。


その頃、角谷会長は地図を見て、首を傾《かし》げていた。

「市《いち》ヶ《が》谷《や》台《だい》って言っても、市谷駅からずいぶん歩くんだなあ」

周辺の景色を見て、地図をあっちこっちに回して、ようやく現在位置と方向を確認する。

「いっつもは精々北関東支部で何とかなってたし、東京の本部なんて行かないもんなあ」

そのまま長い塀の横をてくてくと歩いて、シンプルな門の前で足を止める。

「あった」

門柱には『日本戦車道連盟会館』と書かれていた。

入り口近くに飾られたホイペットの横を通り、建物の中に入ると、受付に声を掛ける。※43
「理事長と面会の約束をしている、大洗女子学園生徒会長の角谷ですが」

はっきりと『元』ではなく、『大洗女子学園生徒会長』である、と自分の決意を表明した。

角谷会長が理事長室に通されると、そこには世界各国の戦車の絵や立体物が飾られていた。

その中央にある応接テーブルには、角谷会長が持って来た大洗のお菓子であるシベリアが置かれ、
左右の席には角谷会長と、陸上自衛隊富士学校富士教導団戦車教導隊に所属し、同時に日本戦車道

連盟公認審判員かつ日本プロ戦車道設立強化委員でもある、蝶野亜美《ちょうのあみ》が座っていた。

過去には戦車道全国高校生大会で伝説となった単騎駆け十五輛《りょう》抜きや、12時間に渡る激闘一騎打ちと言った数々の逸話を残し、戦車道全国大学生大会でもその破天荒な試合振りで大いに大会を盛り上げ、現在は実業団リーグに富士チームとして参加している名物戦車乗りの一人であった。

仕立ての良い和服に戦車道連盟のマークを染め抜いた羽織を身に着けた、部屋の主である児玉《こだま》理事長は、椅子に座らず窓の外を見ながら背中に感じる強い圧力に耐えつつ、とめどなく流れる冷や汗をハンカチで拭っていた。

圧力に耐えきれなくなって丸い頭をもう一度ハンカチで拭くと、やっと口を開く。

「文科省が、一旦決定したことは、我々にもそう簡単には覆せないしなぁ……」

麦茶に手を伸ばしていた角谷会長が、静かにグラスを置く。

「向こうのメンツが立たないということですか？」

「そういうことになるかなぁ……」

それを聞いて、蝶野が殺気にも似た鋭い視線を、理事長の背中にぶつける。

「メンツということであれば、優勝するほど力のある学校をみすみす廃校にしては、それこそ戦車道連盟のメンツが立ちません」

理事長が、困り切った顔で振り返った。

「蝶野くんも、連盟の強化委員の一人だろう」

それを聞いた瞬間、蝶野がすっくと立ち上がる。気圧《けお》されて理事長が思わず後ずさりする。

「ですが理事長、戦車道に力を入れるという国の方針とも矛盾しますし、何よりもイメージが下がります」

正論をぶつけられた理事長が視線を宙に泳がせて、考え込んでしまう。

その脳裏には、『戦車道新聞』や『戦車道ニュース』などの記事で、連盟が厳しく批判されるイメージが浮かんでいた。

『学校を守った少女たち、裏切られる』

『戦車道に道を説く資格なし』

などなどの大きな文字の見出しが舞い踊り、場合によっては専門メディアだけではなく、一般メディアにまで取り上げられるかもしれない。そうなれば、今までの戦車道振興策も全て水の泡と消える可能性がある。

なぜ、今この時点になって、大洗女子学園の廃校を再び蒸し返したのか。文科省の方針が読めずに、最悪の展開だと頭を抱えるしかなかった。

「……うーん」

苦悩する理事長に向かい、角谷会長が静かに立ち上がる。

「わたしたちは、優勝すれば廃校が撤回されると信じて、戦ったんです。信じた道が『実は最初からなかった』と言われ、引き下がるわけにはいきません」

角谷会長の、静かだが強い意志が籠った言葉に、理事長は動揺する。

「しかし今、文科省は二年後に開催される世界大会の事で頭が一杯だからなぁ。誘致するためにプロリーグを発足させようとしているくらいだから、取り付く島がないよ」

プロリーグとの言葉に角谷が一瞬反応し、笑みを浮かべて蝶野を見る。

「プロリーグ。それですね」

蝶野も頷《うなず》いてフッと微笑む。

「ここは超信地旋回《しんちせんかい》でいきましょう」

微笑み合っている二人を交互に見つめて、理事長は首を傾げた。


夕闇に包まれた四国沖を進む学園艦連絡船は、イタリアで建造されただけあって、優雅なスタイルをしていた。他に人影のない後部デッキには、一人簡単な荷物を持った私服のみほが佇《たたず》んでいる。

久しぶりの帰省だが、心は重かった。船が着いても降りないで、そのままUターンして戻ってしまいたいほど。

だが、そうもいかない。

みほは、暗くなっていく海だけを見つめていた。

気が付くと船は埠頭《ふとう》に到着しており、みほは重い気持ちのまま降りると、バスに乗り変える。

激しく蝉《せみ》が鳴く中をバスが進む。

西住流前《にしずみ》という間違えようもないバス停で降りて、みほは勝手知ったる道を歩いて行く。

さほどの距離を歩かずともすぐに家の前に到着し、静まり返った勝手口に立つ。扉を開こうと手を伸ばして逡巡《しゅんじゅん》し、そのまま開けるかどうか、暫《しば》くためらってしまう。

「みほ」

横から掛けられた声にハッとするみほは、急いで声の方に向き直る。

「お姉ちゃん……」

そこには、黒森峰《くろもりみね》女学園戦車道隊長であり西住流宗家の長女でもある、みほの姉、西住まほが、犬の散歩帰りなのか飾らない普段着で立っていた。

まほが小さく、しかし温かみのこもった笑みを浮かべた。

「お帰り」


勝手口を開け、生け垣に囲まれた細い通路を抜けると、目の前には骨組み構造などに西洋建築を取り入れつつも、唐破風の車寄せを持った入母屋造《いりもやづく》りの近代和風建築の建物が建っていた。その中央部から左右へと、対称の形で優美に真っ直ぐに伸びた建物が建っており、その突端には宝形《ほうぎょう》作りの楼閣《ろうかく》が見られた。

戦車道西住流宗家、みほとまほの実家である。


書院造り風の建物の裏手には、家を取り巻く長い廊下をガラス障子が取り囲んでいる。

まほが犬小屋に犬を繋《つな》ぐと、みほから受け取った大洗のお土産を手にさっさと進んで行く。その後ろをみほが、恐る恐る歩く。

「……いいの？」

「ここはおまえの家だ。戻って来るのに何の遠慮《えんりょ》がある」

それを聞いてみほはほっとしたように小さな笑みを浮かべ、歩調を速めるとまほへと近付いた。

そこに室内から静かな声が掛かる。

「まほ？」

声の方を見て立ち止まる二人。まほが声の主に堂々と答える。

「はい」

「お客様なの？」

それを聞いて、みほがあわあわしながらまほを見る。

「学校の友人です」

平然と答えたまほに、みほは驚きの表情を浮かべた。


ガラス障子と廊下の向こう、室内には手にした万年筆で手紙をしたためている、まほとみほの母親であり、西住流宗家の家元である西住しほの姿があった。すっと背筋を伸ばし、まほの回答を聞くと、一瞬沈黙するしほ。

「……そう」

口の中で呟くと、去って行く足音の方をじっと見つめていた。

二人は勝手口から入ると、そのまま二階のみほの部屋に向かう。

自分の部屋の扉に手を伸ばし、一瞬逡巡するみほだが、まほが入るように促す。

ゆっくりと扉を開き、中に入ると、数歩進んでから足を止める。

「…………」

「どうした？」

「変わってない……」

みほは部屋の中を見回すと、自分が出て行った時と全く変わっていないことに、ちょっと感動する。

しかも、ちゃんと掃除をしてくれているのか、埃《ほこり》も全然溜《た》まっていない。

そんなみほの姿を見て、まほがカバンを指差す。

「書類は？」

「あ」

慌ててカバンの中を探すと、クリアファイルから書類を取り出した。

「これ」

書類を受け取ると、まほが暫くそれを見つめて、

「ちょっと待ってろ」

と言うなり、書類を手に部屋から出て行った。

「あ、うん」

一人残されて、みほは何事だろうと、ちょっとキョトンとする。

仕方がないので部屋の中をもう一度見回し、奥へとゆっくり進んで行く。

サイズが大きかったり、部屋から動かしたくなくて持って行けなかったボコのぬいぐるみ、壁に掛けた戦車道関連のあれこれ、ちゃんとクリーニングしてある黒森峰のパンツァージャケット、そしてベッドに置いてあるお気に入りのぬいぐるみを見て、そっと頭をなでる。

「ただいま、元気にしてた？」

顔を上げて机を見ると、そこには幼い頃のまほとみほの写真が置いてある。自家用のII号戦車に乗って、かき氷を食べているのを、母親のしほが撮影してくれた一枚だった。

写真に手を伸ばそうとすると、階段を上って部屋に近付いて来る足音が聞こえた。

「みほ」

振り返ると、そこには書類を手にしたまほの姿があった。

書類に目をやると、保護者印の所に、明らかに母親の字とは違うサインと印鑑が押してあった。

「えっ!? お姉ちゃん、そのサインとハンコは？」

思わず大きな声になりかけるみほを遮るように、まほは左手の人差し指を一本立てると、それを口元に当てて静かにとのジェスチャーをする。

その左手の親指と中指がつかんでいるのは、ハンコだった。

「！」

姉のまさかの行動に、みほはびっくりして僅かに肩を落とし、苦笑を浮かべる。

だが、すぐにみほは笑みを大きくしてまほに笑い掛け、書類を受け取ってクリアファイルに入れると、再びカバンの中に大切そうにしまう。

「じゃあ、もう帰るね」

「そうか、送って行く」


家を出ると、車庫へと向かう二人。

沢山の自家用戦車が並んでいる中に、部屋に置いてあった写真と同じ、みほにとって見慣れたサンドイエローに塗られたII号戦車F型の姿がある。※44
みほがまほと一緒に、幼い頃から乗って遊んでいた戦車だ。III号やIV号、ティーガーやパンターよりもみほにとって大事で、大好きな戦車。※45・46
まほが操縦席に乗り込んで、エンジンを掛けると、すぐにマイバッハHL62TR直列6気筒エンジンが軽快にうなりを上げる。操縦席からまほに上に乗るように指示されたみほは、武骨なヘッドセットではなく、昔使っていたイヤホンと咽頭《いんとう》式マイクのセットを付けると、軽々と戦車の上に登って行く。

みほが車長席に収まったのを伝えると、まほがゆっくりと戦車を進める。

いつの間にか全開になっていた家の門を抜け、田んぼの中のあぜ道を進んで行く。

「本当に駅まででいいのか？」

「うん。ありがとう……」

連絡船が着く港まで、それとも大洗の学園艦まで送ろうかとの言外のニュアンスに、まだ時間もあるし、故郷も見たいと思ったみほが断りを入れる。懐かしそうに周囲を見ると、そこには、小さな頃から全く変わっていない景色があった。

もっと景色を見たくなって、車長席から出ると、砲塔の上に座り込む。

「ここも昔のまま……」

ふっと左を見ると、田んぼの上を飛んでいる数羽のアマサギが目に入る。夏になると日本に渡って来る鳥で、恐らくこの群れも海を渡ってやってきたのだろう。昔にもこんな事があったと思い出す。

同じようにこのII号戦車に乗って、近所の川に釣りに行くのにあぜ道を走っていると、並行して飛んでいたアマサギの群れが戦車の方にやってきたのだ。普段は近寄ると逃げるのに、戦車が珍しかったのか、他に理由があったのかは分からないが、みほはアマサギが近寄って来たのに興奮して身を乗り出し、操縦中のまほに伝えた覚えがある。

どこまでも広がる青い空。まほも速度を落とし、操縦席から空を見上げる。すると、みほの頭すれすれを群れが通り過ぎ、あっという間に遠くへと飛び去って行った。

「あのあと、途中でアイスを買ったんだっけ」

近所の駄菓子屋に寄って、お小遣いでアイスを買って、いつもの釣りの場所に行く。

「こっちにしか売ってないアイスが色々あって、大洗行ったらびっくりしたなあ」

普段食べていたのが、福岡や佐賀などにある製菓会社が作っている地元アイスで、大洗のコンビニには全然置かれていないと知った時は驚いた。

戦車で日影を作って、そこに魚が寄って来るのを待つ。効果が有るのかどうかは分からないけど、前にそうした時は沢山釣れたから、それ以来お姉ちゃんはずっとそうやってた。戦車道で忙しくなってからは全然釣りに行けなくなったけど、あの川辺はどうなったのかな。

お姉ちゃんのアイスが当たって、私のは外れてがっかりしてたら、当たりの棒を貰った事もあったっけ。

嬉《うれ》しかったなあ。

でも、あの時戦車から降りるのにお姉ちゃんが手を差し伸べてくれたのに、無理して飛び降りようとして失敗して、お姉ちゃんが支えてくれたけど結局転んで、二人して泥だらけになったっけ。アイスの棒も泥だらけで、どっちがどっちか分からなくなったけど、駄菓子屋に向かって土手の上を走っていたらどうでも良くなったんだ。

本当に、懐かしい。

ずっとお姉ちゃんの背中を見て、そのまま大きくなっていくと思っていた。私の前にはずっとまほお姉ちゃんがいて、いつでも私を支えていてくれると。

やっぱり今もそれは変わらない。

そんな想《おも》いを乗せて、II号戦車は走り続けている。

もうちょっとだけ、この道が続けばいいのにと思う。

西住家書斎。

机の上に置いてある『大洗銘菓べにはるか紅子芋』と書かれた袋と、その横にある『友人からのおみやげです　まほ』と書かれたメモ、そしてハンコの消えた引き出しを見つめて、しほは小さく息をついた。

「学校の友達、ね」

と、静寂を破るように近付いて来るヘリコプターのローター音が聞こえていた。それが耳を聾するほど大きくなった。ふっと窓の外を見ると、庭へと下りて来る。

「陸上自衛隊のＯＨ－１ね」※47
霞ヶ浦《かすみがうら》駐屯地のマークを付けた機体が、土煙を巻き上げながら、ゆっくりと着陸した。

あんな機体で、ここにやってくるのはたった一人しかいない。そう確信した瞬間、ふすまの向こうから住み込みの弟子の一人が来客を告げた。

「家元、蝶野様がお見えです」

しほは、客間に通すように告げる。

「分かっている」

客間に移動すると、そこには神妙な面持ちの蝶野が正座をしていた。

しほが入ると、深々と頭を下げる。

しほも礼を返し、用意された座布団へと座る。

「…………」

無言でお互い、暫く見つめ合う。

静かに口を開くしほ。

「来年の大会に大洗女子学園が出てこなければ……黒森峰が叩《たた》き潰《つぶ》すことが出来なくなるわね」

それを聞いて、蝶野が深々と頭を下げた。


文科省。

角谷会長が訪れた時とは一転して、煌々《こうこう》と外の光が差し込んでいる文部科学省学園艦教育局。

そこでは蛇に睨《にら》まれた蛙《かえる》のような青い顔をした辻局長が、冷や汗をかいてソファーに座っていた。

その反対側には、厳しい顔をしたしほの姿がある。

「若手の育成なくして、プロ選手の育成はなし得ません。これだけ考えの隔たりがあっては、プロリーグ設置委員会の委員長を私が務めるのは難しいと思います」

慌てて辻が弁解をする。

「いや、それは……。今年度中にプロリーグを設立しなくては、戦車道大会の誘致が出来なくなってしまうのは、先生もご存知《ぞんじ》でしょう」

「優勝した学校を廃校にするのは、文科省が掲げるスポーツ振興の理念に反するのでは？」

しほが冷静に言い放つ。その左隣には蝶野、右隣には角谷会長、そして日本戦車道連盟理事長の姿もあった。

一気に目の前の麦茶を飲むしほ。辻が眼鏡を押さえつつ、さらに弁明する。

「しかしまぐれで優勝した学校ですから……」

それを聞いてしほのこめかみに一瞬力が入り、テーブルに叩《たた》き付《つ》けるようにコップを置く。

「戦車道にまぐれなし。あるのは実力のみ」

「！」

びくっと辻が息を飲む。

追い詰められた表情を見て、しほがふっと言葉を柔らかくする。

「どうしたら認めていただけますか？」

辻は苦し紛れからか、ぼそりと弁明するように口に出した。

「まぁ……大学生強化選手に勝ちでもしたら……」

それを聞いた角谷会長が、間髪を入れずに追い打ちをかける。

「分かりました。勝ったら廃校を撤回してもらえますね」

「えっ!?」

突然の角谷会長の反応に、驚きのあまりに辻の眼鏡がずり落ち、思わず声が裏返った。

しほや蝶野に助けを求めようにも、二人は静かに目を瞑《つぶ》っている。児玉理事長を見ても、素知らぬ顔で目を合わせようとしない。そこに角谷会長が大きく笑みを浮かべて、紙を突き付ける。

「今、ここで覚書《おぼえがき》を交わして下さい。噂《うわさ》では口約束は約束ではないそうですからね」

ペンを差し出す角谷会長。辻は渋い顔で眼鏡を押し上げることしか出来なかった。

後ろでしてやったりの表情を浮かべているしほを見て、辻もこの場は完敗を悟った。だが、この程度で負けを認めていては、魑魅魍魎《ちみもうりょう》が跋扈《ばっこ》する霞ヶ関では生き延びられない。

ここはおとなしく引っ込んで、次の隙を狙うために爪を砥《と》ぐ事を決意する。

塀に覆われた広い敷地に建つアール・ヌーボー調の木造西洋風建築。基本的には二階建てだが、中央に望楼があり、そのてっぺんには風見鶏《かざみどり》のように砲隊鏡が掲げられていた。また、屋根裏には銃眼が穿《うが》たれており、四方の屋根からは潜望鏡が突き出し、前側にある塔の上には戦車の起動輪を象《かたど》ったオブジェがある。隣には廊下で繋がった大広間を持つ和風建築と、戦車倉庫が並んでいる。

裏庭には、戦車戦が行えるほどの広大な敷地が広がっているが、建物の周囲は屋敷林で囲まれているので、屋敷から直接はあまり見えない。

そのために、最上部に望楼が建っていて、室内から指揮をする場合はここを使うという。

これが群馬県にある島田《しまだ》流戦車道宗家であった。※48

和風で質実剛健な西住流とは対照的な、洋風の豪華な事務室のソファーに、西住しほが腰掛けている。周囲の調度品もやはりアール・ヌーボー調の贅《ぜい》を尽した物で揃《そろ》えられており、壁には戦車に纏《まつ》わる多数の書籍や、様々な大会のトロフィーが並び、ソファーの向かい側には清楚《せいそ》で上品な洋装の女性が座っていた。

西住流と並ぶ戦車道の名門、島田流家元の島田千代《ちよ》であった。

しほを見て、千代が笑みを浮かべて祝いの言葉を伝える。

「家元襲名おめでとうございます」

「ありがとうございます」

しほも冷静な顔で返す。

「ここは是非、大学強化チームの責任者である島田流家元にも、ご了承を頂きたいと思いまして」

「分かりました。こちらもやるからには手加減は致しません。廃校になったら、わたくしの所でまとめて面倒を見て差し上げます。ですが……見方によってはこの一戦、島田流と西住流の勝負になりますわね」

やや挑発とも受け取られかねない千代の言葉に、しほは沈黙で返す。

「実は今、うちの娘が大学生強化チームの隊長をしておりますの」

微笑みつつ、重要な内容を千代がしれっと伝える。普段から戦車道関連の情報収集を怠りなく行っているしほとしても、島田流家元の娘が大学強化チームの隊長であることは、戦車道関連の新聞で盛んに書きたてられた内容であり、その程度のことは十分に知っている。

ここは試合を受けて貰う事の方が重要であり、沈黙を貫くしかなかった。


大洗から出たフェリー「さんふらわあ」が到着するのが、北海道の苫小牧港《とまこまい》。そこから真っ直ぐ北に15キロほど進むと、そこには北海道の玄関口である新千歳《しんちとせ》空港がある。苫小牧と千歳を結ぶ国道36号線沿いには、多数の自衛隊基地と日本でも有数の大きさを持つ演習場が存在する。

この演習場を北海道大演習場といい、縦横に戦車を駆け回らせて砲撃を行える広さと欧州や北米にも似た多様な地形があるため、戦車道国際試合の練習場としてうってつけであった。苫小牧港が近いのもあり、大学戦車道や戦車道国際強化選手の特別練習場としても使用されていた。

その原野《げんや》で紅白に分けられた戦車が、模擬戦を行っていた。

赤く塗られたのは、主にパンターやヤークトパンターといったドイツ車輛《しゃりょう》。しかしその大多数が既に撃破され、白旗を上げていた。※49
それに対して、白く塗られた戦車で戦っているのはたった一輛だけであった。残りは全て丘の上に並んだままで、動こうとしていない。しかも、その車輛はM4シャーマン初期型で、強力なドイツ車輛と比べるといささか見劣りがするのは否めない。※50
M4シャーマン初期型は、主砲が75ミリ砲であり、その後の76ミリ砲装備型に比べて初速に劣り、装甲貫徹《かんてつ》力も劣っていた。徹甲弾を使っても100メートルの距離で、30度傾いた80ミリの装甲を抜けるかどうか微妙な性能である。それに対して、パンターは砲塔前面は110ミリ、車体前面も大きく傾斜した80ミリの装甲を持っている。そのため、M4シャーマンではパンターに100メートルまで近付いても、正面からの撃破はほぼ不可能であった。

それに対して、パンターの優秀な70口径75ミリ砲は、3000メートルの距離からM4シャーマンの正面装甲を撃ち抜くことが可能であった。

つまり、M4シャーマンが勝つには、何とかしてパンターの装甲が薄い側面か後方に忍び寄り、至近距離から撃破するしかない。しかも、遠距離で見付かった場合は、一撃で撃破されるのを覚悟する必要がある。

それだけの戦車の能力差がありながら、いくら緩やかに起伏しているとはいえ、見通しの良い草原で擱座《かくざ》しているのは、本来有利なはずの赤チームの車輛ばかりであった。草原の一本道を進むフラッグ車のヤークトパンターも、至近に砲撃を受け、慌てて方向転換を行おうとした瞬間、側面に直撃を受けて白旗を上げた。

砲撃を行った白チームのフラッグ車が、擱座した戦車の中を悠々と走って行く。

その様子を、丘の上に並んだ三輛の白塗りのM４シャーマンのハッチから身を乗り出した車長たちが見つめていた。

彼女たちの無線に、フラッグ車からの通信が入って来る。

『状況終了』

通信からは、可憐《かれん》だが冷静沈着な声が響き、それを聞いた三輛の中央の車長が、感嘆の声を上げる。

「さすが、変幻自在の戦術」

次いで、右側車輛の砲塔の上で、仁王立ちしていた車長が答える。

「ニンジャ戦法と呼ばれるだけあるわ」

「日本戦車道ここに在り！　と知らしめた島田流戦車道の後継者！」

そう、模擬戦とはいえ、一輛だけで十輛の格上車輛を撃破したのは、島田流家元である島田千代の娘、島田愛里寿《ありす》であった。

小さい頃から戦車の申し子として知られ、若干11歳で島田流の中伝を授けられ、さらには13歳にして奥伝を受けると共に、飛び級で大学強化チームの隊長に抜擢《ばってき》された天才である。

そんなことを言われていると知ってか知らずか、フラッグ車が停止し、ハッチが開くと中から小柄な車長、愛里寿が顔を出した。

愛里寿は空を見上げると、ポケットから懐中時計を取り出して、ふたを開く。

ボコの絵が描かれたふたの裏ではなく、時計の針を見つめると、ぽつりと呟いた。

「始まってる……」

一瞬肩を落とすが、安堵《あんど》の声を上げる。

「良かった、録画しておいて……」

そこに車のエンジン音と共に、声が響く。

「隊長！」

その声に、愛里寿が振り返ると、フロントに『大学選抜』と書かれた、多目的車輌のダッジＷＣの中で、指揮車輌として使用されたＷＣ－57が近付いて来た。※51
乗っているのは、丘の上に並んでいたＭ４の三人の車長たちであった。

その中でも、後部座席に立っている、濃い茶色のロングヘアーを自然に流し、大人びたボディラインを持つ、三人の中でもリーダー格ので、こういった時には最初に口を開くメグミが問い掛ける。

「隊長、何かお約束でも？」

「私のプライベートだ。気にする必要はない」

その問いに、静かに答える愛里寿。

助手席の、赤毛をふわりとしたボブカットにして、やや垂れ気味な目と、メグミ以上に豊満なナイスバディが大人の色気を醸し出しているアズミが、メモを片手に伝える。

「先ほど、家元からお電話があったそうです」

「母上から？」

それを聞いて、何事だろうと思う愛里寿。

全員に戦車の回収が完了したら格納庫で解散する様に伝えると、WC－57に乗り込んで宿舎へと向かうように、操縦席のルミに指示を出す。

因《ちな》みにルミは、ブルーアッシュグレーのショートヘアに、やや釣り気味の目に眼鏡を掛けた、スレンダーな体付きをしている。知的な外見とは裏腹に、やや熱くなりやすいが、芯では冷めているというちょっと変わった性格の持ち主でもあった。


演習場の殺風景で狭い宿舎の前に、先ほどのWC－57が停《と》まっている。

その一室で、愛里寿が古いベージュ色の部屋備え付けのプッシュホンで、電話をしていた。

電話機には204号室と書かれ、その後ろには、少しでも殺風景な部屋を変えようと思ったのか、小さなボコたちが料理を囲んでいる籠が置かれている。

『徹底的に叩きのめしなさい。西住流の名が地に墜《お》ちるように。うちは全世界に道場を持ち、門下生の数は西住流よりはるかに多い。なのに、未《いま》だ戦車道といえば西住流と世間は思っている。それを覆すのよ、この一戦で！』

電話の向こうの島田流家元である母親に、愛里寿は冷静に答える。

「試合の件は承知しました。こちらにもお願いしたいことが」

『お願い？』

愛里寿が今までのクールな顔から、少し子供の表情を見せる。

「私が勝ったら、ボコミュージアムのスポンサーになって欲しいんだけど。このままでは廃館になっちゃうの」

一瞬、電話の向こうで沈黙があり、不安そうに愛里寿の目が潤んだ。

『……仕様がないわね』

「お母様、ありがとう」

母親の承諾にほっとして、心からの感謝を伝えると電話を切る。

電話の間ずっと握り締めていた右手を持ち上げると、そこにはボコのぬいぐるみ。

ボコミュージアムで、みほに譲って貰った、最後の一つと書いてあったレア物の開腹ボコだった。

「大丈夫。わたしが助けてあげるからね」

手の中の開腹ボコに、愛里寿が優しく話しかける。

夕日に包まれ、赤く染まった仮待機所の元学校。

遠くではカラスが鳴いて、ねぐらへと帰って行く。

河嶋がその校庭で、大量のパイプ椅子や段ボール箱を積んだリヤカーを、重そうに引いている。

リヤカーが前を通り過ぎると、提灯金治郎《ちょうちんきんじろう》の像の頭の照明が灯《とも》り、辺りを照らした。

この像は、江戸時代に貧窮した家計を助けるために山から薪《まき》集めをして、その間も読書を続け、更には自ら堤防に植えた菜種《なたね》から油を搾り、それを灯した提灯を頭に付けて夜も惜しんで勉強を続けたという金治郎の姿を現している。長じてからは農村復興に尽力したのが模範とされたため、あちこちの学校などに像が建てられたという。

だが、農業から工業に産業の中心が移行すると共に、この像も見かけなくなっていった。

河嶋の苦労してリヤカーを引く姿が、まるで提灯金治郎の苦学姿のようであったが、あと少しでゴミ置き場という所で、足元がおぼつかなくなってつんのめる。

「うわっ、あぶっ！」

直後、リヤカーから段ボール箱が落下、それが頭に当たって河嶋が地面に倒れると、バランスを崩したパイプ椅子がその上に降り注いだ。

流石《さすが》の河嶋もぶぜんとした顔で、埃にまみれたまま、ごみの中からむっくりと体を起こす。

折れかけた心を何とか持ち直して、きっと顔を上げると、校門に小さな姿が見える。

河嶋がじっと見つめ、誰なのか気が付いてハッとする。

そこには、角谷会長が夕日の中に立ち、ニッコリと微笑んでいた。

「ただいま」

河嶋の目に、じわっと涙がにじんで来る。

「かいちょ――――――！」

慌ててゴミの山から立ち上がると、角谷会長へと駆け寄って行く。

その腰辺りにぶつかるように抱き付いて、耐え切れずに号泣する。

角谷会長が、優しくその頭をなでる。

暗くなり始めた校庭に緊急警報が鳴り響き、直後、小山の声が周辺に響いた。

「非常呼集、非常呼集！　会長が帰還されました！　戦車道履修《りしゅう》者はただちに講堂に集合！　繰り返します！　戦車道履修者はただちに集合！」

ポルシェティーガーのエンジンを降ろし、ベンチテストをしていた自動車部がはっとする。

Ⅲ突の上で、ゲームと屋根にしていたタープを片付けている歴女たちもスピーカーを見上げる。

練習を終えたバレー部が、八九式で仮待機所の学校に戻る途中だったが、放送を聞いて砂浜を爆走する。

筋トレの最中のアリクイさんチームも、放送を聞いて表情を硬くする。

「とにかく……行くにゃー！」

ねこにゃーが、軽々とバーベルを投げ捨てて起き上がる。

ちょうどみほと、おばあの手作りおはぎをお土産として手にした麻子《まこ》が戻って来たばかりで、沙《さ》織《おり》、華《はな》、優花里《ゆかり》の三人がそれを迎えていた所だった。

涸沼《ひぬま》川で野営中だったウサギさんチームの周囲には、大量のハゼが干物となってぶら下がっており、隣には手製のモリや籠、縄文式土器が並び、公園には学校から借りたテントではなく、ネイティブアメリカンのテントであり、アメリカ軍のサバイバルマニュアルにもパラシュートを使って作る方法が記載されているティピーが建てられていた。更に、ジャングルジムの上には、どこから入手したのか、シカの頭骨を使った杖《つえ》を持った呪術師姿の紗希《さき》が座っている。

一年生の元までも放送は届いていたが、放送に変な声が混ざって聞こえているのに、桂利奈《かりな》が首を傾げて訝《いぶか》しんだ。

「ねぇ、後ろでヘンな声聞こえない？」

「こわ〜い」

それを聞いて、あやが怖がるふりだけをする。

放送室で小山がマイクに叫び続けているが、その横では河嶋がまるで決壊した堤防のように泣き続けており、その声が混ざっていたのだった。

流石に小山も呆《あき》れてたしなめる。

「桃ちゃん、静かに」

放送の間にも続々と戦車道履修者が講堂に集合し、一番遠くにいたウサギさんチームがM3リーを校庭に止めて、最後に駆け込んで来た。

意外にも遠くまで練習に行っていたバレー部が最初で、次いで歴女、後片付けで手間取った自動車部がその次。ネトゲチームがその後に続き、私服だったみほが制服に着替えるのに手間取ったため、あんこうチームがブービーだった。

まだ落ち着いていない河嶋が、ハンカチを手にしたままその前に立つ。

「全員集まったな」

だが、あゆみが最後列で手を上げる。

「カモさんチームが来てませ～ん！」

「何――――！」

河嶋がブチ切れるが、平然と麻子が回れ右をすると、出口に向かって歩き出す。

隣にいた沙織が、それに気が付いて声を掛ける。

「どこ行くの？」

「遅刻を取り締まってくる」

麻子は無表情で答えて、講堂を出るとニワトリ小屋に向かった。

ニワトリ小屋の中には、やさぐれた風紀委員が、服装も乱れまくった姿でタイヤに座り込んでいた。リスのようにキュウリを齧《かじ》るゴモヨ、パゾ美が手にしたキュウリを二つに折ると、そど子に渡す。そど子はそれを受け取ると、やけくそのように食い千切る。

そこに入って来る麻子。

「何してる」

「関係ないでしょ」

そど子が、ツンとしたままキュウリを齧る。

「集合だ」

「いやだ」

パゾ美が黙ったそど子に代わって答え、続いて髪の毛が寝ぐせだらけのゴモヨも口を開く。

「集まって何するってのよ」

麻子が問答無用で、そど子の腕を掴《つか》んで引っ張る。

「いいから来い！」

「何すんのよ～離しなさいよ～わたし達のことなんか放っといてよ～」

嫌がってジタバタするそど子を、真剣な顔の麻子が力強く、かつ無理やり立ち上がらせる。

「そど子がいないと風紀が乱れるだろ！」

それを聞いて、涙を浮かべたそど子が一瞬石のように固くなる。

照れて、麻子もちょっと俯いた。

「それにちょっと寂しい」

そど子も涙腺が決壊し、麻子から顔を逸《そ》らす。ゴモヨとパゾ美も思わず貰い涙で鼻をすり上げた。

それでも、まだそど子は泣きながらも強がりを言う。

「私達は寂しくないんだからぁ～～っ！」

だが、そど子の目からはボロボロと涙がこぼれており、ゴモヨとパゾ美も号泣していた。寂しかったのは隠しようも無かった。

結局麻子が、説得に折れたそど子の手を引いて、その後にゴモヨとパゾ美がそれぞれ裾を掴んで講堂へ向かう。

何とか講堂に到着したが、そど子たちは最後尾でまだぐすぐすと泣いていた。さすがに、見るに見かねて沙織がそど子にハンカチを渡すが、受け取ると思わず鼻をかんだ。

「それはやめてよ〜」

ドン引きする沙織。

何とか全員が集まったので、角谷会長が一同を見回すと、重大発表を行う。

「みんな！　実は、試合が決まった」

どよめく一同。河嶋や小山も初耳であり、驚いて目を丸くして角谷会長を見つめる。

「試合？」

角谷会長が、顔をきっと上げると、真剣な顔で話を続ける。

「大学強化チームとだ！」

思わぬ相手に、みほと優花里が揃って驚愕《きょうがく》する。

「大学強化チームとの試合で勝てば、今度こそ廃校は撤回される！」

力強く言う角谷会長だが、みほがショックで目を伏せると、優花里が心配そうに見つめる。

「文科省局長から念書も取ってきた！　日本戦車道連盟、大学戦車道連盟、高校戦車道連盟の承認も貰った！」

角谷会長が、背後に隠していた書類を見せると、河嶋が感激して角谷会長の肩に縋《すが》り付《つ》く。

「さすが会長〜〜！」

「やっぱりちゃんと動いてくれてたんですね！」

小山も泣きながら角谷会長に笑みを見せる。

だが、盛り上がる生徒会とは裏腹に、列の中心で腕を組んだカエサルが、まだ不審げな他の生徒を代弁して声を上げた。

「会長！　もう隠してることはないですよね」

それに対して、角谷会長が、自信満々に胸を張って言い切った。

「ない！」

近藤《こんどう》に肩を掴まれた磯辺《いそべ》が、会長に喰《く》ってかかる。

「勝ったら本当に廃校撤回なんですね！」

「そうだ！」

角谷会長が満面の笑みで答える。

直後、ややすまなそうに表情を引き締める。

「無理な戦いということはわかっている。だが……必ず勝って、みんなで大洗に」

角谷会長が話しながら壇上から飛び降りると、全員の前に歩み寄り、もう一度きりっと顔を上げて力強く宣言する。

「学園艦に帰ろう！」

それを聞いてガッツポーズをしながら、大いに盛り上がる一同。

「やるぜよ！」

「敗者復活！」

真剣な顔になる風紀委員たち。

その横で、華が沙織に向き直る。

「頑張りましょう！」

「オ────ッ！」

沙織が右手を突き上げてガッツポーズをする。

その様子を麻子だけが一人、ぼーっと見ていると、その後ろからそど子がツッコミを入れた。

「あんたもオ──ッとか言いなさいよ！」

そど子の後ろで、ゴモヨとパゾ美が小さくガッツポーズをする。

「オー」

「はいはい」

呆れた麻子は、やれやれという感じで肩をすくめるが、それでも嬉しそうだ。

大いに喜ぶ一同の中で、真剣な顔を崩さないみほを見て、優花里が心配して恐る恐る声を掛ける。

「西住どの……」

真剣な顔のままみほは優花里を見て、お互いに頷きあう。

みほはこの試合は決して楽ではないが、何としても勝たなければならないと、強く決意を新たにした。そのためには、優花里の、そしてチーム全員の協力が必要なのだ。

第七章　予兆

角谷《かどたに》会長が使用している元校長室に各チームのリーダーが集まって、緊急作戦会議を行っていた。

その横で、優花里《ゆかり》が荷物をごそごそと漁《あさ》っている。

「えーっと、ちょっと待って下さいね。確か、大学選抜の試合の新聞は……」

「まさか、その新聞の内容全部覚えているの？」

沙織《さおり》が驚いて尋ねると、優花里が苦笑する。

「そんな訳ないですよ」

「だよねー」

「重要な見出しだけです」

「それでも大概だよ」

しれっと答えた優花里に、沙織が思わずツッコむ。

「ありました！」

優花里が嬉《うれ》しそうに、新聞の束から一部を抜き出して、テーブルの上に広げる。

集まっているメンバーが顔を突き合わせてのぞき込むと、そこには、『大学選抜大金星』『社会人チーム撃破』の文字が躍っており、内容を見て取ったナカジマが驚愕《きょうがく》する。

「社会人を破ったチーム!?」

磯辺《いそべ》も内容がとんでもないことに気が付いた。

「しかも相手のくろがね工業って、実業団関西地区二位だって」

それを聞いて、河嶋《かわしま》が真っ青になる。

「いくら何でも無理ですよ！」

「無理は承知だよ〜」

平然と角谷会長が言い放ったので、河嶋はみほに向き直る。

「西住《にしずみ》、どう思う！」

みほはみほで、新聞の写真に写っている大学選抜の隊長を指差して、何かを思い出そうとしていた。

「選抜チームの隊長……どこかで見た気が」

小山《こやま》がみほの見ている写真を見つめる。

「島田愛里寿《しまだありす》？」

「天才少女っていわれてるらしいな。飛び級したとか」

写真の下の文章をカエサルが読み上げると、ねこにゃーが意外な博識ぶりを見せる。

「島田流家元の娘なんだよね」

それを聞いて。ボコミュージアムで出会った少女を思い出すみほ。

「あ！」

そこに角谷会長が、爆弾発言を続けた。

「つまりこの試合は、島田流対西住流の対決でもあるんだな〜」

「で、相手は何輛《りょう》出して来るんですか？」

磯辺が、作戦会議を行うのに当然の質問を行うと、力なくみほが答える。

「30輛」

それを聞いて驚く一同。

河嶋が、がくっと膝から崩れ落ち、床に座り込んで絶望の叫びを上げる。

「もうだめだ」

「今からでも遅くありません。署名とか抗議とか泣き落としとか、何か別の方法を！」

小山も強く主張するが、直接対決して何とかこの条件をもぎ取って来た角谷会長には、そんな手段がもう残されていないのを十分に理解していた。しかも、時間が経《た》てば経つほど文科省側が有利になり、大洗《おおあらい》復活の目は無くなるとも。

「その場しのぎにしか過ぎないよ。何かしら強みのない学校は、結局は淘汰《とうた》されちゃうからね」

角谷会長の言葉に、河嶋がテンパって、みほに縋《すが》り付《つ》く。

「西住、貴様からも勝つのは無理だと伝えてくれ！」

みほも険しい表情になって、少し考えて答える。

「確かに今の状態では勝てません」

河嶋が我が意を得たりとばかりに、小さく頷《うなず》く。

だが、みほは真剣な表情を浮かべて言葉を続ける。

「ですが、この条件を取り付けるのも、大変だったと思うんです」

河嶋と小山が、その意外な言葉に驚きを隠せない。

「普通は無理でも、戦車に通れない道はありません。戦車は火砕流《かさいりゅう》の中だって進むんです。困難な道ですが、勝てる手を考えましょう」

みほの覚悟を見て、各車長たちも覚悟を決める。満足げな角谷会長。

磯辺、カエサル、梓《あずさ》、そど子、ナカジマ、ねこにゃーが真剣な表情を浮かべ、そど子が力強く頷き代表して答える。

「はい」

「分かりました」

梓もそれに続く。

するとカエサルが、地形図と戦車のコマを取り出してテーブルに載せる。

「早速、作戦会議だな」

「長い会議になりそうね」

やれやれと言った表情を浮かべるそど子。小山が後ろからにっこりして、何かを取り出して来る。

「はい、おにぎり作っておいたから」

それを見て、河嶋も息をつくと、覚悟を決める。

「それでは作戦会議を開始する！」

大洗が作戦会議を行っている頃、聖グロリアーナ女学院の「紅茶の園《その》」では優雅なアフタヌーン・

ティーが行われていた。

　オレンジペコがスコーンにジャムを塗ると、ダージリンに差し出す。

　それをダージリンが優雅に受け取って、一口齧《かじ》る。

「あら、美味《おい》しい」

「新しいコケモモのジャムが手に入りましたので」

「コケモモ？　フィンランドからかしら？」

「はい」

　紅茶を一口飲んだアッサムが、ファイルをめくる。

「大洗のみなさん、大変ですわね。たった8輌で30輌のチームと戦うとか」

「さすがにこれで大洗も終わりね」

　優雅に紅茶を飲むダージリンを見て、オレンジペコがやや眉を顰《ひそ》めた。

「いいんですか、このままで……」

　再びダージリンが、お茶を口に運びかけて、手を止める。

「こんな言葉を知ってる？　世界がもし明日で終わりだとしても、私は今日もりんごの種を撒《ま》くだろう」

　ダージリンの意味不明な格言に、オレンジペコが問い詰めた。

「……何をなさる気ですか？」

　それに答えず、ダージリンは優雅にアッサムに指示を出す。

「ふふっ、勘が当たったわ。アッサム、例の物の用意を」

Ⅳ号戦車の上で、みほが電話を受けていた。

電話の向こうからは、ハンズフリーにもしていないのに、Ⅳ号の全員に聞こえるほどの大きな声が響いていた。

『うちのチハならいくらでもお貸しします！　新砲塔ですか、旧砲塔ですか!?』

「あー、あれは西隊長《にし》ですね」

「元気良いよね」

優花里と沙織がこそこそと話している。

「ありがたいんですけど……ほかの学校の戦車で増強することは、禁止されているので」

『えっ、そうなんですか!?』

「はい」

『何か出来ることがあれば何でも言って下さい！　粉骨砕身します！』

「ありがとうございます」

そう言うと、みほが電話を切った。

沙織が電話機を受け取ると、何の気なしに聞いてみる。

「また断っちゃったの？」

「うん、ルールだから……」

それにみほが暗い顔で答えると、華《はな》が続ける。

「もう皆さんご存知《ぞんじ》なんですね、試合のこと」

「サンダースからもプラウダからも電話かかってきたんでしょ」

沙織の問いに、頷くみほ。

「皆さん、心配してくださってるんですね……」

優花里がしみじみと呟《つぶや》く。


その間にも、各チームは移動前の最後の調整と訓練を行っている。

相手が手ごわいと聞いて、少しでも練度を上げようとしていたのだった。

これが学園艦での移動ならばその間も訓練が行えるが、今回は大洗発の「さんふらわあ」で移動するので、戦車に乗っての訓練は恐らくこれが最後になる。

みほがⅣ号の上から、その様子をじっと見つめている。

「みんな確実に腕を上げてる……こっちの戦力を削《そ》がずに、確実にフラッグ車を狙えば、勝機はあるはず。少ない時間だけど、ちょっとでも連携を強められれば」

戦車の性能も数も練度も上回っている相手に対しての勝ち目は、全員が連携しつつ一丸となって、どれだけやられようとも、相手のフラッグ車だけを確実に仕留めることにしか無かった。

そう悩んでいる間にも出港時間は迫って来て、訓練を終わらせると全車輌《しゃりょう》が大洗港へと向かう。

そして、次々と「さんふらわあ」の中へと入って行った。

暫《しばら》くすると、「さんふらわあ」は出港し、北に向かって静かに進んで行く。


自動車部がフェリーの車輛甲板で、それぞれの戦車の最終チェックをしている。こんな時間でも、まだポルシェティーガーのエンジンを降ろし、スズキが何かを弄《いじ》っていた。

そこに優花里がやってきて、何かの図面を見せると作業に取り掛かる。沙織と華も駆り出され、大掛かりな作業になっていった。麻子《まこ》も、最初は何かを助言していたが、途中で舟をこぎ始めたので、沙織が隅の方に寝かせに行く。

甲板では、意外にも歴女とバレー部が一緒になって地図を見て、コマを動かしながら作戦の検討を行っていた。ただ、左衛門佐《さえもんざ》とおりょう、あけびの三人だけは後ろで大量の板を前にして、何かの作業をしていた。

「ちゃんとゴミはゴミ箱に！」

船内見回り中のそど子が、それを見て注意する。

一方、ウサギさんチームとアリクイさんチームが一緒になって、沙織の書いた戦車メモを見て戦車の研究をしている。アリクイさんチームがゲームで覚えた戦車の形状やスペックを披露し、ウサギさんチームが感心するような一面もあった。

そして会議室では、みほが地図を見て暗い顔を浮かべていた。

「島田流の弱点、それを突く手を……一輛での実力は恐らくうちの誰よりも強いはず。ポルシェティーガーとⅢ突を囮《おとり》にして、機動力のある八九式とヘッツァーで挟んで動けなくして……何か手を考えさえすれば」

優花里の調べた過去の対戦データを元に、戦車の形のコマを動かしつつ、強行突破の手段をあれこれ考える。

だが戦車の数が圧倒的に不足しており、相手を分断をしようにも、囮作戦が使えない。

ほぼ八方塞がりであったが、まだみほは諦めてはいなかった。最悪、単騎で自分たちと向こうのフラッグ車がぶつかりさえすれば、勝機はある。


18時間の航海は、ただ乗っているだけなら長いが、今回のようにやる事が大量にある場合は一瞬のようであった。

気が付くと船は苫小牧港《とまこまい》へと接岸していた。タラップから戦車が降りてくる。

そのまま、国道36号線を北へとひた走る。

一時間もしないで試合会場へと到着し、一同は用意されたかまぼこ型宿舎へと案内される。

それを見て、目を輝かせる優花里。

「おおークォンセットハット、しかも太平洋戦域で使用されたパシフィックハットでありますよ」

「かまぼこみたいだね」

「日本語ではかまぼこ兵舎とも言いますから」

沙織が見たまんまの感想を述べると、優花里が真っ先に中に入って電気をつける。

その後に、あんこうチームを先頭に、全チームが続いた。

「では、作戦を説明します」

全チームが中に入ったのを確認して、みほが作戦を説明する。

「おそらく相手はパーシングを出してくると思います。斜面を登るのは不得意な車輌なので、なるべく山がちなところで戦ってください。相手を分断して、側面や後方から確実に履帯《りたい》を狙うこと。まず戦力を削いでから、フラッグ車を倒しましょう」※52
それを聞いて、力強く一同が頷く。

「はい！」

だが、突然そこに文科省の辻《つじ》局長と、日本戦車道連盟の児玉《こだま》理事長が入って来た。

口元に笑いがにじんでいる辻と、後ろで汗を拭いている理事長を見て、角谷会長は猛烈に嫌な予感がする。他のメンバーも不審げに辻を見つめている。

そんな目で見られているのを無視して、辻が、何かを促すように理事長をらっと見た。

仕方なさそうに理事長が、咳払《せきばら》いをしてから口を開いた。

「え〜明日の試合について、説明があります」

今更何を、と思うみほ。

「…………？」

みほの困惑をよそに、理事長は説明を続ける。

「明日は殲滅《せんめつ》戦で行います」

それを聞いて、ざわつく一同。愕然《がくぜん》としたみほの頬《ほお》を冷や汗が流れる。

あやが隣のあゆみに小さく尋ねる。

「殲滅戦って何だったたっけ？」

「相手の車輌を全部やっつけた方が勝つんだよ」

「そうなんだー」

事態が飲み込めず、ただ感心して聞いている優季《ゆうき》。

ショックから立ち直ったみほが口を開く。

「あの、30輌に対して8輌で、その上突然殲滅戦っていうのは……」

それに対して辻が淡々と、さも当たり前な事務連絡であるかのように言い放つ。

「予定されるプロリーグでは、殲滅戦が基本ルールとなっていますので、それに合わせて頂きたい。承認できないなら棄権しても一向に構いません」

しーんとなる一同。辻の横では理事長がすまなそうな表情を浮かべている。

「もう大会準備は、殲滅戦で進めてるんだって……」

「辞退するなら、早めに申し出るように」

それだけを言うと、足早に辻が宿舎から出て行く。

河嶋がへたへたと崩れ落ち、一同もまだ事態が飲み込めずに呆然《ぼうぜん》としている。

そんな中で、理事長が書類をそっと角谷会長に渡し、耳元で囁《ささや》く。

「プロリーグルールは高校ルールとは違う。これに目を通しておくように」

かまぼこ型宿舎とは別の、コンクリート製の殺風景な宿舎。

そのロビーでは、愛里寿が作戦の最終確認を行っていた。

「明日は殲滅戦だそうです」

メグミが入って来るなり、愛里寿に伝える。

それを聞いて、驚く愛里寿。

「殲滅戦？」

「そう決まったんだって」

メグミの言葉にアズミとルミも驚きを隠せない。

「だって相手は8輌でしょ？　しかも高校生……」

「ちょっと可哀想《かわいそう》だよね」

二人がひそひそと話すのに、愛里寿が言い放つ。

「試合に可哀相《かわいそう》も何もない」

そのまま、靴音高く歩くと、愛里寿は静かに窓から空を見上げる。


満天の星の演習場。

そこではみほが地図を手に、会場の下見をしていた。通常は学園艦で到着するなり試合になるので、下見をする暇がないが、今回のようにそのチャンスがあれば、少しでも実際に歩いて戦場を確認するのは、戦車道では非常に重要であった。

土のしまり具合、水分の多寡、周辺の植生を読み、空気の雰囲気や空模様から明日の天気を判断し、地形と天気を味方に付ける。

そんなみほの後ろに、角谷会長が静かに立った。

「苦労かけるね」

突然の声に、みほがちょっと驚いて振り返る。

「あ、いえ……」

「どうする？　明日の試合」

角谷会長の意外な質問に、みほが目をぱちくりさせる。

「え？」

「辞退するという選択肢も……」

弱々しげな角谷会長の声を、みほが強く否定する。

「それはありません。退いたら、道は無くなります」

それを聞いて、角谷会長が少しほっとしたように肩の力を抜くと、小さく笑って頷いた。

「うん」

星を見上げる二人。

「……厳しい戦いになるな」

「私たちの戦いはいつもそうです。でも……」

「みぽり〜ん」

そこに割り込んで来る沙織の声。静かに振り向くと、そこには手を振りながら坂を上って来る沙織、優花里、華、麻子の姿があった。

それを見て、みほが微笑《ほほえ》む。

「みんながいますから」


ガールズ＆パンツァー劇場版（下）へつづく

解説

※１・Ⅳ号戦車

　ドイツの中戦車で、大洗女子学園であんこうチームが使用しているのはH型相当だが、正確にはⅣ号戦車D型長砲身増加装甲改修型。

　Ⅳ号戦車は、改良を続けながら生産が行われた。その結果、多数のバージョンが生まれたが、旧式となった車輌も修理の際に増加装甲やより強力な砲が追加され、新型戦車相当に改良されたり、自走砲などに改修されたりすることも珍しくなかった。また、D型などの一部は訓練部隊や補充部隊に配備されたほか、一部は戦車道用に払い下げが行われ、訓練に使用された。こうした訓練用の車輌は、主砲を長砲身の48口径長75ミリ砲に換装、車体各所に装甲を追加、ライトなどの装備品も新しい物に取り換えられ、当時の最新型相当に改良されている。これはⅣ号戦車だけではなく、戦車では部品が合いさえすれば、他の形式や別車輌用のものを転用することは珍しくなく、色々な形式がまじりあった車輌の写真も多数残っている。場合によっては、砲塔リングの直径が同じ別の型の砲塔を乗せることもあり、B型もしくはC型の車体にD型の砲塔が乗っているどころか、J型にD型の砲塔を乗せて長砲身砲を乗せた例まであった。

　大洗女子学園では雑多な車輌を使用しているが、過去にⅣ号戦車を多数保有していた模様で、色々なタイプのパーツが残っていた。完全な車輌として残っていたのは、ほとんど改造が行われていないⅣ号D型だけで、この車輌を自動車部がレストアしてあんこうチームの使用車輌となった。その後、試合を繰り返すに従って部品が交換され、旧部室棟の裏で物干し竿代わりに使用されていた43口径75ミリ砲が発見された時点で、大幅な改修が行われている。次いで、決勝戦に向けて新たに入手した48口径75ミリ砲に換装、各部も再度改装を行った上にシュルツェン（ドイツ語でエプロン。補助装甲板で、対戦車ライフルや破片などの被害を守るために付けられたが、主装甲から離れているので、成形炸薬弾に対しても効果があった）が取り付けられ、出来る限りの強化が行われた。

　この際に、変速機やエンジンの換装、車体前面に30ミリの傾斜装甲を付ける案なども出たが、改装に時間がかかるのと、装甲を増やすと機動性が落ちるとのみほの一言でキャンセルされている。同様に、車体前面に改装時に交換した旧型履帯を取り付けて簡易装甲とする案や、排土用のドーザーを取り付ける案もあったが、これも機動性の面から断念されている。結果的に前述の改装に加え、信頼性を落とさない程度のエンジンのチューンナップが行われた。

※２・Ⅲ突

　Ⅲ号突撃砲の略称で、大洗女子学園では、歴女たちのカバさんチームがF型を使用。他にも継続高校、青師団高校、ヨーグルト学園など、ドイツ系装備を使用している学校でも使用されている。黒森峰女学園でも保有している模様だが、あまり試合では見掛けない。

　１９３６年に、ダイムラーベンツ社に対して、最低でも75ミリ以上の砲を装備し、車高が人間の平均身長以下の歩兵直協支援用車輌の開発が指示された。歩兵部隊は通常、小銃と手榴弾、せいぜい機関銃程度の武器しか所持しておらず、最前線で遭遇した敵が塹壕や建物に籠っていたりすると突破に苦慮し、進撃が止まるのを経験したドイツ軍は、歩兵と共に進撃可能な火力支援兵器を必要としていた。後方からの砲撃や航空支援では時間もかかり、また精度も高くなかったので、歩兵部隊でも簡単に持ち運べる歩兵砲や迫撃砲が作られたが、運搬に手間がかかり、装甲化されていないと簡単に撃破されてしまう。また即時に移動できないと的となってしまうので、迅速な機動力も必要であった。これらを兼ね備えた兵器として開発されたのが、突撃砲であった。発注を受けたダイムラーベンツ社は、同社にて開発中だったⅢ号戦車B型の車体に、75ミリ短砲身砲ＳｔｕＫ37Ｌ／24を搭載した軟鋼製の戦闘室を組み合わせて作り上げたのが、突撃砲（Ｓｔｕｒｍｇｅｓｃｈüｔｚ：略称はＳｔｕＧ）の試作車であった。5輌作られた試作車のテストは良好で、直ちにA型として採用され、1940年から量産が開始された。E型までは短砲身砲を搭載していたが、1941年9月にT－34などの新型戦車に対抗可能とするため、装甲強化と長砲身砲の搭載が要求された。そのため、E型に75ｍｍＳｔｕＫ40Ｌ／43長砲身砲を搭載したのが、F型である。装甲強化に関しては、F型初期はE型と同じであったが、後期型では前面に増加装甲が取り付けられ、更に戦闘室前面形状の変更で防御力を強化した。他にも、主砲の硝煙排気用ファンが取り付けられ、砲撃によって戦闘室内の空気が汚れても、特に重労働である装填手の装填速度が低下しないように配慮されている。なお当初は、突撃砲はこの一種類のみであったので、Ⅲ号とは付けられていなかった。しかし、1943年にⅣ号戦車の車台にF型の戦闘室を取り付ける試験が行われ、Ⅳ号突撃砲が誕生した。これにより、Ⅲ号戦車の車台を利用した突撃砲は、Ⅲ号突撃砲と呼ばれるようになった。また、A型からF型までは同じ車台を使用しているが、次のF／8型と最終型のG型では、主要部装甲を増加したⅢ号戦車J型以降の車台を使用している。

※3・クルセイダー巡航戦車

聖グロリアーナ女学院の三本柱の一つ。

BT戦車に影響を受けて作られた巡航戦車Ｍｋ・Ⅲ（Ａ13）、次いでその装甲強化型のＭｋ・Ⅳ（Ａ13Ｍｋ・Ⅱ）が作られたが、より強力な巡航戦車が必要となり、Ａ13Ｍｋ・Ⅲとして巡航戦車Ｍｋ・Ⅴカヴェナンターが作られた。カヴェナンターと出来るだけ部品を共用しつつ、大型化することを前提に並行開発されたのが、巡航戦車Ｍｋ・Ⅵクルセイダーであった。だが、カヴェナンターが冷却不足から走るサウナと化すほどの失敗作であったため、先に試作型が完成していたクルセイダーが代わって実戦投入された。初期には車体前部に機関銃塔が備えられていたが、換気装置の無い欠陥品であったためにすぐに外され、乗員も1名減った。次いで、2ポンド砲では主砲威力が不足していたので6ポンド砲を搭載すると、装填手の乗るスペースが無く、更に乗員が減少し3名となった。エンジンの回転数を一定に保つガバナーを解除すると、最高速度は時速60キロまで上昇するが、その分故障も増加した。ただ、戦車道では試合時間も短く、試合ごとに細かいメンテナンスが出来るので、むしろ速度を限界ぎりぎりまで上昇させていることが多い。また、戦車道では6ポンド砲装備型に、無理やり装填手を乗せている場合もある。

※4・クロムウェル巡航戦車

聖グロリアーナ女学院の保有戦車の一つ。

ダージリンが、ＯＧ会に対して粘り強い交渉を行った結果、第63回戦車道全国高校生大会の準決勝で使用することができた車輌。クルセイダー巡航戦車の後継として開発され、最大76ミリの装甲と75ミリ砲を装備しているにもかかわらず、スピットファイアなどに搭載された、ロールス・ロイス社の優秀なエンジンであるマーリンの戦車用であるミーティアを搭載し、路上で時速64キロを発揮可能であった。そのため、当時世界最速の戦車と呼ばれるほどで、この車輌をベースに、後により優秀なコメット巡航戦車、チャレンジャー巡航戦車が開発されている。チャーチルにも搭載されているメリット・ブラウン式の変速・操向装置を搭載、また溶接構造を取り入れたことで生産性も向上し、各部の改良によって全体の信頼性も向上している。

※5・九七式中戦車チハ

知波単学園で主に使用されている旧日本陸軍の中戦車。

八九式中戦車に続いて、１９３６年に日本で開発が開始された。１９３０年代に各国で戦車の運用法の一つとして、軽戦車と中戦車を組み合わせた部隊が考えられており、日本でもそれは同様だった。

本来軽戦車だった八九式中戦車の後継として九五式軽戦車が採用になると、八九式中戦車ではその速度について行けず、より高速な中戦車が必要となった。そのため、九五式軽戦車を拡大して二人乗り砲塔を採用、装甲も37ミリ砲に耐えられるように強化した車輌として、九七式中戦車が開発された。

大型化と装甲強化などによって、重量も15トン近くになったが最高速度は時速38キロと、九五式軽戦車にやや劣る程度で、充分な機動力を有していた。また無線も搭載され、旧砲塔型では特徴的な鉢巻アンテナを装備している。だが、戦車の発達に伴い、支援用の57ミリ砲では対戦車能力が不十分で、より貫徹力を増した一式47ミリ戦車砲を搭載した新型砲塔に換装された。これが新砲塔チハ（九七式中戦車改）で、１９４２年後半から採用となった。だが、多少強化されたとはいえ、各国の重装甲重武装化する戦車に対しては、15トン程度の小型戦車では対抗が難しく、戦車道でも遠距離から正面撃破されることが多かった。

※6・九五式軽戦車ハ号

旧日本陸軍の軽戦車。

日本では１９２９年に八九式軽戦車（後に中戦車となる）を採用したが、自動車と戦車の性能向上は早く、すぐに軽戦車として使うのには速度不足となった。更に10トン以上の車重は日本が求めている運用法として重すぎ、6トン程度の高速かつ軽快な軽戦車が必要であった。その要求に従って新たな軽戦車の開発が行われ、１９３４年に試作車が完成、重量が7・5トンを超えたので軽量化改修が行われた。試験結果は良好で、35年に九五式軽戦車として仮採用が決定した。6トン程度の重量しかないので、装甲はかろうじて小銃に耐えられる程度の厚さしかなく、曲面を多用して被弾経始に配慮していても、非常に貧弱であった。主砲は各国の同時期の戦車同様37ミリ砲を搭載し、決して劣るものではなかったが、歩兵用の狙撃砲を改良したため、装薬が少なく初速が遅く威力的には不足気味であった。だが、軽量なのもあって機動力と航続力に優れており、小回りの利く車輌であった。また、小さい車輌なので内部は狭く、乗員は出来るだけ小さい方が良かったので、本車を多用している知波単学園などでは、背の小さい生徒を優先して乗せる様にしている。

※7・カンテレ

フィンランドの民族楽器。フィンランド民間伝承の登場人物で吟遊詩人のワイナミョイネンが、大カマスの顎骨に馬の毛を張って作ったのが最初のカンテレと言われている。形状としては、くりぬいた木の板に5から46本の弦を張った楽器で、膝の上やテーブルに置いて指先で弾いて演奏する。

※8・テケ車

九七式軽装甲車テケ。軽装甲車とあるが、実質的な豆戦車である。九四式軽装甲車（ＴＫ車）の後継として、１９３０年後半に開発された5トン未満の豆戦車。普通乗用車程度の大きさの車体に、最大でも12ミリのせいぜい機関銃を防ぐ程度の装甲と、旋回砲塔に九五式軽戦車と同じ37ミリ砲を備え、65馬力の空冷直列４気筒ディーゼルエンジンで最高時速42キロで走行が可能であった。主砲を搭載しない機関銃のみのタイプもあったが、基本的に戦車道やタンカスロン用には戦車砲搭載型に改造されている。また、本編で登場した車輛は、厳選されたパーツを使った、ノーマルよりも強力なエンジンに換装されており、足回りもそれに見合った強化がされ、不整地でも時速60キロ以上を発揮可能という快速戦車となっていた。

※9・BT‐42

継続高校で使用されている、フィンランドが開発した自走砲。１９４２年に旧ソ連のＢＴ‐7戦車をベースに、車体自体はオリジナルのままで、フィンランドで独自に砲塔を拡大して、旧式のイギリス製オードナンスＱＦ４・５インチ榴弾砲を搭載したものである。この砲は、１９０８年に制式採用となった旧式の砲で、弾頭と薬莢が分かれており、戦車砲向きではなかった。大きな砲を搭載したにもかかわらず、それ以外の性能はオリジナルと大差無かった（バランスはさておき）と言われ、元々のＢＴ‐7同様、装軌状態で時速52キロ、履帯を外した装輪状態なら時速72キロを発揮可能だった。履帯を外して装輪走行をする際は、駆動転輪と設置転輪をチェーンで繋ぎ、レバー操作ではなくハンドルに操作を切り替えて操縦を行った。航続距離も装軌状態で３７５ｋｍ、装輪状態だと４６０ｋｍと極めて長く、広大な土地で戦うのには適していた。ただ、細く滑り止めの無い履帯は雪上では使い勝手が悪く、装甲も薄いのが欠点で、更にはＢＴ‐42に改造されると砲の俯仰ハンドルと砲塔の旋回ハンドルが左右に分かれてしまい、照準を付けるのも難しかった。主砲も旧式な榴弾砲のため発射速度が遅く、初速も遅かったので装甲貫徹力は極めて低かった。

※10・KV‐2

旧ソ連が開発した重戦車。プラウダ高校で、隊長のカチューシャのお気に入り。

戦車が誕生すると形状は試行錯誤が続き、その中から、イギリスで大型の車体に多数の砲塔を備えたA1E1インディペンデント多砲塔重戦車が誕生した。これは各国に衝撃を与え、旧ソ連でもＴ‐28中戦車やＴ‐35重戦車といった多砲塔戦車が量産された。だが、大きさの割には装甲が薄く機動性が悪いため、多砲塔戦車のコンセプト自体が否定されつつあり、後継車輛として多砲塔から2砲塔のＴ‐１００とＳＭＫ、そしてＳＭＫの縮小単砲塔型のＫＶが作られた。審査の結果、ＫＶが優位となったので、ＫＶ‐1として採用された。その後、重量級のＫＶ－１では障害物に対して不利であったが、「障害があるなら破壊してしまえばよい」との意見が出され、重防御が行われた拠点突破用の火力支援車輛の開発が行われた。ＫＶ－１の車体に、１５２ミリ榴弾砲Ｍ－10を搭載した試作車が完成する。Ｍ－10榴弾砲は重量52キロの榴弾、徹甲榴弾や、40キロの対コンクリート特殊徹甲弾などが発射可能だが、重量があり過ぎたので前線部隊で使うには機動性に欠け、また射程も短いので後方からの支援用としても不適切で使いどころに困る兵器だった。だが、戦車砲として使用すれば機動性の問題はクリアされ、その絶大な威力が効果を発揮した。当初は大型砲塔ＫＶとの名称で呼ばれたが、良好な運用結果を経て制式採用、ＫＶ－２と命名された。砲塔全周75ミリ、前面で１１０ミリにも及ぶ重装甲は、当時多用されたボフォース37ミリ対戦車砲（３００ヤード＝２７４メートルで40ミリの貫徹力）では側面すら貫通不能で、ドイツの5センチ対戦車砲Ｐａｋ38でも、距離５００メートルで垂直に命中して78ミリの貫徹力しかなく、正面撃破は不可能だった。かろうじて、88ミリ対空砲ならば貫通可能であり、後のドイツ戦車が同砲を搭載する一因となった。

※11・Ｔ－34／76

旧ソ連が開発した中戦車で、プラウダ高校で一般的に使用されている。

旧ソ連のＴ－26軽戦車やＢＴ快速戦車は、当時一般的な戦車砲であった37ミリ砲で簡単に貫通されるほど、防御力不足であった。そこで、より装甲を強化した戦車の開発命令が下り、フィルソフ技師の元、ＢＴシリーズを開発していた第１８３ハリコフ機関車工場で、ＢＴ－７を元に装甲を強化した車輛ＢＴ－ＳＶ－２が開発を行われた。この車輛は傾斜装甲を徹底的に取り入れ、装甲厚はそのままに防御力の向上を図った。試験結果も良好で、新型ディーゼルエンジンを搭載し、装甲と武装を強化した後継車輛Ａ－20の開発命令が下った。１９３７年にフィルソフの後任のミハイル・コーシュキンが設計局局長に就任すると、コーシュキンはＡ－20では性能不足として、より装甲と武装を強化したＡ－30、更には履帯を外して走行可能な機能を除外したＡ－32を提案する。結果、並行してＡ－20とＡ－32の開発を進め、比較試験を行うことになった。１９３９年にクビンカで性能の比較が行われ、Ａ－32はＡ－20よりも重武装で重装甲にもかかわらず、同等以上の機動力があることから、Ｔ－32として制式採用が決定した。しかし、その後の戦訓からＴ－32でも防御力不足であることが判明、更なる装甲強化を行った車輛がＡ－34として開発が開始された。情勢の変化から、１９３９年12月19日に、試作車が完成していないにもかかわらずＴ－34として制式採用される。翌40年1月に2輛の試作車が完成し、3月にモスクワで披露された。その後ドイツのⅢ号戦車との比較試験などが行われ、9月には量産型が完成した。その後多数の工場で量産が行われ、より強力な砲を搭載したＴ－34／85が登場するまで、旧ソ連の主力戦車として最終的に約3万5千輛が生産された。強力な76・2ミリ砲と傾斜装甲を多用した高い防御力、炎上しにくいディーゼルエンジン、大型転輪と幅広の履帯による高い機動力など優れた性能であったが、同時に傾斜装甲によって車内は狭くなり、居住性も劣悪だった。その上、主砲の俯角があまり取れないことや、戦車長が砲手を兼ねており指揮に専念できないことや、周辺視界の悪さ、無線機の搭載率が低いことからの連携の悪さ、速度性能はあるが細かい挙動には向いていないことなどの欠点も多かった。大量生産のため、作りが雑な車輌も多かったので故障や破損にも繋がり、また劣悪な装甲材による防御力低下もあった。それでも、各国にT－34ショックと呼ばれるほどの大きな影響を与えた。

※12・チャーチル

チャーチル歩兵戦車。イギリスで開発され、聖グロリアーナ女学院で、伝統的に隊長車として使用されている車輌。

イギリスの中戦車開発は、歩兵随伴支援用の低速重装甲の歩兵戦車と、快速軽装甲の巡航戦車の二系統が存在した。これはイギリスに限ったことではなく、ドイツもⅣ号戦車は歩兵戦車相当、Ⅲ号戦車が巡航戦車相当であるように、当時の欧州では比較的普通であった。マチルダ歩兵戦車の後継として、陣地突破用戦車であるA20が開発されていたが、側面に機銃、車体前部に副砲塔を搭載、上部に主砲塔を載せた多砲塔戦車であった。その上、出力不足で故障が多かったので、それを元にボクスホール社によって小型改良されたのがA22である。試験もそこそこに制式採用の上、量産が行われ、1941年6月には配備が開始された。同戦車の開発を強く推進した当時の首相の名にちなんで、チャーチル（Churchill）と命名されたが、イギリスではCから始まる名前は、巡航戦車（cruiser tank）に付ける伝統があり、歩兵戦車に付けるのは例外的であった。それはともかく、前述のように試験が不十分だったので、実戦部隊にて運用テストを行い、例えば排水管が無くて車内に水が溜まるといったような不具合が見つかると、直接技術者が出向いて修理と改修を行うことで対応した。その結果をフィードバックして改良を繰り返した。初期には、主砲として本来搭載予定だった6ポンド砲（57ミリ）が用意できず、仕方なくその時すでに威力不足と判明していた2ポンド砲（40ミリ）を搭載している。しかし、歩兵支援用であるにもかかわらず、どちらの砲も榴弾が用意されていなかったので、対戦車用としては威力不足、歩兵支援にも使用できないという大きな欠点を抱えていた。そこで、後にアメリカの砲弾を使用する、オードナンスQF75ミリ砲が搭載された。形状的にも、超壕能力を強化するために左右の履帯が大きく前に張り出しているので、操縦席からの視界が極めて悪かった。また、この時代では極めて珍しい超信地旋回（左右の履帯を同速度で反転させることで、その場で車体の向きを変える旋回方法）を可能とする、メリット・ブラウン操行装置などの新機軸が盛り込まれたので、整備作業が複雑であった。それでも、初期型で最大100ミリ、後期型では152ミリにも達する装甲は強固な防御力を誇り、トラック用の低出力だがトルクが太いエンジン2基で動かしているので、最高速は遅くとも、不整地走破性能や登坂能力は高かった。また、長い車体によって超壕能力が優れており、対戦相手が戦車が来るとは思いもよらない箇所から出現するのもしばしばであったという。但し、雪の上では滑るという欠点もあった。

※13・銀河

大日本帝国海軍の航空技術廠が開発した双発爆撃機。開発時に、長大な航続力と戦闘機並みの高速、急降下爆撃も可能な機体の頑丈さが要求された。その要求を満たすために、小型化と軽量化、空気抵抗の減少が図られ、乗員を操縦員、偵察員、電信員の3名に減らし、機体幅を縮小した。また試作段階だった新型小型高出力エンジンの誉を採用したが、故障が多く、後にやや大型だが信頼性の高い火星エンジンの搭載も行われている。胴体内の爆弾倉に増加燃料タンクを搭載するのも可能で、戦車道の観測機用としては搭載されたままのことが多い。

※14・パンツァーカイル

重戦車を先頭とし、中に装甲の薄い車輌が入った楔形陣形。装甲の厚い重戦車が盾となりつつ、他の車輌が支援して敵を強行突破する。

※15・ポルシェティーガー

ドイツで開発された試作戦車で、大洗女子学園では、自動車部のレオポンさんチームが使用。学園艦下層部に隠されていたのを、レストアした。

各地で88ミリ対空砲でなければ撃破不能な戦車が登場し、それに衝撃を受けたドイツは、1941年5月26日に同砲を搭載した45トン級重突破戦車の開発を決定する。開発指示はポルシェ社とヘンシェル社に下り、ポルシェ社はタイプ100の名称で社内開発を進めていた30トン級重戦車VK・30・01（P）を、ヘンシェル社は36トン級重戦車VK・36・01（H）をそれぞれ拡大し、試作開発に着手する。直後、ドイツ側がソ連のKV－1重戦車などと遭遇したことで、現場から早急な重戦車の実用化が要求された。そのため、まだ試作も完成していない7月には、ポルシェ社に対し100輌分の生産命令が下った。、42年4月20日に両社の試作車の試験が行われると、ヘンシェル社のVK・45・01（H）が優秀な成績を収めたのに対し、ポルシェ社のVK・45・01（P）は性能で劣っており、挙句の果てに地面に埋まる体たらくであった。だが、エンジンとモーターを組み合わせて（ガス・エレクトリック式）、変速機やステアリング装置を不要とする革新的な機構に期待がかけられていたのもあって、ポルシェ社に42年9月末までに60輌、翌43年2月末までに135輌の生産指示が下った。そのため試験や熟成も行われないうちに生産が開始されたが、各所にトラブルが多発する。期待のガス・エレクトリック式装置は車内の半分を占有し、その上エンジンの過熱や発電能力不足は深刻であった。また、発電機のノイズで無線通信が阻害されるのも問題であった。更には、独創的なトーションバーを車外に縦置きに配置する方式も、横置きより省スペースで製造工程も少なくなるメリットがあったが、大重量の車体を支えるのには能力不足であった。結局これらの不具合を簡単に修正するのは難しく、不採用となった。それに対してヘンシェル社車輌は必要な要求を満たしており、ティーガーⅠとして採用されている。

この時点で、10輌の車体と8輌分の砲塔が完成、90輌分の部材が用意されていたので、砲塔はヘンシェル社のティーガーⅠに転用され、部材はフェルディナント重駆逐戦車（後にエレファントと改称）へ流用された。完成した10輌は試験や訓練に使用され、一部は改良の上に実部隊に配備された。

なお、大洗校の車輌の外見は改修前の車輌で、おそらく試験に使われた車輌ではないかと考えられる。

※16・IS－2

プラウダ高校でエース級が使用する車輌で、現在はノンナが主に使用している。

ティーガーⅠを調査したソ連国防委員会は、その重装甲と主砲貫徹力に衝撃を受け、これに対抗しうる重戦車の開発を決定した。しかし、それまでの重戦車であったKVシリーズは重装甲によって機動性が悪化し、トランスミッションのトラブルも多かった。また、攻撃力も中戦車であるT－34／76と同等で、T－34が85ミリ砲を搭載すると、砲力すら中戦車に劣ることになった。そこで、重量を45トン以下としたKvシリーズの後継車輌を開発、これが76・2ミリ砲を搭載したオブイェークト233と、122ミリ榴弾砲を搭載した234である。しかし試験の結果、不整地での安定性が悪かったため、足回りを強化し、砲塔を大型化して85ミリ砲を搭載した237が完成する。これがIS－85として採用が決定、1943年10月から生産が開始されたが、同年12月にはT－34／85の試作が完成、44年1月には量産が開始されたことにより、重戦車にはより強力な砲の搭載が求められ、海軍砲であるB－34を改良した100ミリ砲S－34の搭載が検討された。しかしこの砲は開発されたばかりで、砲自体の生産が間に合わず、同様に弾薬の供給にも不安を抱えていた。そこで1937年に開発され、優秀な砲として既に運用実績も豊富なM1931／37　122ミリカノン砲（A－19）が、ほぼ無改造で85ミリ砲の砲架に搭載可能であったため、主砲として採用された。その際に閉鎖器が一部を切断したネジ式（隔螺式）から、半自動で砲身と直角に栓を貫通させた鎖栓式に改められ、砲の反動や後座距離を減少させるためのマズルブレーキが装着され、D－25Tに改称されている。この砲は、BR－471徹甲弾を使用すれば、距離1000メートルで161ミリ、2000メートルで122ミリの装甲を貫通可能で、これはティーガーIの正面装甲を1500メートルの距離から撃破できるほどの威力であった。しかし、徹甲弾の重量が弾頭だけで25キロもあり、それに加えて装薬と弾頭が一体化した薬莢式ではなく、弾頭の次に装薬を別途装填する必要があった。そのため、ソ連戦車には一般的である狭い砲塔によって、搭載弾数は僅か28発であった。また装填にも非常に苦労するので、発射速度が遅かった。このタイプを当初はIS－122と呼称したが、名称によって搭載している主砲が判明するので、機密保持のためにIS－85はIS－1、IS－122はIS－2に変更されている。IS－2の生産はIS－1と並行して43年12月から開始され、翌年早々には使用されている。但し、この時は操縦性の悪さや発射速度の遅さが露呈、また、操縦士用ののぞき窓に攻撃を受けて、撃破されることが多かった。だが、弱点を改良しつつ量産が行われ、ドイツ戦車の強力なライバルとなった。

※17・マチルダII

聖グロリアーナ女学院で一般的に使用されている車輌。

1934年にイギリス陸軍参謀本部は歩兵戦車の開発を要請、翌年にはヴッカース社の提示したA11がマチルダとして採用になった。しかし、マチルダは小型で装甲も薄く、武装も機銃のみだったので、翌36年には、より強力な後継車輌の開発が要求された。これを受けて38年4月から試験を経たのち採用されたのがA12、マチルダIIである。マチルダIIは比較的小型な車体だが、鋳造車体と装甲スカートによって、大戦初期の車輌としては十分以上の防御力を誇っていた。特に、当時の主力であった37ミリ対戦車砲では、車体の後部を至近距離で抜けるかどうかで、ほぼ撃破不能であった。そのため、撃破するには88ミリ対空砲が必要で、撃破されたイギリス戦車兵が「高射砲で戦車を撃つなんて卑怯だ」と言ったのに対し、撃ったドイツ兵が「高射砲で撃たなければ撃破できない戦車を作る方が卑怯だ」と言ったとか言わなかったとか。これがドイツにおいて、同砲を搭載した重戦車開発に拍車をかけるきっかけの一つになっている。しかし、重装甲ではあったが最高速度の低さから、ドイツ戦車が快速を生かして逃走すると追撃は不可能であった。また、重装甲は足回りの故障に繋がり、砲塔を回転させる油圧装置もよく故障した。それでも、地面が砂のアフリカでは足回りの故障は出にくく、北アフリカでは大戦初期の主力戦車として「砂漠の女王」の異名を受けるほど活躍している。一方ソ連では、装甲スカートを取り外せないため、泥が詰まって走行不能となるとして不評であった。初期にはＡＥＣ製のディーゼルエンジンを搭載していたが、これを出力が高いレイランド製に交換したのがＭｋ・Ⅲで、聖グロリアーナ女学院にはこのタイプ、もしくはその改良型のＭｋ・Ⅳが中心である。

※18・ブレナム宮殿

イギリスのオックスフォード近郊にある宮殿。マールバラ公ジョン・チャーチルが18世紀初頭に王室から下賜された。チャーチル戦車の名前の元となった、元英国首相サー・ウィンストン・チャーチルも、祖父が第七代マールバラ公で、ここで生まれ育った。

※19・八九式中戦車

大洗女子学園では、元バレー部のアヒルさんチームが使用。

第一次世界大戦で登場した戦車は、各国に大きな衝撃を与えた。日本でも、欧州から戦車の輸入を行い、１９１８年10月にはイギリスのＭｋ・Ⅳ戦車が到着した。その後も、フランスのルノーＦＴやイギリスのホイペットを購入した。だが、欧州での戦車の進化は早く、最新式の車輛を購入するのは困難で、型落ちの中古車両ばかりしか購入できないとなると戦力の陳腐化は免れ得ない。そのため、国産戦車の開発を決定、紆余曲折と試行錯誤の末に試製一号戦車が１９２７年に完成した。試製一号戦車の試験結果は良好だったが、設計や製造の未熟さから重量が課題となり、10トン級の軽戦車の開発要求が出された。この際にフランスからルノーＦＴの国産化の打診があったが、すでに旧式だったので断っている。研究用として、イギリスからヴィッカース6トン戦車やカーデンロイド豆戦車、試作されたがイギリス軍で不採用となったヴィッカースＣ型中戦車などを購入、ヴィッカースＣ型中戦車を基本ベースとして、試製一号戦車の経験を盛り込んで作られたのが、八九式である。試作段階では9・8トンで日本での軽戦車の定義に収まっていたが、度重なる改修によって量産型では11・8トンまで重量が増大し、後に中戦車に再分類された。ヴィッカースＣ型中戦車は、砲塔後部と車体前方、車体両側面に機関銃を備えていたが、この砲塔後部の機関銃は八九式以降、一式中戦車まで日本戦車の基本装備となった。また、八九式の完成により、余剰となったルノーＦＴなどの旧式車輛は、日本国内で盛り上がって来ていた女子戦車道用に供与されている。

八九式の前期生産型ではガソリンエンジンを搭載していたが、実際の運用や寒冷地試験を受けて、空冷ディーゼルエンジンを搭載した後期生産型が作られた。また、車体形状も時期によって大きく変化しているが、国内での分類はガソリンエンジン搭載型が甲型、ディーゼルが乙型となっている。車体左の張り出し部分にガソリンエンジン用の予備冷却水タンクが備え付けてあるが、戦闘室後部左側にも蛇口があって、乗員の飲料水としても使用可能だった。特に乙型からは冷却水が不要となったので、完全に飲料用として使用されている。こうして国産初の制式採用戦車となった八九式だが、元々軽戦車として作られたので装甲も薄く、車体の発展余地も少なく、走行性能も重いディーゼルを搭載してからは悪化した。また、本来歩兵支援車輌として作られたので、対戦車戦闘にも適しておらず、後継車輌が登場するとすぐに主力の座を譲り、各地で行われている戦車道で使用するために払い下げが行われた。この払い下げ資金が後継の九七式中戦車の購入費に充てられ、八九式と九七式の交代をスムースな物にしたという。

※20・M3リー

大洗女子学園では、一年生のウサギさんチームが使用。他にはコアラの森高校が使用しており、サンダース大学付属高校も保有しているが、使用はしていない模様。

1939年に欧州での戦車の活躍を見て、アメリカ陸軍は自国の最新鋭戦車で配備が始まったばかりのM2中戦車では、ドイツの戦車に太刀打ちできないと判断した。そこで1940年8月に、M2中戦車よりも装甲を強化し、75ミリ砲を装備した新型中戦車の開発を決定する。しかし、それまでのアメリカ陸軍は戦車に対する関心が低く、新型戦車の開発も低調であった。そのため、当時のアメリカには旋回砲塔に大型砲を搭載するノウハウがなく、いきなり75ミリ砲を砲塔に搭載するのは難しいと兵器局は判断した。そこで、M2中戦車の原型であるT5中戦車、そのE2型が車体前方右側に75ミリ軽榴弾砲を装備していたので、それをベースに試験を行った。試験結果を受けて37ミリ砲を搭載した旋回砲塔が追加され、41年1月にM3中戦車の先行生産車が完成した。サイズ、エンジン、サスペンションなどの車体の基本部分を、すでに生産ライン上にあったM2中戦車を流用したために、4月には量産が開始されるハイスピードぶりであった。この前のタイプと同一部品を使用して量産効率を上げる方法は、その後のM4中戦車にも引き継がれている。

このM3中戦車を、戦車不足となっていたイギリスが、自国向けに改修したモデルの購入をアメリカに打診する。アメリカ側の承諾を受けて、イギリス側が改設計を行ったのがイギリス名「グラント」で、大きな外見上の違いとしては、砲塔後部に無線機用の張り出しを備え、砲塔上部の機関銃用のキューポラを撤去して全高を低くしている。本来はこのタイプがイギリスへと送られる予定だったが、戦車不足からアメリカ向け車輌も送られ、これがイギリスで「リー」と呼ばれた。

アメリカでは開発元のクライスラー社だけではなく、色々な会社にて大量生産が行われた。しかもエンジン不足が予想されたので、本来は航空機用のR975星型エンジンを搭載しているのに対し、ギバーソンディーゼルエンジンや、バス・トラック用のディーゼルエンジンを2基組み合わせて1つのエンジンとしたタイプ、クライスラー製の5基の自動車用エンジンを1つに組み合わせたタイプなど、多様なエンジンが搭載された。また、装甲も最初は鋳造砲塔に車体はリベット接合だったのが、M3A1では上部車体も鋳造、A2以降は溶接（A5はまたリベットに戻された）となっている。生産されたのは41年から42年にかけての1年だけで、その後はM4中戦車に主力戦車の座を譲り、次第に訓練用や他の用途に転用され、訓練車輌の一部は大戦中に戦車道用に民間に提供されている。

※21・三式中戦車

旧日本陸軍の中戦車。大洗女子学園ではネトゲ愛好会の、アリクイさんチームが使用。

日本では八九式中戦車の開発成功によって、国産車輌の量産に取り掛かったが、日本の複雑で起伏の多い地形は平坦な欧州とは異なり、戦車を扱うにはあまり適していなかった。また、島国なので周辺諸国に戦車を輸送するためには、大規模な港湾施設が必要だったが、当時の日本とその周辺諸国には戦車を持ち上げられるような大型クレーンを備えた港自体が少なかった。そのため、日本では早くから同じ島国であるイギリスからもたらされた情報を元に、学園艦構想を取り入れ、研究開発を行っていた。それが完成するまで待つわけにも行かず、八九式の後継車輌である九七式中戦車チハ、その発展型である一式中戦車などは、輸送可能な15トン程度の重量にとどめられていた。一方、1942年頃には欧州では75ミリ砲を備えた大型戦車が登場しており、日本でも運搬は一旦横に置いて、それらの戦車に対抗可能な重武装、重装甲の戦車開発が開始された。これらは後の四式中戦車、五式中戦車となるが、予算不足など諸々の理由から開発はなかなか進まなかった。だがアメリカ側に、それまで九七式や一式で何とか対抗可能だったM3軽戦車やM3中戦車に替わって新たにM4中戦車が登場すると、まったく歯が立たなくなった。そこで、現場から75ミリ級の砲を備えた戦車を至急開発するよう要求されたのも当然だった。そこでM4中戦車に搭載されている75ミリ砲の原型であるフランスのM1897野砲、それを日本で発展させた九〇式野砲を戦車砲に改良して搭載することが決定した。こうして一式中戦車の車体に、圧延鋼板を組み合わせた六角形の新型砲塔と、九〇式野砲を改良した三式七糎半戦車砲II型を搭載したのが、三式中戦車チヌである。しかし、間に合わせで作ったため、三式七糎半戦車砲II型は元々の野砲の構造が多く残っており、特に砲手の手元に発射装置が無く、戦車長が発射用の紐（拉縄＝りゅうじょう）を引いて発射するという致命的な欠陥があった。照準と発射を別な人間が行うために、動く目標に対する命中性能や即応性が大きく低下し、また車長が指揮に専念できないという問題があり、現場からは紐を延長して砲手が引けるようにする改良が求められたが、却下されている。それでも砲の威力が向上し、M4中戦車を距離によっては正面から撃破可能になった。防御力は一式中戦車と同等で、75ミリ砲を防ぐのは難しく、重量増加のため機動力も一式より低下していた。そのため、五式七糎半戦車砲を搭載、装甲を強化した改良型も検討されていた。

※22・ユンカースJu88や東海、B－25

Ju88は、ドイツのユンカース社が1936年に開発、初飛行した中型双発爆撃機。戦闘機よりも速い爆撃機と言うコンセプトで開発され、実際に同時期のドイツの戦闘機Bf109B型の最高速度が470キロに対し、試作機で523キロを記録している。ただ、すぐに戦闘機の性能向上について行けず、長い航続距離と汎用性を生かして、夜間戦闘型や戦闘爆撃型、長距離偵察型など多くの派生型が誕生した。

東海は渡辺鉄工所（後の九州飛行機）が開発、1943年に初飛行させた双発陸上対潜哨戒機で、Ju88のデータも参考にしつつ、低速で長時間飛行可能で、急降下爆撃も可能な機体であった。機首が大きなガラス張りとなっており、視界が良好である。

B－25は、アメリカのノースアメリカン社が開発、1939年に初飛行させた中型双発爆撃機。コストパフォーマンスが良好であったためか、対艦攻撃型や偵察型などの派生型も多く、約一万機も生産されている。水平尾翼の両端に垂直尾翼がある、双垂直尾翼が外見上の大きな特徴。

※23・ミルクセーキ

牛乳に甘味料などを混ぜて作る飲み物。作中では卵も入れるので、牛乳、卵（卵黄）、砂糖、バニラエッセンスで作るフレンチスタイルと呼ばれるタイプだと思われる。アメリカンスタイルの場合は、卵の代わりにアイスクリームを入れる、バニラシェイクとも言われるタイプとなる。また、長崎ではこれらの材料をシャーベット状の氷菓にしてミルクセーキとして供することもある。

※24・ヘッツァー

大洗女子学園では、生徒会のカメさんチームが使用している38（t）連盟公認ヘッツァー改造型のこと。

チェコのBMM社では、旧式となった38（t）戦車の車体を使用して、各種自走砲などを生産していた。同社に対して、Ⅲ号突撃砲の生産打診が行われたが、大型車輌を生産するほどの機材がないとして、38（t）戦車を使用した小型軽駆逐戦車開発が命じられる。そこで、同社では38（t）戦車の発展型の偵察戦車として開発したが、Ⅱ号戦車L型との競争試作で不採用となった新型38（t）戦車を元に、試作車を作成した。形状としては、車体全体が機関室まで一体となった傾斜装甲で覆われ、戦闘室前面の装甲に張り出しを設置、ここに砲架を収めて強力な48口径75ミリ対戦車砲を搭載した。多少でも戦闘室を広く確保しようとしているが、傾斜装甲と低い車体に加え、元々小型の車輌のため、車内は極めて狭かった。そのため乗員配置に苦慮し、他の乗員と離れた後方に車長が位置していたので、車長からの前方視界が悪く、車体右側が良く見えないという欠点もあった。また、車体中央に変速機が置かれているので、それと干渉しないように主砲は右側に大きくずらして装備されているので、車体のバランスが右に偏っている。これにより、右前のサスペンションに大きく荷重がかかり、路上走行性能はそれなりにあったが、不整地走行性能はあまり良くない。そのため、砲の駐退複座機（砲の衝撃を砲身が後退することで低減させる駐退機と、それを元の位置に戻す複座機からなる）を排除し、直接砲を車体に取り付け、車体全体で衝撃を吸収させる「シュタール（固定）」型が後に作られている。砲架の構造を簡略化できて、砲が後退するスペースが不要となるので、コストダウンと生産工程の低減、省スペース化にメリットがあり、開口部も小さくなるので防御力が向上する予定だった。通常型よりやや中心線に近い位置に主砲を設置できるのでバランスも多少改善、重量も軽減したので走行性能も向上するはずだった。だが、発射の衝撃で照準が狂うので、連射は難しかったと思われる。このように問題は色々あったが、小型で極めて背の低い車輌に、60ミリの装甲を強い角度を付けて設置しているので、正面防御力はそれなりに強く、また48口径75ミリ砲の威力も強力で、その上Ⅳ号戦車の半額近くという低コストや生産性の高さから、大量発注が行われた。なお、ディーゼルエンジンを搭載した「38D」型も試作されている。前述の通り、38（t）戦車や、その派生型のマルダーやグリーレなどの自走砲と、ヘッツァーは車体が異なっている。しかし、大量に生産されたこれらの車輌を活用するために、戦車道連盟がヘッツァー改造キットを開発、比較的安価で販売しており、高性能な車輌を手に入れるのが難しい学校に対しての救済や、入門用として使用されている。

※25・九七式携帯写真機

旧日本陸軍で使用されたカメラ。

薬種問屋の小西屋六兵衛店が、写真機材を扱う店として小西六本店（後のコニカ、現コニカミノルタ）と改名、自社カメラ製造用の六櫻社を作った。そこで作られていた「リリーシリーズ」の中で、1936年に作られた「新型リリー」をベース（異説もあり）に、陸軍向け仕様とした。別名軍用リリー。

※26・スチュアート

スチュアートとは、アメリカ製のM3軽戦車にイギリスが付けた愛称。南北戦争時に南軍の騎兵指揮官だったジェイムス・E・B・スチュアート将軍に因んで命名された。将軍は騎兵指揮官として北軍を翻弄したが、南北戦争での事実上の転換点となったゲティスバーグの戦いに至る一連の作戦で、行動を隠ぺいしつつ北軍の行動を偵察して報告する命令を下されたものの、報告を怠り更に北軍の後方に回り込んで補給線を断とうとした。だが、これによって南軍は北軍の行動が掴めず、結局ゲティスバーグの戦いで敗北する。この時の南軍の総司令官が、アメリカ屈指の名将として知られるロバート・E・リーで、イギリスに配備されたアメリカ仕様のM3中戦車の愛称となっている。M3リーは大洗女子のウサギさんチームが使用している車輌でもある。

なお、このリー将軍を最終的に降伏させたのが、ユリシーズ・S・グラント将軍で、こちらがイギリス仕様のM3中戦車の愛称となった。

※27・B1bis

フランスで開発された重戦車。大洗女子学園では、風紀委員のカモさんチームが使用。他にはフランス系装備を使用しているマジノ女学院、BC自由学園などでも使用している。

イギリスで陸上戦艦構想が誕生した頃、フランスでもJ・E・エティエンヌ陸軍大佐が、陸軍総司令官ジョッフル大将に陸上戦艦を提案した。大将の承認を受けて、エティエンヌ大佐とシュナイダー社が共同開発を行い、これが後のシュナイダー戦車となった。准将に昇進し、機甲部隊の指揮官となったエティエンヌが、シュナイダー戦車やサンシャモン突撃戦車の指揮・支援用としてルノー社と共に作り上げたのが、ルノーFTである。この戦車は現代戦車のレイアウトの基本を作り上げた名戦車で、大量生産されて各国にも輸出され、戦車道や戦車競技にも積極的に使用された。エティエンヌ准将は次なる戦車として、47ミリか75ミリ砲を車体に装備した15トン級の「1921年計画」を提示、陸軍もこれを承認し、ルノー社を含む5メーカーが試作を行った。途中、20トン級に拡大され、1926年1月には3社のモックアップが技術評価試験を受けた。これによりルノー社にFCM社が開発協力を行うことに決定したが、実際の試作車が完成したのは3年後の29年1月で、31年末までかかってようやく3輌の試作車が完成した。その後、非常に長期の試験が行われ、B型戦車として採用が決定したのが34年5月であった。その後、新型重戦車の開発研究が開始され、そちらがB2と呼称されたため、B型戦車はB1と呼ばれるようになった。このB2戦車が誕生するとB1が旧式化すると考えられたので、性能強化が図られた。これがB1－bis（bis＝二番目の）で、エンジンの出力向上と、B2戦車用に開発された新型砲塔と長砲身47ミリ砲の搭載などが行われた。また、後期生産型では予備燃料タンクも搭載され、航続距離が増大している。B1戦車の頃から燃料タンクの内部にはゴムが張られており、被弾してもある程度の穴が塞がれる防漏タンクとなっていて、装甲の厚さと共に防御には配慮が行われていた。特に車体前面や側面の60ミリ装甲は、当時のドイツの37ミリ対戦車砲では貫通出来なかった。しかし、こうした高い防御力を持っている割には、車体左側面にエンジンの給排気用の格子部分があり、ここを狙われるとひとたまりもなかった。また、1人用の小型砲塔のため、車長が47ミリ砲の砲手と装填手を兼任しており、機動力の高い車輛でかく乱されると対応に苦慮することになった。初期にこのような重戦車と遭遇したため、ドイツではⅢ号戦車が陳腐化し、Ⅳ号戦車の主力化が進むと同時に、88ミリ砲搭載戦車の開発が行われる一因となっている。車体に75ミリ砲、その上に旋回砲塔が乗っているのは、アメリカのM3中戦車と同様の配列だが、奇しくもこれらの75砲は、どちらもフランスのM1897野砲が元になっている。

※28・T－34／85

プラウダ高校の主力戦車。

優秀な戦車であるT－34／76も、実際に運用していくうちに様々な問題点が見つかった。特に、砲塔が小さすぎて無線機が砲塔に搭載できない上に、車長が砲手を兼任していたために指揮に専念できないこと、そして重装甲化するドイツ戦車には、76・2ミリ砲では威力不足なことは大きな問題であった。そこで、ティーガーIなどのドイツ戦車にも対抗可能な85ミリ高射砲52－Kを搭載する戦車の開発が決定、同砲を第9ウラル重機械工場設計局が戦車砲に改造した。これがD－5Tで、IS－85（IS－1）などに搭載された。一方、T－34の発展改良型として、トランスミッションやサスペンションを改良、ターレットリングを拡張して3人乗り砲塔とするT－34Mや、3人乗り砲塔にして装甲も強化したT－43が開発されていたが、前者は生産ラインの混乱によって従来車輛の生産数が減るのを恐れたため、また後者は性能不足のため後継車輛選定から脱落していた。そこで急遽T－34を改良し、T－43の砲塔にD－5Tを搭載する計画が立てられ、ターレットリングの拡大が行われた。しかし、大型化したとはいえ、76・2ミリ用の砲塔に85ミリ砲を搭載するのは重量バランス的にも悪く、その上D－5Tは砲塔内部の機構が大きすぎて操作性に難があった。そこで、同砲をベースに、新型戦車砲3種類の設計が行われ、その中でもS－53は従来のT－34／76の砲塔にも搭載可能であった。結果的に、S－53を大型砲塔に搭載するのが最も優秀と判断され、1944年1月1日に同砲の装備が決定する。しかし、新型砲の生産には時間が必要で、その上元の高射砲よりは威力不足と判明、また重戦車に122ミリ砲の採用が決まったため、余剰となったD－5Tを搭載する初期型（43年型）が作られた。44年春にはS－53の生産も急ピッチで行われるようになり、同砲、もしくは改良型であるZiS－S－53を搭載したタイプが後期型（44年型）として生産が行われた。その間に砲塔自体の改良も行われ、無線機が車長席横に移動、車長用のペリスコープも搭載された。こうして、指揮能力と戦闘力が大幅に向上したT－34／85は、月産1200台という猛烈なペースで生産が続けられた。なお、T－34／85は戦後も生産が続けられ、ソ連でも1946年に２７０１輌、それ以外にポーランドやチェコなどで４５６５輌の生産が行われている。これらの戦後車輌も、近代化改修を受けた部分を元に戻せば、高校での戦車道にて使用可能となっている。大量に生産されたため、アメリカのＭ４シャーマンと並んで入手しやすく、戦車道ではよく使われている。しかし、Ｔ－34のみならずソ連製戦車は素材不足や粗製濫造、工員の技量不足などで劣悪な状態の車輌も多く、また旧式のトランスミッションなどにより操作性も悪いので、通信機なども含めてアメリカ製の部品に換装し、大規模なオーバーホールを受ける必要があった。

※29・バウンティ号の叛乱

18世紀末、イギリス海軍が徴用した武装輸送船バウンティ号が、タヒチ島から西インド諸島に奴隷の食料用のパンノキを運ぶ任務の最中、トンガにて乗組員の反乱がおきて艦が奪われ、艦長以下19名が救命艇で追放された事件。因みに映画となった際の邦題では「戦艦」となっているが、僅か２１５トンしかない3本マストの小型帆船で、戦艦どころか当時の軍艦の階級にすら含まれていない。

※30・ポチョムキン

ロシア帝国の艦隊装甲艦『ポチョムキン＝タブリーチェスキー公爵』のこと。１９０５年に血の日曜日事件を発端として、ロシア国内の各所で反政府運動や暴動が勃発したが、同艦でも水兵たちが上官に対して反乱を起こし、艦長などを射殺、多くの士官を拘束して艦を掌握、赤旗を掲げて革命を宣言した。鎮圧のために出動した艦隊でも革命の空気が盛り上がり、戦闘にはならなかった。だが、革命は徐々に沈静化し、その結果同艦は補給を受けられなくなり、最終的にはルーマニアに亡命した。ルーマニアは同艦をロシアに返却、同艦は縁起が悪いとしてパンテレイモンと改名した。

※31・蟹工船

有名な作家・小林多喜二の小説で、オホーツク海でたらば蟹を缶詰めに加工する船内で、劣悪な環境で非人道的な労働に従事していた労働者が、ストライキを起こす物語。日本でのプロレタリア文学の代表作。

※32・ケイン号の叛乱

ハーマン・ウォークの同名のベストセラー小説を１９５４年に映画化した作品。１９４３年、掃海に従事する老朽駆逐艦ケイン号は、艦長とそれ以外の乗員の対立が激化している中、台風に遭遇する。艦長の指示のままでは沈没しかねない危機に瀕すると判断した副長は、艦長が精神を患っているとして艦長を拘束し、艦を救う。だが、これが反乱であるとして軍事法廷が開かれることになる。

※33・学園艦ＧＰ

学園艦グランプリのこと。かつて学園艦上の道路をコースとして、学園艦自動車連盟の定める車輌規定に従って、市販車を改造して行われていたレース。過去に大洗女子学園でも開催されていたが、現在は行われていない。また、色々な学園艦を転戦して年間優勝を決める、学園艦選手権自体も中断されて久しい。

※34・ロードマスター

輸送機の貨物や人員の積み降ろし、重量調整や飛行中の荷物管理、空挺部隊の降下や物資の投下などを担当する搭乗員。重心計算を行うために、高い計算力が要求される。

※35・くろがね

九五式小型乗用車、別名くろがね四起。日本初の国産実用四輪駆動車として、当時の日本内燃機（後の東急くろがね工業）が開発した車輌。2人乗りの小型トラックタイプを、大洗女子学園の風紀委員が使用している。

※36・C－5Mスーパーギャラクシー

ロッキード社（現ロッキード・マーティン社）が開発し、アメリカ空軍で使用されている超大型輸送機。1968年に初飛行を行い、C－5Aギャラクシーとして採用された。後にB型として、主翼の改良などが行われている。

M1A1戦車なら2輌、UH－60ヘリコプターなら6機も搭載可能である。1998年からグラスコクピットの導入、最新の航法、通信システムの導入、新型エンジンの搭載などの近代化改修が行われ、C－5Mスーパーギャラクシーとなった。

退役予定のA型の一部が、サンダース大学付属高校へと払い下げられ、試験的にカーボンなどの複合材を多用した主翼を搭載し、M型相当の改修が行われた。

※37・KC－10エクステンダー

マクダネル・ダグラス社（現ボーイング社）が開発した空中給油機。同社のDC－10の貨物型を改修し、貨物室の一部を燃料タンクにして空中給油装置を装着した。但し、追加燃料タンク以外の貨物室はそのまま使用可能で、最大で77トンの貨物が搭載可能となっている。また、自身も空中給油を受けて、航続距離を伸ばすことが可能である。

※38・C－130

ロッキード社（現ロッキード・マーティン社）が開発した輸送機で、愛称はハーキュリーズ。1954年に初飛行したプロペラ推進式の古い機体だが、その優秀さと汎用性の高さから、戦後の戦術輸送機として最多の2300機以上も生産され続け、世界69か国で使用されている。短距離離着陸能力と不整地での離着陸能力を持ち、約19トンの荷物を最大時速620キロで輸送可能である。

※39・L－1011

ロッキードL－1011トライスターのこと。主翼の下と垂直尾翼の基部に計3発のエンジンを備えた形状が特徴である。日本では導入に関して、ロッキード社から当時の首相に賄賂が送られたロッキード事件を起こしたことで有名になった。だが、導入した全機が全損となるような事故を起こさなかったという安全性の高い機体でもあった。但し売れ行きは芳しくなく、ロッキード社は民間機部門から撤退することになる。

※40・オスプレイ

ベル・ヘリコプター社とボーイング・バートル(現ボーイング・ロータークラフト・システムズ)社が共同開発したティルトローター機。ティルトローターとは、ローターの角度を変えて垂直離着陸や通常飛行を可能とする機体。回転翼機よりも速度と航続距離に優れており、積載能力も遜色ない。同機も9トンの積載能力と、最大時速565キロ、航続距離3590キロを兼ね備えている。軍事用だけではなく、救難用や災害救助用としても各国が注目しており、サンダース大学付属高校が導入した機体も、アメリカ海軍向けのCMV−22をベースとした民間型である。

※41・低高度パラシュート抽出システム

Low−Altitude Parachute Extraction System、略称LAPESの日本語訳。輸送機に搭載した貨物からドラッグシュート(パラシュートに似た制動用の傘)を展開、それに引っ張られることで貨物を輸送機から引き出し、投下させる方式。

※42・イタリア軍の第10軍

イタリアがエジプトに侵攻した際の主力で、砂漠に慣れたリビア師団や機械化されたマレッティ戦闘団も含まれていたが、大部分は砂漠の経験も少なく、訓練不足の歩兵部隊であった。また、イタリア海軍の深刻な燃料不足から補給も不足しており、現地の将官も侵攻が成功するとは思ってはいなかった。結局、侵攻は道に迷ったり、補給が途絶えたりして途中で頓挫し、数に劣るイギリス軍の反撃(コンパス作戦)を受けて15万以上の兵力のうち11・5万人が捕虜となっている。因みに、コンパス作戦でのイギリス軍の総兵力は3万6千人しかいなかった。当時の手記ではイギリス兵一人で、投降してきたイタリア部隊まるまる一つ分の捕虜の面倒を見なければならず、しかも脱走者が出なかったとか。

※43・ホイペット

1917年に完成した世界最初の軽戦車または中戦車に相当する車輛で、重戦車であるマークI戦車よりも高速高機動で、騎兵のように突撃を行うことを求められた。車体前部に二基のエンジンが搭載され、それぞれが左右の履帯の片方ずつを動かしている。操縦は左右のエンジンの回転を調節して行ったが、これは煩雑で、暴走することもしばしばだった。

※44・II号戦車F型

西住家で自家用として使用されている軽戦車。他にも黒森峰女学園では訓練用として、またB型がヴァイキング水産高校で、E型が青師団高校で使用されている。10トン以下の小型軽量車輛なので、タンカスロンでも使用されていたり、ドイツ系装備を使用した学校で手軽な訓練用として使われることも多い。

1934年にドイツで、I号戦車よりも強力な10トン級軽戦車の試作命令が下った。これを受けて、クルップ社、MAN社、ヘンシェル車が提案を行い、最終的にMAN社案が採用された。小改造を行いながらa、b、c型が生産され、その運用結果を受けてA、B、C型の量産が開始される。また、ダイムラー・ベンツ社によって偵察用高速戦車としてD、E型が開発されたが、不整地走破能力に劣っていたため、少数の生産に終わった。A〜C型の装甲強化を行い、新型機関砲を搭載したのがF型である。だが、軽戦車が能力不足になると、75ミリ対戦車砲を搭載したマルダーII対戦車自走砲に車台が転用された。マルダーIIは車輛数が多く、後に戦車道用にII号戦車に改修するキットが販売され、また小型で軽量、乗員も少なく小学生でも使える手軽な車輛として、訓練や自家用車に使われることも珍しくなかった。

※45・ティーガー

ドイツの重戦車で、黒森峰時代のみほの愛車であり、まほも使用している車輛。

新型重戦車としてポルシェ社とヘンシェル社が競い、制式採用を勝ち取ったのが、ヘンシェル社の試作車であった。基本形状はポルシェ社のもヘンシェル社のも、ドイツのそれまでの戦車同様、垂直の装甲から構成されているが、装甲厚は車体前面で100ミリ、側面でも80ミリと圧倒的な防御力を誇っていた。この分厚い装甲同士を直接組み合わせて溶接して車体を組み上げた事で、リベット接合よりも工数の削減と重量の軽減を図り、同時に被弾時にリベットが飛び散る危険性を排除している。また、主砲も各国の重戦車を遠距離から撃破可能な88ミリ高射砲を戦車砲に改良して搭載した。この砲は、通常徹甲弾でも2000メートルの距離から84ミリの装甲を貫通可能で、500メートルなら111ミリ、更にはタングステン弾芯の40式徹甲弾を使用すれば、2200メートルで110ミリ、500メートルでは156ミリを貫通可能で、ティーガーI誕生時の各国のほぼすべての戦車を正面から撃破可能であった。その上、この砲は砲弾が真っ直ぐ飛ぶ距離が長く（低伸）、それが優れた照準器や重量があって安定した車体と組み合わされたことで、きわめて命中精度が高かった。これだけの攻撃力と防御力を同居させ、その上にそれなりの機動力を持たせたため、車体重量は57トンにも達し、初期型に搭載された650馬力のマイバッハHL210P45エンジンでは出力不足で、途中から700馬力のHL230P45が搭載されている。だが、このエンジンのトルクは細く、頻繁にギアチェンジをする必要があり、大重量と相まって変速機への負担が大きかった。それでも、ハンドル式の操縦機構はパワーステアリングになっており、小指一本で操作できると自慢するほど操作が楽で、チャーチル歩兵戦車に搭載されているのと同様な、メリット・ブラウン式操行装置の改良型が搭載されているので、超信地旋回も可能であった。だが重量が重い事は、エンジンや変速機だけではなく、サスペンションや転輪、起動輪、履帯にも悪影響で、しばしば故障の原因となった。そのため、自走して移動するのではなく鉄道輸送が必須だったが、幅の広い車体から鉄道に乗せるのには専用の細い履帯が必要で、余計な手間がかかった。また、大抵の橋を渡れないため、初期の車輛には潜水機能が備えられていた。こうした複雑な構造のため量産性は低く、その上、生産コストも極めて高かったので、1350輛しか生産できなかった。このように問題点も多かったが、遠距離から当時の他国の戦車の大部分を撃破可能で、逆に同距離から撃破されることがほとんどないという圧倒的な攻撃力と防御力は魅力的で、また戦車道で使う時は輸送や整備に多少手間がかかっても問題なかったため、各国にとっては恐怖の的となり、多くの戦車エースを輩出している。

※46・パンター

ドイツの中戦車で、黒森峰女学園で主力の一つとして使用されている。また、ヨーグルト学園でも近年一輌入手した。

T－34の影響を受けて開発されたため、ドイツ戦車らしからぬ傾斜装甲を備えている。70口径75ミリKwK42という優れた主砲を装備し、通常徹甲弾でも2000メートルで89ミリ、100メートルで138ミリ、高速徹甲弾を使用すれば1000メートルで149ミリ、100メートルで194ミリの装甲を貫徹可能であった。また価格もⅣ号戦車の1・2倍、ティーガーⅠの4割と非常に安価で、コストパフォーマンスが高かった。ただ、エンジンとトランスミッションのトラブルが多く、対策としてエンジン出力が制限され、性能が低下するようになった。それでも、走攻守のバランスが取れた優秀な車輌で、後に戦車が軽戦車、中戦車、重戦車や、歩兵戦車と巡航戦車などの分類から、主力戦車というカテゴリーが生まれる一つのきっかけとなった。

こうした車輌であるため、大学戦車道や実業団でも多用され、海外でも人気で、入手を希望する学校は多いが、高校戦車道にまで十分な車輌が行き渡っていない。

※47・OH－1

川崎重工業が、富士重工業と三菱重工業の協力を受けて開発した、国産の陸上自衛隊用の観測ヘリコプター。超低空を高速で隠密裏に飛行し、情報を収集することから「ニンジャ」と呼ばれることもある。増槽を付けても航続距離は720キロであり、霞ヶ浦から熊本までの約900キロを一挙に飛行するのは不可能で、最低でも途中一度は補給を行っていると思われる。また、巡航速度は時速220キロなので、飛行時間は4時間を超えていたことになる。

※48・島田流

日本戦車道の名門の一つ。本拠地から「西の西住流、東の島田流」と呼ばれることも。

源流は北条氏に仕えた風魔忍軍の末裔とも、真田領であった岩櫃城周辺の修験者の末裔とも言われているが、詳細は不明。だが、先祖は沼田城主であった真田信吉の家臣であった模様で、島田家に伝わる文書では、1681年に沼田藩が改易された後、館林へと移住したと記されている。歴史に島田流の名前が登場するのは、1845年に出羽山形藩の秋元家が館林藩へと移封された後、藩政改革の一環として設立した学問所である求道院の馬術師範としてである。上州、つまり群馬県は名前からも分かるように、昔から馬が多い土地で、馬術も活発であった。また風魔忍群も一説には、大陸から渡ってきた騎馬民族の末裔とあり、この地には馬術に長けた者が多かった可能性がある。そうした土壌の中から、馬上薙刀術を女性向けに取り入れ、また近代化と共に戦車を使用するようになった。また、小笠原流弓馬術と積極的に協力体制を取り、個人の技量を高める忍者戦法という宣伝を強力に行うようになった。このイメージ戦略は成功し、また東京に比較的近かったのもあり、大きな流派へと成長した。更には、忍者のイメージからアメリカで人気があり、それもあってアメリカ資本との提携を強化、また世界各地に支部を設置している。

同時に様々な武道を取り入れ、また初期にパフォーマンスに力を入れたため、集団としての運用よりも個人の能力を高めるのに力を入れている。どちらかと言えば、集団戦のスポーツとしてより、島田流の中では戦車道の段位を定めているように個人戦のスポーツの側面が強い。

※49・ヤークトパンター

　黒森峰女学園で使用されている駆逐戦車。

　パンターの車体を利用し、前面装甲と側面装甲をそのまま延長して箱型の戦闘室を設置、そこに71口径88ミリPak43を据え付けている。この砲は通常徹甲弾でも2000メートルで132ミリ、1000メートルで203ミリ、高速徹甲弾なら2000メートルで153ミリ、1000メートルで237ミリと、マウスの前面装甲ですら角度次第では撃破可能であった。パンター譲りの機動性と防御力に加え、パンター以上の攻撃力を有した、非常にバランスの取れた駆逐戦車となっている。但し、ドイツ戦車の常として行動距離はやや短い。これだけ優秀な車輌なので、パンター以上に各校が欲しているが、生産数が少ないため、入手が難しい。

※50・M4シャーマン初期型

　サンダース大学付属高校では、隊長のケイが使用している。

　1941年3月にM3中戦車の開発を終えたアメリカのロック・アイランド工廠は、本格的な旋回砲塔を持つ中戦車の設計に着手、5種類の設計案を提出した。結果的にM3中戦車のシャシーをベースに、75ミリ砲を備えた新型砲塔を搭載するタイプを、T6の名称で開発開始した。M3中戦車を流用することで、出来るだけ早期の完成を目指したため、試作車は早くも同年9月に試験に投入された。その結果は良好で、10月にM4中戦車として制式採用された。42年2月には鋳造車体のM4A1の量産が開始されたが、鋳造能力の不足から、板金を組み合わせて溶接したM4が同年7月から量産開始された。最初からこの二系統の量産が行われたが、それだけではなく11社にも及ぶ会社で量産が行われた。各工場で形状や構造、エンジンなどが異なり、多くのバリエーションを生み出している。それでも、部品の標準化と均一化によって、高い量産性と互換性を有していた。特にアメリカでは、フォード式と呼ばれる部品の標準化と移動組み立てラインによる、効率的な少品種大量生産が行えるようになっており、この方式を戦車にも応用して、月産2000台の生産を目指していた。また、部品の標準化は整備と修理を容易にして、稼働率を高く保つのに貢献している。

　生産性と稼働率が高いのに対して、車輌の性能は凡庸で、装甲も500メートルの距離からドイツの75ミリ対戦車砲で、全方向貫通されてしまい、その上被弾すると炎上しやすい欠点があった。最初に主砲として採用された37・5口径75ミリ戦車砲M3は、元々はフランスで1897年に採用された野砲で、徹甲弾も榴弾も撃てるが、威力は500メートルで68ミリの装甲を抜く程度であった。ただ、低抵抗被帽付徹甲弾（APCBC弾）を使用すれば、500メートルで100ミリの装甲を貫徹可能であった。また、航空機用の空冷星形エンジンを採用したことで、車高が高くなり、目立ちやすかった。

　しかし、これらの欠点があったにもかかわらず、それを上回る生産性と信頼性と稼働率の高さ、操縦のし易さや室内が広いことと、優れた配置による乗員の疲労度の低さ、主砲にジャイロスタビライザーを搭載し縦方向への安定性に配慮していたことなど、カタログスペックでは表れない性能の良さによって、アメリカのみならず世界各国で使用されるようになった。

また、アメリカでは愛称は付けられていなかったが、イギリスに送られた車輌が、アメリカ南北戦争終結の立役者シャーマン将軍に因んで命名され、それが一般的となった。

※51・ダッジWC

アメリカのダッジ社によって、1941年から生産された小型軍用車輌。WCのWは1941年、Cは0・5トン規格を示すダッジ社の開発コード。小型四輪駆動車の代名詞ともなったジープより大きく、兵員や装備の輸送以外にも多くのバージョンが作られている。最初は開発コード通り積載量0・5トンだったが、次いで3／4トン、1・5トンシリーズも作られた。WC－57は3／4トンシリーズの中で、後部座席がある指揮・偵察型である。

※52・M26パーシング

主に大学選抜が、主力として使用している車輌。

アメリカでM4中戦車の生産が軌道に乗ると、より強力な中戦車であるT20系列の開発が開始された。この系列の研究成果はM4にもフィードバックされ、性能を向上させたが、より強力な90ミリ砲が完成すると、T23をベース車輌として90ミリ砲を搭載したT25と、その装甲を強化したT26が作られた。T26は重量が45トンにも達したため、トランスミッションを変更し、更に中戦車から重戦車へとカテゴリー変更され、名称もT26E1となった。この試作車輌のテスト結果を盛り込んで改良したのがT26E3で、1945年4月にM26パーシング重戦車として制式採用された。アメリカ戦車としては強力であったが、ドイツのパンターやティーガーIIに対しては劣っており、また元々は中戦車で、M4と同等のエンジンしか搭載していなかったので、パワーの弱さから機動力や登坂能力が低いのは問題点でもあった。

また、主砲を長砲身90ミリ砲に換装したT26E4スーパーパーシングも開発されたが、発射速度の遅さから少数生産に留まった。後にエンジンとトランスミッションを改良したM46パットンが開発され、M26の一部は改修されたが、未改修の車輌も多く、それらは主に大学戦車道で使用されている。

なお、今まではアメリカ戦車の愛称はイギリスで付けられることが多かったが、本車輌は最初からアメリカ側が、第一次大戦にアメリカの欧州派遣軍総司令官であったジョン・パーシングに因んで命名している。

ガールズ&パンツァー 劇場版（上）

発行　2016年11月25日　初版第一刷発行

著者　鈴木貴昭
原作　ガールズ&パンツァー劇場版製作委員会
発行者　三坂泰二
発行所　株式会社KADOKAWA
〒102-8177　東京都千代田区富士見2-13-3
0570-002-001（カスタマーサポート）
年末年始を除く平日10:00～18:00まで
印刷・製本　株式会社廣済堂
ISBN 978-4-04-068722-3 C0093

http://www.kadokawa.co.jp/

協力　株式会社アクタス
原画　杉本 功
仕上　原田幸子
特効　古市裕一
CG　柳野啓一郎（グラフィニカ）
ブックデザイン　oao.(*PetitBrain)

2017年初春
下巻発売決定!!!!!!
ガールズ&パンツァー
GIRLS und PANZER der FILM
劇場版
下
[著]鈴木貴昭
定価 1200円+税
[原作]ガールズ&パンツァー劇場版製作委員会